文春文庫

サザンクロスの翼

高嶋哲夫

文藝春秋

目次

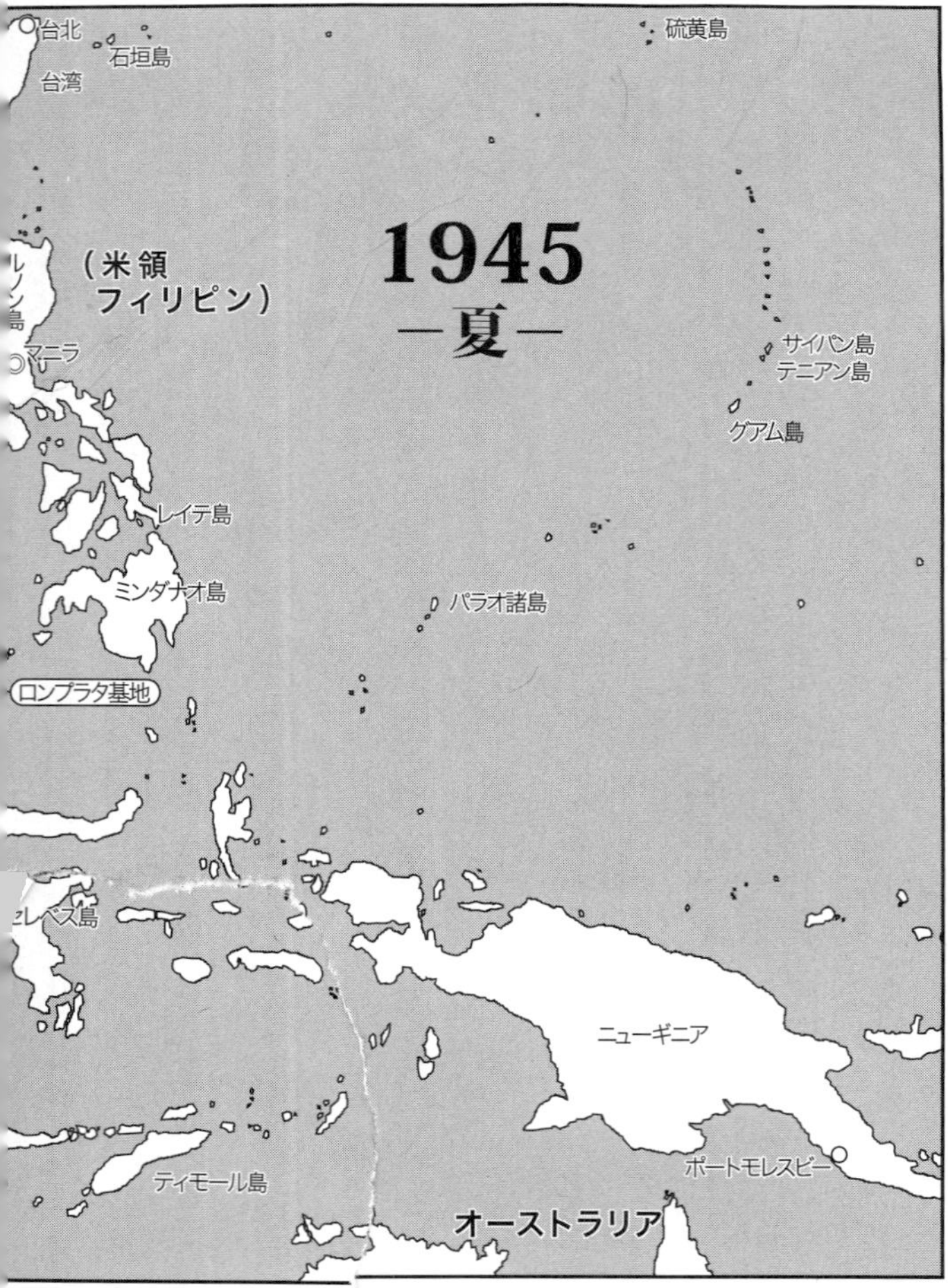
1945
—夏—
台北
石垣島
台湾
硫黄島
(米領
フィリピン)
マニラ
サイパン島
テニアン島
グアム島
レイテ島
ミンダナオ島
パラオ諸島
ロンプラタ基地
ニューギニア
ポートモレスビー
ティモール島
オーストラリア

英領インド
中華民国
アモイ
マカオ
香港
ビルマ
ハノイ
(仏領インドシナ)
ラングーン
タイ
バンコク
南シナ海
サイゴン
サンダカン
コタキナバル
ラナウ
ブルネイ
(英領マレー)
(英領ボルネオ)
シンガポール
スマトラ島
マラッカ海峡
ボルネオ島
(蘭領ボルネオ)
パレンバン
ジャカルタ
バンドン
(蘭領東インド)
ジャワ島
バリ島

サザンクロスの翼

プロローグ

目の前には暗い海が広がっている。

しかしわずかに視線を上げれば、暗幕に撒《ま》かれた星屑《ほしくず》の輝きが視野いっぱいに飛び込んでくる。熱を含んだ風が優しく身体をなぜていく。

僕はサルベージ船「南洋」のデッキにもたれて、ここふた月ほどの出来事を整理しようとしていた。

全長四七メートル、五八二トン、六五〇馬力の「南洋」の船尾には、巨大なクレーンが装備されている。長方形のこの船は通常、タグボートに引かれて航行する。

僕は甲板に目を向けた。そこには、僕の頭を混乱させている黒い影がひっそりと置かれている。

「なんだか不満そうだな」

突然の声に振り向いた。

車椅子に乗った鈴木会長が、孫娘の真理亜《まりあ》さんに付き添われて僕を見つめている。僕の胸は高鳴った。一瞬、真理亜さんが僕に向かってほほ笑《え》んだように見えたからだ。真理亜さんはエキゾチックな顔立ちの美人だ。陽に灼《や》けた健康そうな肌は、彼女のおばあさんがインドネシア人だからだと聞いたことがある。真偽《しんぎ》は分からないがこの南の海によく似合った。高齢の鈴木会長の世話役として付き添って、このジャワ島近くの海にまでやってきたのだ。

「いえ、そうじゃないです。ただこういう事態は初めてなので」

慌てて言ったが、それがかえって本音を暴露《ばくろ》したようだった。

一週間に渡ったこの引き上げ作業も明日には終わる。しかし、その終わり方がやはり納得いかなかった。

「ジャカルタから北東に六〇キロ地点にクルーザーが沈んでいる。何とか引き上げてほしい」

鈴木会長直々に電話をもらったのは、ふた月前だった。そして翌日には、やはり真理亜さんに付き添われて横浜の会社に訪ねてきた。

「難しいことは分かっている。しかし、なんとか見つけて引き上げてくれないか」

鈴木会長はオフィスで僕を見つめて言った。

「やれるだけのことはやってみます」

僕が答えたのは、背後に立っている真理亜さんが同行すると聞いていたからかも知れなかった。

それからひと月間は調査にあたった。ファックスで送られてきた海図により位置と水深を確認して、必要な装備を整えた。引き上げ海域は初めてで、最初は雲をつかむような仕事だと思った。

僕は安藤信吾。先週二十七歳になった。東京に本社のあるサルベージ会社の社員で、五班ある潜水班のリーダーの一人だ。海が好きで、大学に入って始めたアクアラングを使っての潜水が病《や》みつきになり、沈没船を引き上げたり、海底の地質調査をする会社に就職した。両親は大反対したし、当時付き合っていたガールフレンドは去っていった。

鈴木会長は八十六歳。足が弱っているとかで車椅子に乗っているが、その他はいたって元気そうに見える。

鈴木会長は大手建設会社「新日本建設」の創業者だ。戦後日本の復興に大いに貢献した建設会社と聞いている。社長を退《しりぞ》いた今も、まだ代表権を持っている会長だ。

陽に灼けた肌、がっしりした身体はとても八十代には見えない。

しかし僕は、孫娘の真理亜さんとの会話から決定的なことを聞いてしまった。

鈴木会長は肺がんで余命半年を宣告されていること。その前に、やり残した仕事を仕上げておきたい――。

僕たちは鈴木会長が海図に付けた地点に潜《もぐ》った。

そして一週間、周囲の海底を探してあるものを見つけた。

鈴木会長に報告すると、驚くこともなく「引き上げてくれ」と言ったのだ。自然な言い方で、あって当然という感じすらした。

船の引き上げに比べれば楽な仕事だった。それは海底の砂地に空からそのまま着陸したという風にごく自然にあったのだ。

そして今日の午後、その海底に眠っていたものを引き上げた。

それはクルーザーではなく、航空機だった。太平洋戦争時の戦闘機が沈んでいたのだ。

「六十五年も前の飛行機を引き上げるのに何の意味があるんですか。それもひと財産近い金をかけて」

僕は遠慮がちに聞いた。

「きみにはあれが何に見える」

甲板に据えられた戦闘機を見つめながら言った。引き上げられて半日近くたっているのに、まだ滴《しずく》がしたたっている。星明かりの下のその姿は不気味だった。じっと見つめていると、その暗い穴のような操縦席に引き込まれそうになる。

「戦闘機ですよね」

「ゼロ戦だ」

「ずっと海に沈んでいたとはいえ、きれいな機体ですね」

「いや、かなり銃弾を浴びている。しかし、炎上も大きな破壊もされないで原形をとどめている。素晴らしいとは思わんかね」

「たしかにそうですが……」

僕は言い淀《よど》んだ。僕は鈴木会長の膝の上の黒い塊《かたまり》を見つめた。

「なんだね。言ってみなさい」

「本当にそのハーモニカを取り出すためだけに、あのゼロ戦を引き上げたのですか」

鈴木会長は膝の上に目を落とした。

ゼロ戦が海底から上がってきたとき、会長は真理亜さんに支えられて自ら主翼の上に上がり、操縦席を覗き込んだ。そして、シートの下に転がっていた黒い塊を自ら取り出したのだ。

鈴木会長は慈《いつく》しむようにそのフジ壺の付着する錆《さ》びの塊に手を置いた。

「ずっと気になっていたんだ。これを受け取らない限りは死ぬにも死にきれないと思ってな」

「そのハーモニカは会長のものなんですか。だったら、あのゼロ戦は？」

鈴木会長は長い時間黙っていた。やがてぽつりと言った。

「あれはこの海に散った戦死者に捧げられた特別なゼロ戦なんだ」

「一つ聞いてもいいですか」

「なんだ」

「あの中に遺骨はありませんでした。僕ら、びくびくだったんです。操縦席に骸骨《がいこつ》があるんじゃないかって」

「あそこには、この海に眠っている戦死者たちが座っている。きみには見えないかね」

「気味の悪いことを言わないでください」

僕の背筋を冷たいものが流れた。

「もちろん、魂がだよ」

鈴木会長は初めて声を上げて笑った。しかし僕には気味の悪い話には違いなかった。

「でも、なぜまた、あのゼロ戦を沈めてしまうんですか」

鈴木会長はハーモニカを取り出した後、明日の朝、ゼロ戦をもとの海底に戻すように指示したのだ。

「返してあげるんだよ。真にあのゼロ戦を待っていた者たちに」

鈴木会長はゼロ戦に視線を移して言った。その声の響きには、ゼロ戦に込められた鈴木会長の深い想いが感じられる。

僕の頭はさらに混乱した。

真理亜さんも怪訝《けげん》そうな表情で鈴木会長を見ている。

金持ちのやることは分からない。それが僕の結論だった。

「おじい様、何があったんですか。私たちにも話してください」

好奇心いっぱいといった顔で鈴木会長を覗き込んだ。

鈴木会長は、真理亜さんをしばらく見つめた後、僕に視線を移した。

僕も「お願いします」という風に頭を下げた。

鈴木会長はハーモニカに手を置いたまま、長い間ゼロ戦を見つめていた。そして、真理亜さんと僕にデッキの椅子に座るように言った。

やがて、ゆっくりと話し始めた。

第1章 墜落

1

〈一五時方向。敵機〉

感度の悪い無線機から分隊長の声が聞こえる。

「やっと気づいてくれたか」

峯崎《みねざき》は呟いた。十分も前から翼を振って友軍機に知らせていたが、十機の編隊のうち何機が気づいてくれたのか。

視力三・五。子供のころ、海を見ていると「何を見ている」とよく聞かれた。「ヨット」と答えると相手はしばらく峯崎の視線を追った後、決まって肩をすくめて去っていく。自分は人の見えないものを見ることができるのかと思ったものだ。しかしすぐに、人より視力がいいだけだということに気付いた。

峯崎の機にも無線は付いている。しかし受信はできるが送信はできない。ひと月前から故障しているが、部品が足りないといまだに修理されていない。戦闘機の無線すら修理できなくなるとは、すでに勝敗は決まったなと思ったが、口に出したことはない。

特攻機六機。それを四機のゼロ戦で、敵艦隊のいる上空まで掩護《えんご》していく。片道燃料の上、二五〇キロ爆弾を積んだ特攻機が、敵の戦闘機に見つかれば即座に撃墜される。空中戦などできるわけない。その特攻機を敵艦上空まで護るのが峯崎たち直掩機《ちょくえんき》の役割だった。

操縦桿をいっぱいに引いた。

全身に加速を感じ、機は急角度で上昇していく。上昇速度はまだ敵機にさほど遅れは取っていない。しかし、ゼロ戦は高度五〇〇〇メートルを超えると、急に操縦性が悪くなる。敵もそれを知っていて、高々度に誘いこもうとする。

峯崎の左下について飛んでいた直掩機が白煙を吐いている。あれは木村の機だ。直掩機が真っ先に撃墜されてどうする。峯崎はひとり毒づいた。

特攻機が敵機に追われている。敵機はもてあそぶように背後に迫っては、また離れていく。峯崎はその間に急降下して行った。敵機の鼻先を行きすぎると再度上昇して、敵味方数機が入り乱れている中に突っ込んでいった。

その中にちらりと、人魚のイラストを描いた機体を見たような気がした。振り返ろうとしたが、前方の味方機が二機のグラマンに追われている。峯崎はその間に機首を向けた。

半年前の空中戦が脳裏をよぎった。

本土、鹿児島の鴨池飛行場経由でバリクパパン基地に到着して、初めての実戦だった。基地を発進してすぐに、峯崎は右上方に一瞬だけ黒い点を見つけた。しかしそれはすぐに、強い陽差しに溶け込んで消えた。数秒後、突き抜けるような青空の中に、青白い点が現れた。昼間の星。いつからか峯崎は昼間でも星が見えるようになっていた。操縦士が頼るべきものはまず視力だ。その白点の横に、黒い点が動いている。

峯崎は急旋回してその黒点を追った。

機体下部の燃料タンクのコックを閉めて、落下引き手を引く。タンクが投下された。軽くなったゼロ戦は急激に速度を増してゆく。同時に機銃の装塡レバーを引いて、引き金を絞った。これで安全装置が外れる。機銃の弾は数秒で使い尽くしてしまうから、無駄撃ちはできない。

スロットル・レバーを思いきり押した。キャブレターが全開になり、機体が上昇する。飛行機は操縦桿を引くから上昇するのではない。速度が上がるから上昇するのだ。

急上昇、高度三〇〇〇メートル。翼の下を通り抜ける敵機が見えた。相手はまだ気付いていない。

旋回させ、視界の先四〇〇メートルにP-38ライトニングをとらえた。相手が旋回する。やっと気付いた。逃げようと必死だ。

戦闘機の機銃には何発かに一発、曳光弾が入っている。これはリンを詰めたもので、光を放ちながら左右の銃口から二筋のヒモのようになって流れていく。これで弾道を見て照準を微調整するのだ。

距離三〇〇メートル。光学照準器にライトニングが入った。

トリガを引いた。その瞬間、機体がわずかに揺れて、機銃弾は敵機の機体をかすめて海に吸い込まれていく。あわてて機体を元に戻した時には、敵機との距離は離れすぎていた。そんなことが何度かあった。敵機の背後につき撃墜確実となった機銃掃射の時、無意識のうちに機体を揺らしてしまうのだ。

最初の戦闘の時、急降下して敵機のエンジンを撃ち抜いた。

すれちがう時、パイロットの顔を見た。恐怖に引きつった顔が一瞬視界を横切った。数十秒後には確実に訪れる死に対する恐怖の顔だ。そしてその顔が、一人の男につながっていった。

峯崎は一瞬、目を閉じた。戦闘機乗り、いや飛行機乗りが操縦中に目を閉じることは死につながることだ。

目を開けた時には、炎と黒煙を上げながら落下していくライトニングが見えた。パイロットの姿を探したが見当たらなかった。パラシュートで脱出したとしても、助かる高度ではなかった。海面に叩きつけられるか、たとえ無事海面に降りることが出来てもこの海域はまだ日本軍の船が行き来している。それに、この辺りのサメは人肉に慣れていると聞いている。

その時から訓練では抜群《ばつぐん》の操縦テクニックを示し、いつも最高点を上げる峯崎が実戦では一機も撃墜できなくなった。射撃の瞬間、一人のアメリカ人の顔が心に浮かぶのだ。

「星の戦闘機乗り、と言うのを聞いたことがあるか」

ヘンリーが風邪で寝込んだとき、親友だという一人の大男が見舞いに来た。

当時十二歳だった峯崎が首を振ると、峯崎の目線にしゃがんで声を潜めてしゃべった。

「ヘンリーのニックネームさ。やつは機に星のマークを描いていた。あの男は根っからの飛行機野郎さ。前の戦争じゃ、ドイツ野郎の戦闘機を二三機撃墜した」

前の戦争と言うと、第一次世界大戦だ。当時の戦闘機は二翼の優雅なものだ。最初に乗せてくれたのも二翼の曲乗り機だった。

「家族はいないの」

「あいつと一緒に暮らせる女がいると思うかね。ノラって名前を聞いたことないか」峯崎は首を振った。

「最初に手に入れた飛行機につけた名だ」

峯崎が知っている最後の機はスージーだ。

ヘンリーは峯崎の親友であり教師であり大先輩だった。そのときヘンリーは五十を超えていたと思う。


我に返り、慌てて周囲を見回した。

空中戦は終わっていた。

首を回して三六〇度を確認した。友軍機は六機のみ。四機の姿が見えない。

誰だ、撃墜されたのは。もう一度、友軍機を確かめようとしてやめた。

半年前にロンプラタ基地に送られてきた時には三個中隊の三六機だった。それが、ひと月で二三機になり、二カ月後には一四機になっていた。それからはサンダカンから時々補充の特攻用ゼロ戦が入ってくるものの、じりじりと機数を減らしていっていた。いずれもどこかに被弾し、整備兵の昼夜の努力によって何とか離陸、飛行、そして着陸できる機体に保たれている状態だった。

峯崎に初めて機が与えられたのは着任して十日目だ。

敵の航空母艦とその護衛艦隊を発見して、爆弾を積んだ十機の特攻機が三機のゼロ戦に守られて離陸した。

一時間後、一機の特攻機が帰ってきた。基地内はいろめきたった。特攻機が帰ってくる。しかも爆弾を積んだままだ。

基地の大部分の者が滑走路に出て、特攻機を見上げている。

「消火用意。他の機を避難させろ。爆発の恐れあり」

滑走路周辺には慌ただしく兵士たちが走り回った。

機は翼を上下に振りながら、よろめくように滑走路に降りてきた。

「あの野郎、即刻営倉入りだ。引きずり出して他の兵から隔離しろ」

上杉中尉が腹立ちまぎれの暴言を吐いた。彼は日ごろから特攻機はなにがあっても帰ってくるべきではないと主張している。出撃してから一時間余りで帰ってくるとは彼には我慢ならないのだ。

海軍にはこういった習慣はないとはいえ、途中で引き返してくる特攻機に複雑な感情をいだく者が増えているのは事実だった。

このころ、特攻機がトラブルで引き返して来るのは珍しくなくなっていた。修理のための部品不足と、過酷な飛行で機体自体に無理が蓄積して故障が絶えなかったのだ。しかし、それが何度も続くと基地内はしだいに殺気立ってきていた。戦況の悪化も手伝い多少の故障で帰還するのを臆病風に吹かれたかのように見る者も出始めていた。

着陸したゼロ戦には滑走路にいた全員が集まってきた。

操縦席には、操縦桿を両手で握りしめた若い特攻隊員が息絶えていた。

大声で息巻いていた上杉も言葉もなく、パイロットを見つめていた。

「正面から敵機の銃弾を受けたのでしょう。無線の送信機が破壊されています。呼びかけても返事がなかったのはそのためです」

整備兵が機体を調べながら言った。

ゼロ戦には隊内連絡用無線電話機がついている。しかしその性能は悪く、非常時以外はあまり使用されることはなかった。

「銃弾は腹部を貫通というか、破壊というか――」

言葉が続かなかった。

腰から下はほとんど形をなしていなかった。この状態で基地までたどり着き、着陸したということは奇跡に近い、いや、本来あり得ることではない。

「何としても、機を陛下にお返ししたかったんだ」

表情を変えた上杉が、その特攻隊員に向って敬礼をしながら、絞り出すような声で言った。

「爆弾の投下装置が壊れています。海上投下したくても出来なかったのでしょう」

機体の下から整備兵が怒鳴った。

そのゼロ戦が次の戦いから峯崎の機となったのだ。

操縦席の隅にはまだ血糊《ちのり》の跡が残っているし、ネジの頭には肉片らしきものが詰まっている。さらになんとも表現しがたい臭いがした。死の臭いとでもいうべきものだ。

この機のパイロットが峯崎と告げられた時には、誰もがほっとしたに違いない。

峯崎はほとんど気にならなかった。いずれ自分も死ぬ。それがこの戦争で得た結論だった。誰のために死ぬか。そんなこと問題じゃない。

前方には雲ひとつない青空が広がっていた。

その下には南海の海原《うなばら》が陽の光を浴びてきらめいている。光の波の上を飛んでいるような気分になった。

信じられないくらいさわやかな気分だった。数十分前の戦闘がウソのようだ。南海に散った仲間のパイロットが、海原から微笑《ほほえ》みかけてくるような錯覚におちいった。

一日が終わり、鳥たちは家路に急ぐ
夜の帳《とばり》が下り、恋人たちは囁《ささや》き合う
世界は愛に満ちている

峯崎は口ずさんだ。

横を飛んでいる山田少尉が不思議そうに見ている。

この機の送信機は壊れている。操縦席で何を言おうが、何を歌おうがどこにも聞こえない。

「マイ・ブルー・ヘブン」。一九二〇年代に流行したアメリカのポピュラーソングだ。

二年前、海軍予備学生として入隊した時、口ずさんでいるのを先輩士官に見つかり、英語で歌を歌うとは何事だと、さんざん殴られた。

それ以来、声として出したことはない。

それが、この大空で自由に歌うことになろうとは。

鳥たちが呼び合う時、夕暮れは夜へと変わっていく
僕は、マイ・ブルー・ヘブンへと急ぐ

峯崎は歌い続けた。

〈峯崎、何かあったのか。機が揺れてるぞ。そんなだから、敵の背後に回り込めても撃墜できないんだ〉

分隊士（副分隊長）の上杉が無線で呼びかけては来るが、峯崎の機は答えることができない。

峯崎は歌い続けた。

自分を取り囲んでいるのはどこまでも青く、どこまでも広い空だ。そして自分はその中に、両腕をいっぱいに広げて飛び込んでいく。青く続く大空は、そんな自分を受け入れてくれる。

「マイ、ブルー、ヘブン」

峯崎は操縦席の中で声いっぱいに叫んだ。

やがて水平線と空の間に一筋の線が見え始めた。

その線は見るまに厚みを増し、緑の帯となり視野いっぱいに広がる。

ボルネオ島だ。そしてその北東の片隅に日本海軍の秘密基地、ロンプラタ飛行場がある。

滑走路周辺には基地中の者が出て来て、ゼロ戦の帰還を出迎えているのだ。

〈着陸準備、できています。順次、着陸してください〉

格納庫の前では通信兵が手旗信号を送っている。

隊長機が無線で待機機に呼びかけている。雑音混じりの音からなんとか拾うことができた。

〈加藤機から着陸。彼の機は主脚が出ないそうだ。油圧計が被弾してオイルが漏れている〉

「後にしたほうがいいと思います。成功の可能性は低い」

峯崎は心の中で呟いた。

〈加藤はもう限界だ。これ以上の飛行は無理だ。すぐに着陸させる〉隊長の声が聞こえてきそうだ。

「あれだけやられていれば、海に緊急着水するか、空中脱出してパラシュート降下しかないだろう。うまくいけばパイロットだけは救える」

峯崎は無線に向かって言ったが、聞こえることはない。

俺だったら基地に戻る前にやってみる。しかし、確実に機体は失う。

峯崎は思わず苦笑した。自分は、生きることに意義を見いだせない。ついさっき思ったことだ。

加藤機は背後に回り込まれた敵機に、胴体部を狙い撃ちされている。あれで撃墜されなかったのが不思議なくらいだ。

〈全機、加藤機が着陸するまで待機しろ〉隊長機の指示は全機に理解されたようだ。全機、基地上空で旋回を始めた。

加藤機の高度が下がっていく。急降下して遠心力を利用した主脚出し操作を行っているようだが、主脚はまだ出ていない。

「高度五〇メートル、四〇メートル。一〇メートル――」

峯崎は加藤機を目で追いながら呟いた。

「低すぎる。高度を上げろ」

峯崎は叫んだ。

加藤機はほぼ四五度の角度で滑走路に突っ込んでいった。その瞬間、火花を散らしながら大きくバウンドした。最初のバウンドは三メートル余り。そしてそのまま、滑走路に叩きつけられるように落下した。

「着陸失敗だ。パイロットを救出しろ。炎上するぞ。急げ」

峯崎は叫んだが地上に聞こえることはない。

そのとたん、炎が上がった。そして黒煙と共に機体が飛び散るのが見えた。爆発を起こしたのだ。

滑走路は大混乱に陥《おちい》っている。

無線は沈黙を守ったままだ。

〈しばらくそのまま上空で待機。燃料切れの機は管制に伝えて、順次着陸しろ〉

隊長機から聞き取りにくい無線が入ってくる。

「俺はどうなるんだよ。燃料切れを伝えようと思っても、無線が故障中なんだぜ」

声に出したがどうしようもない。燃料計を見ると、ゼロの手前で揺れている。

峯崎は高度を上げた。グライダーの要領で上空を滑空し、燃料消費をできるかぎり減らす。全機が着陸するには、あと三十分は上空に待機する必要がある。それまで、燃料を持たせなければならない。

〈峯崎は最後だ。無線が故障してるんだろ。分かったら翼を振れ〉

無線機からかすかに分隊長の声が雑音に交じって聞こえる。

「普通は隊長機が最後だろう」

呟きながらも峯崎は翼を振った。

燃料計がゼロを指した。

二十分ほどで残りの全機が着陸した。

プロペラを見ると、半分止まっている。今まで飛んでいたのが奇跡なのだ。

峯崎はゆっくりと機首を下げていく。慌てるな。俺が乗っているのはグライダーだと考えればいい。

「風をつかまえるんだ。そして風に乗れ。風になれ。ゆっくりと」

峯崎は何度もつぶやき、自分に言いきかせた。ヘンリーがいつも言っていた言葉だ。

降下速度が速すぎる。ガス欠でプロペラの回転数が落ち、揚力がかなり落ちているのだ。〈早めに車輪を出すんだ。スピードが多少落ちる〉ヘンリーの言葉が甦《よみがえ》った。

プロペラはほとんど止まりかけている。

降下速度が速くなった。操縦桿を握る手に力を込めた。〈速度を落とせ〉ヘンリーの声が聞こえる。峯崎は足を踏ん張り、全身の力を込めて操縦桿を引いた。両翼のフラップが上がる。降下スピードがわずかに落ちた。

激しい衝撃が全身に伝わってくる。機は滑走路に数回バウンドした後に止まった。

目を閉じて息を深く吸い込み、ゆっくりと吐いた。

天蓋を開けると、熱を含んだ風が心地よかった。俺はまだ生きている。

声援が聞こえた。機の外には整備兵が集まってきている。

「見事だな。さすが峯崎中尉だ。プロペラは止まる寸前だった」

整備主任の大場曹長が機の下から怒鳴った。

操縦席から出て主翼の上に立つと、潮の香りを含んだ海からの風が顔を優しくなぜながら吹き抜けていく。

「向かい風だったのが幸いしました。うまく風を利用できました。太り気味のグライダーを飛ばす要領です」

「おまえだからだ。しかし、隊長機が先に降りるとはな」

大場が寄ってきて小声で言った。

「私の腕を信じてくれていたんです。だから私より先に着陸しました」

「そうしとこうか。俺もおまえを信じてたけどな」

大場はにやりと笑って去っていった。峯崎はまだ炎を上げている加藤機に目を向けた。何機かが、ああなってもおかしくない状態だった。一機ですめば、分隊長の判断は正しかったとみなされる。しかし、いちばん割を食ったのは加藤だ。こんな事故で死ななくてもいいパイロットだった。


昭和二〇年（一九四五年）七月。

大日本帝国は四年前の一二月、真珠湾攻撃によってアメリカ合衆国と戦闘状態に入った。後に言われる太平洋戦争である。

日本の帝国陸海軍は、航続距離の長いゼロ戦を主力とした航空部隊、艦艇部隊、地上部隊を連動させて南太平洋地域の敵飛行場を次々に占領していった。いわゆる飛び石作戦である。

この世界史上前例のない戦法によって、日本は短期間のうちに東南アジアの主要部を全て占領した。その目的は南方資源地帯の確保によって、石油、鉄鉱石、ゴム、食糧の調達を行うことだった。

しかし快進撃も翌年六月までだった。アメリカ軍との間で行われたミッドウェイ海戦で、日本の連合艦隊は壊滅的ダメージを受けた。

アメリカの二倍の戦力をもって臨《のぞ》んだにもかかわらず、それまで帝国海軍機動部隊の中核であった航空母艦赤城、加賀、蒼龍《そうりゅう》、飛龍とその艦載機を失ったのだ。また日中戦争以来の経験を積んだベテランパイロットを一挙に失ったダメージは大きかった。さらにアメリカの戦時体制が整ってきたことによって、日本は戦争の主導権を失っていった。

次いで同年八月、アメリカのガダルカナル上陸作戦で、現地の日本軍三万六千人のうち二万千人が戦死した。島づたいに占領して、点と点を結ぶように勢力圏を築き上げてきた日本は、アメリカの圧倒的な物量作戦によって補給路を断ち切られ、各所で孤立無援となっていった。

一九四三年には三国同盟の一角であったイタリアが降伏、ドイツもスターリングラード敗北によって後退を始めた。

日本では総動員体制がとられ、徴兵年齢の引き下げ、大学生の徴兵延期の停止、また中高生の工場動員が開始された。

一九四四年、日本領であったサイパン島がアメリカ軍に奪われた。

これによって、アメリカ軍は日本本土を爆撃の射程におさめることになった。

そして一〇月、日本軍はフィリピンでのレイテ沖海戦でさらに空母瑞鶴《ずいかく》、瑞鳳《ずいほう》、千歳《ちとせ》、千代田を失い、壊滅的敗北を喫《きっ》した。この頃から爆弾を積んだ戦闘機で敵艦船に体当たりする特攻作戦が行われるようになった。

一九四五年に入ると、アメリカ軍は硫黄島、沖縄へと侵攻を開始。三月、硫黄島玉砕。激戦の末、四月、沖縄本島に上陸した。

そうした中、オランダ領だったボルネオ島では四月頃から激しい空襲が始まり、各地で連合軍の侵攻が行われ、主要拠点を占領されつつも後退して戦う日本軍と、それを追う連合軍との間で、散発的な戦闘が繰り返されていた。

一方でボルネオ島の周囲に位置するスマトラ島やジャワ島、マレー半島などはアメリカ軍が上陸を断念しており、日本軍の勢力範囲としてそのまま残されていた。特にジャワ島では、四万人以上の陸海軍兵力が無傷のまま残っていた。

これらの地域は豊富な資源によって自給自足していたが、日本本土との連絡は絶ちきられているという状況だった。

2

「きさま、あれはなんだ」

兵舎に帰るとすぐに上杉が峯崎に詰め寄ってきた。

「わざと外したのか。十分に撃墜できたはずだ」

峯崎は黙っていた。

「機が横風で流されたんだ。撃墜はしなかったが、それ以上の働きをした。峯崎の攻撃で敵は攪乱《かくらん》されて、十分な攻撃ができなかった」

今日の分隊を指揮していた早河大尉が、二人の間に割って入った。

半分は事実で、半分は峯崎をかばったものだ。いくら味方機を救う働きをしても、撃墜できる敵機を撃墜しなかったのは責められるべきで、下手をすると軍法会議ものだ。

「しかし、あの急降下には驚いた。敵はもっと肝《きも》を冷やしただろうが。あれで敵の編隊が崩れた。俺が敵の隊長機を落とせたのはきさまのおかげだ」

「こいつが撃墜できた敵機を外した言い訳にはなりません」

「俺はこの程度の被害で編隊が帰還できたのは、峯崎のおかげだと感謝している。ここに至っては敵戦闘機一機撃墜より、一機でも多い友軍機の帰還のほうがはるかに有り難い」

確かにその通りなのだ。敵機の間を縦横に飛び回り、攪乱した峯崎の働きは賞賛すべきものだ。

峯崎が直掩機として出撃した時の帰還率は確かに高いのだ。

「いい気になるなよ。俺の目は節穴じゃないからな」

上杉は峯崎を睨みつけると、自分の部屋に戻って行った。

「有り難うございました」

「礼を言うのは俺のほうだ。背後についた敵機を追い払ったのはきさまだろう。あの時は正直、ダメかと思った。あの機、人魚マークがついてなかったか。やつはゼロキラーだった」

ゼロキラー。ここ一年ほど前から度々遭遇するグラマンだ。機体に人魚のイラストを描いたグラマンで、周辺基地からの情報を集めるとすでに二十機以上のゼロ戦が撃墜されている。

早河の背後に回り込んだ敵機の前すれすれに峯崎は飛び抜けた。敵機は慌てて急旋回して、早河の機から遠ざかった。

「俺は人にはそれぞれ役割があると思っている。俺はきさまの役割を認めているが、そうでない者も多い。しかし、そろそろ自分について考えなきゃならん時期だ」

早河はそう言って峯崎の肩を叩いた。峯崎が敵機を照準にとらえても、撃墜を躊躇《ちゅうちょ》するのを知っているのだ。

峯崎は早河に敬礼すると、兵舎を出た。

滑走路の端に兵舎が並んでいる。それぞれ士官、下士官、特攻要員、兵士と整備兵とに分かれている。

峯崎は特攻要員の兵舎に行った。今日の出撃で、出撃後すぐにエンジン不調のため一機帰還していたのだ。

兵舎に入ると、人垣ができている。士官たちは峯崎に気付くと、慌てて姿勢を正して道を開けた。皆、最近本土から送られて来た若い士官たちだ。

中央には小柄な士官が一人立って下を向いていた。鈴木だ。

「今、こいつの精神に喝《かつ》を入れていたところです」

士官の一人が峯崎に向かって言った。

峯崎は、鈴木の横に行き他の士官に向き直った。

「早河隊長が鈴木に帰投するよう指示を出された。エンジン不調だ。わずかだが黒煙が出ていた。オイルが漏れていたんだ。これは整備兵の了解ずみだ」

「しかし大きな問題ではありませんでした。十分に帰投できてるじゃないですか」

他のやはり学徒動員で送られてきた士官の一人が言った。

「不調に気づくのが早かったからだ。あのまま飛んでいれば、どこかの海に着水して機を失う上に、同行している味方機に迷惑をかけている」

「その前に敵機動部隊を発見すれば――」

「きさまらの代えはいくらでもいる。機が無事帰投したのは喜ばしいことだ」

背後からの声が士官の言葉をさえぎった。振り向くと入口に上杉中尉が立っている。

「今回の出撃は残念ながら失敗した。敵機動部隊は発見できず、逆に敵機に発見されて、五機の味方機を失った。うち、四機は特攻機だ。鈴木があのまま飛んでいたらもう一機失っていたことになる」

上杉は士官たちを見回しながら言った。

峯崎は、搭乗員は消耗品《しようもうひん》、整備兵は備品、という言葉を思い浮かべた。大本営参謀の言葉だと言うが、上層部全員の本音なのだろう。

「俺から整備兵にきつく言っておいた。せめて片道飛べる整備をするようにとな」

「ゼロキラーは今日も現れたのですか」

まだ二十歳前の特攻要員が上杉に向かって聞いた。

「直掩機を一機、特攻機を二機撃墜された。いいようにやられてる」

「しかし大した腕だぜ。右頰《ほほ》に傷のある金髪だと聞いてる。半年ほど前に尾翼を撃たれてかろうじて海上に不時着して生還した操縦士が見たらしい。撃墜される前に横につけられて、これから撃墜するという風に立てた親指を逆向きにしたそうだ。笑いながら」

「ゼロキラーを撃墜できる飛行士は、ここにはいないのか」

「周辺基地の飛行士じゃ無理じゃないか。撃墜王と言われた飛行士はほとんど本土防衛で呼び戻されてる。ここらにいる飛行士は、急降下しか出来ない特攻要員だけだ」

「最近のグラマンはすべての性能においてゼロ戦に勝っているというのは本当ですか」

いちばん若い兵士が峯崎の方を見ている。

「ゼロ戦でグラマンと戦えというのは、パイロットを見殺しにするようなものです。日本にもゼロ戦に変わる新しい戦闘機が必要です」

峯崎は上杉に聞こえるように言った。

「責任を転嫁《てんか》するな。グラマンごときに、ゼロ戦が簡単にやられるわけがない。いまだゼロ戦が世界最高の戦闘機であることは間違いない」

一瞬の間をおいて上杉は答えた。その通りだろうという顔で峯崎の方を見ている。こうはっきりと言い切られると、峯崎は反論する意思も失っていた。何を言おうと上杉は受け付けないだろう。

しかし、彼にもすでにゼロ戦が時代遅れの戦闘機であることは十分に分かっているはずだ。

ゼロ戦がアメリカ機に対して絶対的優位に立ったのは、戦争初期だけだった。

今ではスピード、上昇速度、航続距離、そして装甲、どれをとっても敵戦闘機より優れているとは言い難い。特に装甲に関しては、ゼロ戦はないに等しい。機体の軽量化を図るために、装甲を犠牲にしているのだ。さらに、燃料タンクや操縦席を護《まも》る防弾板がないために、被弾すると簡単に火を吹く。「火炎瓶《かえんびん》」と言われるのはそのためだ。

火力と運動能力を重視したゼロ戦に対し、アメリカ軍は防弾にすぐれた新型機を投入してきた。

一九四二年六月より飛行開始したグラマン社のF６Fは、未熟なパイロットでも扱いやすい操縦性と堅牢な装甲を持っていた。限られた出力を最大限発揮しようとする日本軍機と違い、大出力で余裕のある設計がなされていたのだ。

操縦席には九六キロに及ぶ防弾鋼板がはりめぐらされ、ゼロ戦の胴体にある七・七ミり機銃では全く歯が立たなかった。対してゼロ戦は、少しの被弾ですぐ燃料タンクに引火して、簡単に撃墜された。

こういう作りは国民性が現れている。パイロットを消耗品としか考えていなかった日本軍と、時間をかけて訓練する貴重な財産と考えていたアメリカ軍との違いだと、峯崎は思っている。

「紫電改っていう新型機が出来たんだろ。我々には回ってこないのか」

重苦しい空気を吹き飛ばすように士官から声が上がった。

「確かに最高速度は時速六〇〇キロ近いし、旋回性能もグラマンよりいいらしい。本土じゃ爆撃機を護衛して来るグラマンの編隊に切り込んで、かなりの戦果を上げてるらしい。しかし紫電改は局地戦闘機だ。航続距離が二〇〇〇キロ前後って聞いてる。ゼロ戦のような長距離での運用はできないんだ」

「本土は新鋭機で守るが俺たちは旧式のゼロ戦で戦えということか」

「バカ野郎。ゼロ戦のせいにするな。腕さえよければ、グラマンなんか敵じゃない。我が軍の撃墜王、坂井少尉は六十機以上の敵を落としている。岩本飛曹長にいたっては未確認ながら二百機以上らしいぞ」

しかしそれは開戦初期の中国戦線を含めての話だ。確かに当時、ゼロ戦の性能は、連合軍にも恐れられていた。ゼロ戦に遭遇した場合は、逃げるか二機以上で戦えと言われていたらしい。しかし現在では完全に逆転している。

「ゼロ戦にも後継機はないのですか」

誰も答えるものはいない。

「それより我々の搭乗員の中で、敵を撃てない搭乗員がいるっていうのは本当ですか」

士官の一人が話題を変えるように上杉に向かって言った。いつも上杉と一緒にいる男で峯崎のことを知っていて聞いているのだ。

「峯崎中尉に聞いてみろ」

上杉が口元に笑みを浮かべながら峯崎を見た。

視線が峯崎に集まった。

峯崎はわずかに眉根を寄せると、無言で彼らの前を歩いてドアに向かった。

「アメリカ野郎が」

吐き捨てるような低い声が聞こえた。

峯崎の足が止まり、ゆっくりと振り返った。一人ひとりの士官の顔を見つめていく。

辺りの空気が凍りつくのが分かった。

声を出した士官の前に行き、その前に立った。

「俺のどこがアメリカ野郎だ」

腕をまくり、それを士官の目の前に突き出して穏やかな声で言った。

士官の顔はひきつり、黙ったまま答えない。

「きさまと同じ肌の色、髪の色、目の色だ。父も母も日本で生まれ育った。俺も日本で生まれた。妹はアメリカで生まれたが、アメリカ以上に日本を愛している。それを否定するようなことは言わないでくれ」

その声は低く穏やかだが、士官を見つめる目は言いようのない怒りに満ちていた。

突然の峯崎の行動に士官は顔をこわばらせて立ちつくしている。

峯崎は本来、陽気な男だった。しかし十六歳で日本に帰国して以来、次第に性格が変わっていくのが自分でも分かった。アメリカにいたころは、もっと自由に感情を外に表わしていた。それが今は——。

峯崎は他の士官たちを見渡すとドアのほうに歩いた。

その後ろ姿を、壁にもたれ、腕組みをした上杉が無言で見ていた。

静かな夜だった。

峯崎は滑走路の隅に腰をおろして、空を見ていた。

滑走路にはジャングルから切ってきた木の枝が敷き詰められている。空から見るだけでは、丈《たけ》の低い木々の広場程度にしか見えないだろう。

出撃と帰還の時には、その枝を取り払い、その後にはまた敷き詰めるのだ。基地の総員でやれば、十五分余りで作業は終わる。

さらに格納庫や兵舎の屋根、基地に待機している航空機にも迷彩布と木の枝による迷彩が施されている。

空一面に星が輝いている。妹の真理子は星に詳しかった。よく星座の名前を教えてもらったものだ。

「飛行機乗りは、星にも詳しいのかと思ってたわ。空を飛んでる時は、何を目印にするの。夜は星しか見えないでしょ」

「夜飛ぶのは好きじゃないんだ。俺は青い空の中を飛ぶんだ。地上が雲で覆われてても、雲の上に出れば青空が広がってる」

真理子は呆《あき》れたような顔で峯崎を見ていた。

鳥たちが呼び合う時
夕暮れは夜へと変わっていく

低い声で口ずさんだ。家に帰りたい。しかし、俺の家はどこなのだ。

「ずいぶんその歌が好きなようだけど、ヘンリーにとってのブルー・ヘブンって何なのさ」

知り合って一年ほどたった時、聞いたことがある。その時もヘンリーは複葉機を操縦しながら、マイ・ブルー・ヘブンを歌っていた。ヘンリーはしばらく考え込んでいた。

「俺には家族もない、親戚もいない。友達も多いとは言えん。特別、帰りたい家もない。俺が死んだら、俺を火葬してこの飛行機から空に灰をまいてくれるように頼んでる」

ヘンリーは少し寂しそうに、しかしはっきりとした口調で言った。

「じゃ、ヘンリーのブルー・ヘブンはこの青空なんだね」

「そうだ。この大空こそ、マイ・ブルー・ヘブンだ」

ヘンリーはそう言うと、豪快に笑い続けた。今でもあの時の笑い声は耳の奥に残っている。


人の気配で振り向くと、鈴木が立っていた。

「有り難うございました。エンジン不調を指摘してくれたのは、峯崎中尉だけです。あの時、高度を保って皆に遅れないように飛行するのがやっとでした。基地に帰りつけたのが不思議なくらいです。それに、さっきもそろそろ限界でした。あれ以上なじられていたら、どうなっていたか分かりませんでした」

「少し前までは特攻に出て敵を発見できなかったり、エンジン不調で帰ってきたら、みんなで慰めたものだ。しかし今は――」

「私が悪いのです。おめおめと帰投したのですから」

「みんな怯《おび》えているんだ。そして心がすさんできている」

「怯えている？」

「自分たちの置かれている状況を考えてみろ。敵はすぐそばまで迫っている。それに強力だ。日本はそれほど長くは――」

峯崎は途中で言葉を切った。しかし次に続く言葉は、お互いに分かっている。二人とも長い時間、無言だった。自分たちがこれからどうなるのか。しかし鈴木の道はすでに決まっている。

峯崎の口から低いメロディーが流れた。

「その曲、『マイ・ブルー・ヘブン』ですね。でもいいんですか、英語で歌ったりして。僕は、英語の歌詞の方が好きですが」

鈴木が遠慮がちに言った。

「珍しいな、英語の歌詞の方が好きだなんて。俺は日本語の方は知らないんだ」

「母が小学校の音楽教師なんです。だから、アメリカの曲もよく聞かされました。もちろん原語でです。でも、それも昔の話です。今は小学校でも軍歌一色だそうです」

鈴木は声のトーンを落とした。

「あのアメリカ野郎って……どういうことですか」

「俺は十六歳までアメリカにいたんだ」

峯崎は三歳の時に、東洋物産社員であった父に連れられて家族でアメリカに渡った。そして十六歳までカリフォルニア、ロサンゼルスですごした。

その後、両親、妹とともに帰国するが、大学生だった兄だけはアメリカに残り、卒業後アメリカ国籍を取得するため海軍に入隊した。そして日本軍の真珠湾攻撃で、戦艦アリゾナの士官だった兄は日本軍戦闘機の掃射を受けて死亡した。

峯崎は帝国海軍でパイロットになったが、アメリカで夢見た自由な空はなかった。

「この歌はアメリカにいたころ、友人のアメリカ人がよく歌っていた。そのせいだ。いつも無意識のうちに口ずさんでいるらしい」

そのために入隊当初は、何度、古参兵に殴られたか。峯崎は声に出さずに言った。

「歌えるのか」

「いいえ。曲を知ってるだけです。いい曲です。家族を想う歌です。平凡だが幸せな家族と愛の素晴らしさを歌っています」

「俺はリズムが好きなだけだ」

峯崎は視線を滑走路のほうに向けた。

滑走路を影絵のような黒いジャングルが取り囲んでいる。その上には満天の星が輝いていた。

「アメリカは好きか」

鈴木は驚いた表情を峯崎に向けた。

「戦争をしている相手に、おかしな質問だな。じゃ、アメリカについて知っているか」

「『峠の我が家』『オールド・ブラック・ジョー』それに、『ハックルベリー・フィン』『トム・ソーヤ』も知っています。大学での専攻は経済ですが」

「それだけ知ってりゃ十分だと言いたいが、アメリカを見たことがあるか」

「本で読んだだけですよ。国土は日本の二五倍、人口は二倍。世界中から集まった移民の国。本格的に勉強しようとした時に、徴兵です」

「国内で石油も石炭もとれることも知っておいたほうがいい。鉄の生産は日本の十倍ということもだ」

そして、と峯崎は続けた。

「日本人で、実際に自分の目でアメリカを見たものが何人いる。ニューヨークの摩天楼を想像できるか。エンパイア・ステートビルに上った日本人は？　ピッツバーグには太陽がない。一年中、製鉄の煙が空を覆っているからだ。デトロイトでは何百メートルも続く流れ作業の生産ラインで車が作られている。一日で数万台の車が生産される。地平線まで続く小麦畑やトウモロコシ畑。その真ん中を突きぬけるフリーウェイ」

峯崎は続けた。

「鉄鋼、造船、化学。どれもアメリカの工業力には日本はとても及ばない」

「日本は世界の巨人に戦いを挑んでいるってわけですか」

「特攻精神だけではどうしようもない」

「本土では予科練の教官をやられていたと聞いています。おそらく、海軍航空隊の一、二を争うパイロットだと」

「俺は教官なんかじゃない。一八年入隊の予備学生だ。それに、俺が撃墜したのは一機だけだ」

ずば抜けた操縦技術をかわれて、異例だったが教官助手として訓練生を教えていたのだ。そのため直ちに特攻機に乗ることはなく、この基地に来てからは直掩機の搭乗員として飛んでいる。しかしそれが良かったのかどうか。

目を閉じるとパイロットの顔が浮かんでくる。恐怖にひきつった表情。それがヘンリーに重なってくる。それ以来、機銃射撃ボタンを押す時に無意識のうちにタイミングを外してしまう。

「志願してここに来られたと聞いています」

「教える機がなくなったんだ。本土での航空機製造に多くは望めない」

名古屋、神戸といった航空機を生産していた都市の大部分が爆撃によって大きな被害を受けた。軍需工場を標的にした爆撃だったが、多くの民間人も犠牲になっている。静岡の軍需工場に動員されていた妹も工場を爆撃されて、東京に戻ったと今年初めに届いた手紙にあった。

峯崎が本土を離れて前線に出ると決心したのは、本土の両親と妹、家族を護りたいという気持ちがあったのかもしれない。そして、自分が飛行技術を教えた若者たちが、犬死にしないように護ってやりたい。

鈴木はポケットからハーモニカを出した。

マイ・ブルー・ヘブンを吹き始めた。静かなジャングルにどこかもの悲しい、故郷と家族を思うメロディが吸いこまれていく。

「一度聞くと吹くことができるんです。母は私の才能だと言ってました」

峯崎は思わず聞き入っていた。そして、知らず知らずのうちに指先でリズムを取りながら低い声で歌っていた。


峯崎は鈴木と別れて、格納庫に足を向けた。

深夜に近いが、まだ十人近くの整備兵が働いていた。

格納庫の隅には滑走路に激突して炎上した加藤の機が運び込まれている。

「今日は無理をさせすぎました。右翼のフラップの具合を点検しておいてください」

峯崎は大場曹長のところに行って頭を下げた。

大場は油のついた顔を上げて笑みを浮かべた。大場は四十代後半の整備主任だ。物言いは階級を無視したぶっきらぼうなものだが、基地の誰もが一目置く腕を持っていた。

「あんたの機はまだまだ大丈夫だ。使い方は人一倍荒いが、不思議と故障は最小限にとどまってる。機械の痛みってのが分かるんだろうな。機械だって生きてるんだ。エンジン音、機体のきしみ、計器の針の動きで機の状態が分かる。だから、いたわりながら乗ってる」

「命を預けてますから」

時に飛んでいる機が身体の一部と感じることがある。巨大な鳥。自分はその頭脳となって翼をあやつる。自由に大空を舞う一羽の鳥だ。

「機は飛行機乗りにとっては、身体の一部です。いちばんよく状態を知っています」

「だがこの戦争を仕切っているものたちは、ただの消耗品としか考えていない。そして、その消耗品も尽きかけている。補充なんて望めない」

大場は格納庫の片隅に視線を移した。

航空機の残骸《ざんがい》が積んである。ゼロ戦、ヘルキャット、P39、日本軍の航空機の残骸ばかりか、グラマンやカーチス等のものもある。大場が部下に命じて、手に入る墜落機体を片っ端から集めてきたのだ。

その残骸の部品を使って、やっと修理を続けているのだ。

「寄せ集めばかりだ。しかし機械だって年を取っていく。いずれ修理がきかなくなる。それは人間と同じだ」

「そんな中で、大場さんたちはよくやってくれています」

「その言葉づかい、なんとかならないか。俺だけがこの調子だと、具合が悪くてしょうがない」

大場は改まった顔で峯崎を見つめた。

「年長者と、尊敬に値する相手には敬意を払えと教わってきました。日本の誇る美徳です」

「日本じゃなくて、ここは軍隊だ。将校と下士官の差は歴然なんだ。兵に示しがつかない。それは心得ておいてくれ。俺が言うのが一番おかしいんだがな」

「私はあなた方に命を預けています。大場さんたちの仕事に敬意を払っています。敬意を示すのは当然です。将校である前に人間ですから」

大場は隅に視線を向けた。数人の整備兵が燃え残った機体から、何とか使えそうな部品を取り外している。

「無線機の調子はどうだ」

「あいかわらずです。聞くことができても、話すことができない」

「あれを使えば、あんたの機の送信機もなんとかなりそうだが」

使われているのは三式空1号無線電話機だ。以前の隊内無線電話機に比べて格段に性能が良くなった。機体同士での会話も出来るようになったが、やはり雑音が多く聞き取れないことも多い。そして何より、誰からも邪魔されない時間がなくなる。大空を飛ぶ時は自由でいたい。峯崎のいちばんの願いだ。

「大事な部品です。私より他の機に使ってください」

「そう言うと思ったよ」

大場はにやりと笑って、次に軽いため息をついた。

彼は峯崎の状況をうすうす感づいている。操縦の腕はずばぬけている。しかしなぜか実戦では機銃を撃つ時はずしてしまう。そして、大空を自由に飛び回ることに限りない喜びを感じている。

「最高の腕をもった飛行士が六カ月で撃墜一機だけってのもおかしな話だ」

「射撃の腕が劣るだけです」

「ただし、助けた飛行士は十人以上だという話も聞いた。中には何度も助けられたと。誰もがあんたと一緒に出撃したがるらしい」

「私がラッキーマンだという噂ですか。疫病神《やくびょうがみ》だと思っているものもいます」

「出撃では、いつもあんたの機の飛行距離がいちばん長い。そして、今日はあんたが最後に着陸した」

大場が峯崎を見つめている。

「着陸した時エンジンはほとんど止まっていた。ガソリンはゼロだ。あれでよく飛んでたと仲間と感心してたんだ」

「やっぱりラッキーマンなんですかね」

「エンジンに優しい飛行機乗りなんだ。同量のガソリンであんたは他の飛行機乗りの一・三倍は飛ぶことができる」

大場は自信を持って言い切った。

〈飛行機は空飛ぶ燃料タンクだ。エンジンは俺と一緒だ。俺が酒を飲むようにガソリンを飲みながら飛んでいる。少しずつ、楽しみながら無駄なく飲ませてやるんだ。そうすればエンジンはいつも機嫌よく、最高の状態で歌ってくれる〉ヘンリーが飛びながらいつも言っていたことだ。

「明日の出撃には間に合いますか」

「明日は休養日だ。いくら愚痴を言わない働きモノでも休ませてやらんとな」

しかしそれは無理な話だと二人とも分かっていた。

大場は東の空を見上げた。空の一部から星が消え、風がわずかに強くなっている。

「さっき、上杉中尉がきておまえの機の機銃について聞いて行った。弾は撃ち尽くしていたと答えておいた。機銃を調べてたけどな」

峯崎さん、と言って大場は一瞬、口ごもった。

「こんなことは言いたくはないが、上杉には気をつけたほうがいい。あの男はあんたが思っている以上に危険な男だ」

「私なんか上杉中尉の眼中にないでしょう」

「もう気づいてるだろ。あの男はあんたに妬《や》いてるんだ。あんたが来るまでは、あの男がここのエースだった。ずば抜けた操縦技術は誰もが一目おいていた。度胸もあった。しかし、あんたが来てから霞《かす》んじまったんだよ」

「上杉中尉は海兵出身のエースパイロットです。撃墜数は海軍でもぐんを抜いてます。私ごときは――」

「腕はあんたの方が数段上だ。誰が見ても明らかだ。それにあんたは――。生まれながらの飛行機乗りなんだ。これは訓練や努力でどうこうなるもんじゃない。うまく言えないがね。妬《ねた》ましくってしょうがないんだ。ところがあんたはそんなことどこ吹く風だ。それもあの男にとっては我慢ならないんだ」

峯崎はどう言っていいか分からなかった。今まで考えてもみなかったことなのだ。

「あの男、こうと決めたら手段を選ばないところがある。まあ、十分に気をつけることだ」

「有り難うございます」

峯崎は礼を言って、格納庫を後にした。

3

翌日の朝、峯崎が食堂に入ると、日課となっている言葉が聞こえてくる。

レイテ沖海戦で敗れてからは、本土につながる制海権と制空権は完全に連合軍に握られている。連隊本部から「食料、日用品は自給せよ」という連絡が来たのは半年前だ。

「いったい、東京の司令部は南方戦線のことをどう考えているんだ。最小限の補給もなしにこの戦線が維持できると、本気で考えているのか」

「そうだ。すでに硫黄島は玉砕、沖縄は占領されているらしい。我々もこの島で死ねということなのか」

「それより補給部隊はどうしたんだ」

「今日あたり、追加のゼロ戦が五、六機入るらしい」

「東京の空襲はまだ続いているのか」

一瞬、部屋から声が引いていった。

日本本土の状況は全員がもっとも知りたがっていることだ。昨年一二月、東京がB29爆撃機により初めて空爆されてから、今年になってますます激しくなったと聞いている。しかし入ってくる情報はまちまちで、要領を得ない。

「被害状況は軍の機密事項になってるが、もう情報は出回ってる。新宿から銀座まで一望のもとに見渡せると言うぜ。こりゃあもう、壊滅的な被害だ」

「司令部は戦闘機の大部分を特攻機にするという噂もある。現在の戦況でも、特攻機一機が敵航空母艦一隻、その乗員三千人を殺《や》れば勝ち戦《いくさ》になるらしい」

「しかし最近の特攻じゃ、一隻の戦果も上げられてないそうじゃないか。敵も特攻作戦には手を焼いて、遊撃機の増強と、軍艦じゃ弾幕を張って対抗しているということだ」

「弾幕？」

「何十という高角砲と四〇ミリ機関砲を特攻機めがけて撃つんだ。何万発、何十万発という銃弾で特攻機は艦に突っ込む前に被弾して、海に墜落してしまう。最近は、直接当たらなくても近くで爆発して機を破壊する砲弾で撃ってくるらしい。すでにかなりの特攻機が撃墜されている」

再び様々な声が飛び交い始めた。

「我が隊にもいずれ、操縦士全員に特攻の命令が出るんだろうな」

直掩機に乗っている若い下士官の言葉で会話が途切れた。

彼の視線の先に上杉が立っている。

「その時には、俺も喜んで志願する。きさまらだけを逝《い》かせるようなことはしない」

上杉が近づいてきて、下士官たち一人一人に目を向けながら言った。

「そろそろ解散だ。明日は天候も回復して、敵の動きも活発になるだろう。全員、十分に休息を取っておけ」

上杉が強い口調で言った。

兵士たちはそれぞれの部屋に散っていった。

「きさまは俺の部屋に来てくれ」

帰ろうとする峯崎に上杉が言った。

峯崎は上杉について、部屋に入った。

「きさま、いったい何を考えている」

部屋に入ったとたん上杉は振り返り、峯崎を睨《にら》むように見つめた。

「整備兵に確認したが、機銃の故障はなかった」

「銃撃のすべてが当たりませんでした」

「確かに全弾撃ちつくしていた。問題は何を撃ったかだ」

「敵機以外に何を撃つんです。ただ機銃射撃が下手なだけです」

「おまえは何度も敵の背後に回り込んだ。撃てば必ず当たる位置だ。そのたびに敵は慌てて回避していた」

「撃つとなぜか機体がゆれてしまうんですよ」

「敵と味方の間に割り込んでかき回すだけで、敵を撃墜する気がない。これは重大な反逆行為だ」

反逆行為——。峯崎の中でいつもは片隅にしまい込まれている感情が突然膨れ上がった。峯崎は一度大きく息を吸い、上杉を凝視した。

「私は——敵を一機撃墜するより、味方機が一機でも多く帰還できることを望みます。敵は一機撃墜されても五機生産する能力を持っています。しかし日本は——」

「きさまのような奴は帝国海軍の面汚しだ」

上杉の声が大きくなった。感情を抑えられず握り締めた拳が震えている。

「俺は上官に報告するつもりだ。早河大尉じゃないぞ。この基地にもまともな上官はいるんだ。きさまはやはり敵性日本人であり、ただちに軍法会議にかけて適切な処置を行うようにとな」

「好きにしてください。命令にはしたがいます」

峯崎は上杉に敬礼をすると部屋を出た。大場の言葉を思い出し、何を言っても無駄だと思ったのだ。

峯崎はその夜も通信室に行った。

ここひと月余りの峯崎の習慣になっている。

「東京の空襲についての新しい情報はないのか」

峯崎はすっかり顔見知りになった通信兵に聞いた。

「自分も注意してはいるんですがね。大本営も通信にはかなり神経質になっています。我が軍の通信はすべて敵に傍受されていると考えていいですからね」

「正式なものでなくてもいい」

「東京空襲についての情報はかなり出回っていますが、軍が公式に発表したものはありません。ただし、噂として伝わってきていることは色々ありますがね。死傷者も数百人から数万人まで幅が広いです」

通信兵は信号を打つ電鍵に手をかけたまま、峯崎に視線を向けて言った。

「皇居が燃えたという噂もあるらしい。完全なウソだと思うが」

「やめてください、物騒なことを言うのは」

通信兵は受信器をつけ直して、峯崎から視線を外した。確かに禁句だが、全くのデタラメとは思えない戦況だった。

「そう言えば、峯崎中尉のご両親は現在、東京に住んでるんでしたね。疎開はしないんですか」

「田舎《いなか》に親戚がないんだ。今も東京にいるはずだ。最後の手紙が届いたのが今年の初めだが」

以後の手紙は、撃沈された補給船に積んであったのかも知れない。かなりの補給船が敵潜水艦に撃沈されたり、軍艦の砲撃で沈没したりしている。いずれにしても、届いてないのだ。それは士官を含めて他のすべての兵士も同じだった。

「便りのないのは、無事な便り、とも言います」

通信兵は峯崎を慰《なぐさ》めるように言った。

峯崎は隅の椅子に座りラジオのスイッチを入れた。

太平洋地域でアメリカ軍が流しているラジオ放送を聞くためだ。東京からの通信より、はるかに正確な戦況を知ることができる。

三十分ほどラジオ放送を聞いてから、峯崎は邪魔したことを詫びて、通信室を出た。

峯崎は滑走路に行った。

滑走路の端に座り、飛行機を見ている時が一番落ち着く。

「戦闘機と呼べるものは一五機だ。その他のものは飛ぶのがやっとだ」

突然の声に顔を上げると、大場が立っている。

「サンダカン飛行場の戦闘機はすべて特攻機に改造されたそうだ。何機かこちらにまわってくる」

「ここも時間の問題ですか」

大場は答えない。航空機の整備を行なうものにとって、帰ってくることのない特攻機の整備ほど空しいことはないだろう。

「追加のゼロ戦と一緒にサンダカンからわずかながら物資が届いた。しばらくぶりじゃないか。手紙もあるらしい」

大場の言葉に宿舎の方を見ると、確かに騒がしい。

サンダカンはボルネオ島の北部にある、日本軍司令部のある都市だ。この秘密基地にも、サンダカン経由で物資が送られてくる。

宿舎に戻ると、鈴木が手紙を持ってきた。

峯崎源次郎。差出人の名をしばらく見つめていたが、やっとその名が父の弟であることが浮かんだ。

峯崎はベッドに座り手紙の封を切った。毛筆の文字が峯崎の目に飛び込んでくる。

全身から血の気が引いて、手紙を持つ手が小刻《こきざ》みに震えた。

〈四月三〇日、東京が受けた爆撃にて、ご両親死す。同居の妹真理子さんも昨夜、病院にて息を引き取られました。どうか心落ちなきよう〉

電報にも似た簡潔な文面だった。しかし、すべての内容を言い尽している。自分の家族はいなくなった。

峯崎は立ち上がった。

「どうかしましたか」

鈴木の声が遠くに聞こえた。

「何でもない」

無意識のうちに答えて、そのまま外に出て、滑走路の方に歩いた。

飛行場の端をただ歩いていった。頭の中が空白になった気分だった。

滑走路から外れて十メートルも歩けば鬱蒼《うっそう》としたジャングルが続いている。

その端に腰を下ろした。

ゼロ戦が迷彩網をかけられ、分散して隠されている。

峯崎は草の上に寝転んだ。青い空の中に、いくつかの星の輝きが見える。

一人になってしまった。数年前までは家族五人で笑いと希望にあふれた生活を送っていた。それが今はすべて消え去ってしまった。自分にはもう何も残ってはいない。

〈元気をだせ、リュウ。おまえらしくないぞ〉

ヘンリーの声が聞こえた。

「とうとう一人ぼっちになってしまった」

〈俺がいるじゃないか。おまえの心の中にいつも俺がいる〉

「どうしていいか分からないんだ。もう、どうにでもなれって感じだよ」

〈リュウらしくないな。リュウはいつも冗談を言って笑ってたじゃないか。まわりのものを笑わせるのが大好きじゃなかったのか。おまえは陽気な奴だったはずだ〉

「日本に帰ってきてチキンになってしまった。臆病者《おくびょうもの》って意味じゃないぜ。飛べない鳥さ。翼はあってもただ地面を走り回るだけ」

〈飛んでるじゃないか。昨日だって大空を飛びまわった〉

「あんなのは空中でのたうち回ってるだけだ。俺は自由に飛びたいんだよ。誰の命令も、監視も受けないで、まして追いまわされることもなく」

〈そうだな。しかし、いずれ自由に大空を飛び回れる時がくる。もちろん自分の意思でな。それまでの辛抱だ〉

「分かったよ。そういう日が来ればいいな」

そんな日が来るのか。いや、おそらくその前に俺は……。

峯崎はその考えを振り払った。自分の運命は自分で決める。そうしてきたはずだ。日本に帰るかアメリカに残るか、父に決めるように言われた時そう決心した。まだ十六歳だったが、強くそう思った。それ以来、どんなに重要な決定も自分の意思で行ってきた。


夕食後、自分たちの部屋に戻ろうとする兄と峯崎に、父はそのまま残るように言った。いつも穏やかだった父の顔は深刻で、これからただならぬ話が行われることは想像できた。

一九三七年、日中戦争が起こり、在米日本人に対してアメリカ国民の目も厳しくなっている時だった。

「今すぐではないが、日本とアメリカが大変なことになるかもしれない」

「戦争ですか」

四歳年上、当時大学生だった兄の修一が聞いた。

「いずれそうなると思っている。戦争ということになると、アメリカにいる日本人はただではすまないだろう」

「なぜです。アメリカは自由の国です。世界中の国々から自由を求めてやってきた人が作った国です」

「兄さんの言う通りだ。ドイツ人だってイタリア人だって、祖国がアメリカとの戦争の危機にある。しかし、彼らはアメリカに残っている。僕らだって……」

「来月、私たちは日本に帰る船に乗る。真理子はまだ小さい。連れて帰ることにしている。問題はおまえたちだ。二人とも日本での生活よりアメリカでの生活の方がずっと長い。見かけは日本人でもアメリカ人として育っている。日本に帰っても戸惑うばかりだろう。今さら日本になじめというのは、親の身勝手だ。私はおまえたちが、自分の将来は自分たちで決めることが出来る年齢に達していると信じる」

父は重々しい口調で言った。真理子は峯崎たちの妹、当時十三歳だ。

峯崎と兄の修一はしばらく黙っていた。何と答えたらいいか分からなかったのだ。

「今すぐに答えを出せと言うのではない。まだひと月ある。十分に考えて決めてほしい」

翌日、ヘンリーのところに行った。

「どうしたリュウ。元気がないじゃないか」

最初にヘンリーの口から出た言葉だ。

峯崎は昨日の父の話を繰り返した。

「どこにいても俺たちの心はつながっている。この空がつながっているのと同じさ」

ヘンリーは無言で聞いていたが、話し終わった峯崎の肩を叩いて言った。

兄は迷うことなく、アメリカを選んだ。アメリカ人の恋人もいたからだ。しかし、ひと月後には大学を辞めて海軍に入隊したと手紙が来た。

あとで友達に聞いたところによると、恋人に振られたらしい。日本人なんかとは付き合うなと両親に無理やり引き離されたということだ。

峯崎は迷った末、両親と旅客船に乗ることに決めた。

ベースボールとポピュラーミュージックの好きな典型的なアメリカの高校生ではあったが、日本に帰れば生活が大きく変わるだろうということは分かっていた。それでも両親や妹のいない生活は考えられなかったのだ。しかし、兄やヘンリーと別れることは思った以上につらかった。

峯崎には忘れられない思い出がある。

峯崎が十一歳の夏だった。

ボーイスカウトの団長の友人だったヘンリーは三人の同年代の隊員を連れて、ロサンゼルス郊外にある飛行場に行った。

民間飛行場から、遊覧飛行の旧式な複葉機が飛びたつ。後部座席には、小学五年生の峯崎が乗っている。操縦席には、飛行帽をかぶったヘンリー。いつもの陽気なヘンリーとはまったく違って見えた。初めての空に緊張した面持ちの峯崎の耳に、ヘンリーの口笛が聞こえてくる。

「いいか、怖くないからな」

ヘンリーの言葉は無用だった。緊張は怖れからではなく、未知の大空への期待からだ。

「何があっても自分だけは落ちない。そう思ってないと、飛行機乗りなんてやれないぞ。『常に楽天家であれ』だ」

ヘンリーは声を上げて笑った。その声も風に飛ばされて半分も聞こえない。

峯崎は身を乗り出して地上を眺めた。精巧な箱庭のような町が広がっている。人、車、林、湖も美しく配置されている。

それ以上に峯崎の心をとらえたのは、眼前と頭上に広がる抜けるような青空だった。無限に広がる青い連なり。その中に自分たちは吸い込まれていく。思わず叫び声を上げていた。

それがテストだったのだ。次からヘンリーのパートナーとして飛ぶのは峯崎一人になった。

「あの時のお前の顔は喜びに満ちていた。あんなに嬉しそうな人間の顔を、俺は見たことがなかったね」一年後、なぜ自分を選んだのか聞いたことがある。その時のヘンリーの答えだ。「俺まで最高に幸福な気分になった」

ヘンリーとの大空での付き合いは峯崎にとって、最も満ち足りた四年間だった。

そのヘンリーも、峯崎が日本に帰って二年後、癌《がん》で死んだと連絡があった。あれほど大空が似合っていた男がベッドの上で亡くなったのだ。

ジャングルから獣《けもの》の吠え声が聞こえる。

峯崎にはその声が妙に心に響いた。失ったものたちに対する葬送の叫び。その叫びは峯崎の精神《こころ》の中に染み込んでいった。

4

翌日の食堂は戦局に対する話題であふれていた。昨日の連絡便によって、新しい情報が大量にもたらされたのだ。

「米軍が沖縄を占領したそうだ。沖縄にいた将兵、島民、全力を挙げて戦ったが、玉砕したらしい」

「次はいよいよ本土決戦だ。いま、国民一体となって準備が進められている。それには、できるだけ長く米軍の主力をこの南方戦線に釘づけにする必要がある」

「いざとなれば、すべてのゼロ戦が敵空母に突っ込んで本土決戦を遅らせる」

威勢のいい声が飛び交っている。

しかし、具体的な作戦となればなすすべがなかった。戦闘機も燃料も十分にない。パイロットも整備兵も大幅に不足していた。残っている戦闘機の部品もなく、整備すらも満足にできていない。

「その通りだ。特攻をさらに増やすべきだ。特攻機一機で空母一隻、戦艦一隻を撃沈すれば、まだ十分に勝機はある」

上杉の声が響き渡った。

「この基地が作られた意味はそこにある」

「だが現状ではいくら特攻を仕掛けても、敵機動部隊に近づける特攻機はほとんどいない。護衛戦闘機を含めて、ほとんどすべてが敵艦載機に撃墜されている。運よく、機動部隊にたどり着いても、敵の弾幕をくぐり抜けて艦に体当たり出来る機はほとんどない。今後はもっと状況を考えて出撃すべきなんじゃないのか」

「馬鹿なことを言うな。帝国海軍の中には、そのような戯言《ざれごと》を聞く耳を持つものはおらん。一撃必殺の意気を持って出撃すれば、必ずや成果は上げられる」

上杉は声の方を睨《にら》みつけ、ひときわ高い声で言い放った。

そして、その視線を峯崎に向けた。

「いくら機銃掃射が下手な搭乗員でも、空母や戦艦ぐらいでかければ外すこともないだろう。特攻はそういう奴らのために考えられた作戦でもある」

今度は誰も反論する者はいない。

レイテ戦以来、日本軍は海軍千機、陸軍九百機の特別攻撃隊を投入している。初期においてはかなりの戦果を上げることが出来たが、時間と共にアメリカ軍も対策を講じるようになった。

艦隊の護衛機が増強され、重い爆弾を積み、未熟なパイロットの操縦する特攻機は艦隊に近付くことさえ難しくなっていったのだ。さらに近付くことが出来ても、高角砲による弾幕をかいくぐるため、低空飛行で海面すれすれに飛ぶことは至難の業だった。

しかし大本営は初期の成果にこだわり、特攻攻撃に固執《こしゅう》し続けた。

峯崎はそっと立ち上がり、食堂を出た。

宿舎に帰る途中、早河大尉に呼び止められた。

早河は自分の部屋に峯崎を誘った。

「きさまは鈴木少尉とは仲がよかったな。彼はどうだ。特攻失敗から帰還して、平常心を保っているかということだが」

「あれは事故です。彼に責任はありません」

「たとえエンジン不調とはいえ、特攻に出て戻ってきた者を基地に長くは置いておけんのだ」

早河は分かってほしいという表情を滲《にじ》ませている。

峯崎はしばらく考えていた。

「鈴木少尉の飛行技術はまだ未熟です。機の状態も十分とは言えません。出撃しても、とうてい敵機動部隊にまで行きつくことはできないでしょう。つまり——」

「犬死にになると言うのか」

峯崎は頷《うなず》いた。早河も眉根を寄せて考え込んでいる。状況は十分に分かっているのだ。

「貴重な航空機を無駄にするだけです。だから私が——」

峯崎は早河を見つめた。

「私が、彼の機に乗ります」

早河は深く息を吸った。

「きさまなら貴重なゼロ戦を無駄にはしない。確実に敵艦に体当たりすることが出来るというのか」

「はい」

峯崎は言い切った。

早河は覗き込むように峯崎を見つめている。

「だからきさまが彼の機に乗ると言うのか」

「不足ですか」

早河は峯崎を見つめたままだ。

「基地に満足に飛べる航空機は少なくなっています。貴重な航空機だからこそ、無駄には出来ません。今後とも、補充航空機が基地に送られて来るとはかぎりません」

峯崎は畳《たた》みかけるように言った。

「なんと言おうと許可は出来ん。いずれ本土からも補給のゼロ戦が来る。きさまには特攻機を守り、存分に敵と闘ってもらいたい」

早河は苦渋の表情で言った。言っている早河自身、自分の言葉の可能性を信じていないのだ。

峯崎は敬礼して早河大尉の部屋を出た。

兵舎に帰ると上杉が待っていた。

峯崎を見つけると、目でついてくるように合図した。

上杉について入口まで来ると、二人の兵士が寄ってきた。

「きさまを拘束する。当分、この二人が監視に付く。すでに上官の許可は取ってある」

「私が何をしたというのですか」

「通信室に出入りしているそうだな。そこで敵国のラジオ放送を聞いていると報告があった」

「単に戦局が知りたかっただけです」

「それは俺じゃなくて、取り調べの時に――」

峯崎は空を見上げた。

二人の兵士も空に視線を向けている。

爆音が聞こえる。空気を震わせる地響きのような重い響きだ。

「Ｂ24だ。こっちに近づいてくる」

ジャングルの上に黒い点を見つけた。

「高度五〇〇〇メートル。高度を下げる気配はない。大丈夫だ」

「断言できるか。この辺りを編隊ではなく爆撃機が一機で飛ぶのは初めてだ」

「敵襲だ。全員、滑走路に出て航空機を退避させろ」

彼らの横を整備兵が叫びながら走り抜けていった。

「下手に騒がないほうがいい。今までも基地の上空を飛んだ戦闘機は何機もいる。しかし気付かれては――」

その時、風を切る音がいくつか聞こえた。

「伏せろ！」

峯崎は叫んで上杉と二人の兵士を突き飛ばした。

激しい爆風で、峯崎は兵舎の壁に叩きつけられた。

滑走路の方から爆弾の爆発する音が聞こえてくる。

「ジャングルに逃げ込め！」

峯崎は叫びながらジャングルに向かって走った。

滑走路に土煙が上がるのが見えた。二〇〇キロ爆弾が次々に爆発していく。同時に兵舎の一つが吹っ飛ぶのが見えた。爆弾が直撃したのだ。

ジャングルに逃げ込んでから空を見上げると、爆撃機が海の方に消えていくのが見えた。

ほんの一瞬の出来事だった。十個に満たない爆弾を投下しただけで、戦闘機による銃撃はなかった。

後には燃え盛る兵舎と、土煙を上げる滑走路が残った。

兵士たちが総出でケガ人の救助と兵舎の消火活動をしている。

「兵舎はすでに手遅れだ。半数は残った機を安全な場所に移動するんだ。残りは格納庫に行って被害状況を報告しろ」

上杉が兵士をつかまえて叫んでいる。

「早河大尉は？」

「兵舎の中です。もうどうにもなりません」

その時、燃えていた兵舎が音を立てて崩れていった。

この爆撃で士官二人と兵士三名が死亡した。その中に早河大尉も入っていた。負傷者は十名を超えている。

同時に近くに落ちた爆弾によって、ゼロ戦四機が破壊された。その中には峯崎の機も入っている。

峯崎は滑走路の片隅に呆然と立ち尽くしていた。

迷彩の枝は吹き飛ばされ、大小の穴がいたるところに開いている。すでに上杉の指示で、復旧作業が始められていた。

「基地が発見されました。明日からはもっと激しい爆撃が始まります」

鈴木がシャベルを片手にやってきて言った。全身が土で汚れている。

「上杉中尉が直ちに反撃に出ると言っています」

「B24は艦載機ではない。どこかの島の飛行場から離陸したものだ」

「近くの海に機動部隊も必ずいると言っています。現在、準備中です。私もすぐに準備してくるように言われました」

「いや、あれはこの基地を狙った爆撃ではない。サンダカン方面を爆撃して帰投する爆撃機が、目標に投下し残した爆弾を捨てていっただけだ」

「なぜ、そう言い切れるんですか」

「爆撃機一機で基地を爆撃するはずがない。ここには戦闘機もある。その気なら護衛機に護られて編隊でくるはずだ。運が悪かったんだ」

「この基地は、まだ敵に発見されていないというのですか」

「明日になれば分かることだ。だがこうなると、発見されるのも時間の問題だ」

「しかし、出撃準備はすでに終わっているということです」

「きさまの機は無事だったのか」

「修理中で格納庫に入っていました。いつでも離陸できます」

「身体を洗ってさっぱりして来い。その格好での出撃は海軍の名誉にかかわる」

鈴木が兵舎に向かうのを見届けてから、峯崎は上杉のところに行った。

「私も出撃します」

峯崎は上杉に言った。

「きさまの機は破壊された」

「鈴木少尉の機が無傷でした。私がその機を使います」

「自分の言葉が分かっているのか。あの機は特攻用だ」

「十分わかっています」

峯崎は上杉を見据えて言った。

「鈴木の機は爆弾架に問題があるそうだ。だから俺が解決した。それでも構わんか」

「問題ありません」

おそらく、自分の意思では爆弾を投下できないということなのだろう。今となっては、どうでもいいことだ。

「この出撃が何を意味しているか知っているんだろうな」

「私は帝国海軍の士官です」

「もし、運よく敵機動部隊を発見できれば全機特攻する」

上杉は強い口調で言い切った。

二時間後、残った航空機が集められた。

ゼロ戦九機、赤トンボと呼ばれる練習機が二機だけだった。

迷彩はされていたが滑走路にあったゼロ戦四機が大破したのだ。残った機は格納庫で修理中だったか、ジャングルに隠されていたのだ。

滑走路は、やっと中央部のでこぼこが埋められたばかりだった。

峯崎は飛行服に着替えて搭乗機に向かっていた。

足音に振り向くと、鈴木が追ってくる。

「今聞きました。なぜ、特攻に志願したのです。しかも私の機を使って。あなたの意思からは、もっとも遠いものではなかったのですか」

鈴木は息を弾ませながら峯崎を見つめた。

「きさまより、俺の方が腕が上だ。きさまには、高角砲の弾幕の間を飛び抜けながら敵艦に体当たりする技術はまだない」

「そんな……私だって立派に……」

「生きている意味がつかめなくなった」

峯崎はぽつりと言った。

「あなたは言ったはずだ。護るべきものがあるので、ここに来たと」

「俺が死んでなにかが変わるというものじゃない。しかし、もう生きていてもなんの意

味もない」

口に出すと妙にすがすがしい気分だった。心の奥につっかえていたものがとれたような気分だ。

「あなたは私の代わりに……」

「そうじゃない。俺の意思で決めたことだ」

鈴木はポケットから出したハーモニカを峯崎の手ににぎらせた。

「無駄死にはしないでください。あなたが言った言葉だ」

鈴木は峯崎を見つめて言った。

ゼロ戦の横には大場が立っていた。

「今回の出撃について、私が責任を持てるのは離陸するまでです」

大場は背筋を伸ばし、改まった口調で言った。

「あんたらしくない」

「この機は飛ぶのが不思議なくらいです。あんただから何とか離陸し、飛ぶことは出来る。しかし、長くはないでしょう」

こんなことを言う大場は初めてだった。峯崎だから言うのだろう。すでに直掩機のプロペラは回り始めている。

「有り難うございました」

峯崎は背筋を伸ばすと、大場に向かって敬礼した。

「無駄死にだけはしないでください。機を信じて、我々整備兵を信じて、操縦してください。あんたは私が知る最も優秀な操縦士です」

峯崎がコックピットに入ると座席の下に要具袋が置いてある。食料と水、止血用の医療用具、航法道具などが入ったものだ。

峯崎が顔を上げると同時に天蓋が閉じられた。滑走路の方を見ると、大場とその背後に並んでいる基地の者たちも敬礼して見送っている。

分隊は飛び立った。

三十分ほど飛んだ時、峯崎の機が遅れ始めた。

「鈴木の奴、こんなゼロ戦で飛んでいたのか」

機体全体が傷んでいる。無線も雑音が多すぎて半分も聞こえない。彼はこのゼロ戦で死ぬつもりだったのか。そう思うと、思わず涙が出た。

エンジンの様子がおかしい。いくらスピードを上げようとしても上がらない。「この機は飛ぶのが不思議なくらいです」大場の言葉が頭に浮かんだ。いくら優秀な整備兵が整備しても故障する。部品そのものの寿命がきているのだ。

上杉の機が寄ってきた。しきりに翼を振り、口を動かしている。

いつのまにか、無線機もおかしくなっている。

「エンジン下部から煙が出ている。ただちに基地に帰れ」

峯崎は上杉の口の動きを読みとった。

「いまさら戻れるか」

峯崎は呟《つぶや》くと、気付かないふりをしてスロットルを全開にした。しかしさほどスピードが上がったとは思えない。

「機を無駄にするな」

上杉機は言い残すと編隊に戻って行った。

すぐに編隊の姿は見えなくなった。雲の間に見え隠れする海にも艦隊の姿は見えない。

その時、かすかに機銃の音が聞こえてきた。敵だ。グラマンの編隊が攻撃してきたのだ。この機ではどうしようもない。そう思った時、大場の言葉が浮かんだ。「我々整備兵を信じて」足下の要具袋に目をやった。

峯崎は、爆弾投下レバーを引いた。上杉の言葉だと落ちるはずのない爆弾が落下していく。

もう一度スロットルを引いて、燃料を大量にエンジンに送り込んだ。プロペラの回転数が上がっていく。

峯崎は操縦桿を目いっぱいに引いた。

機体が急角度で上昇を始めた。同時に細かい振動が始まった。

三〇〇〇メートルまで上昇し、眼下を見た時かすかに見えた。特攻機が黒煙を上げながら海に突っ込んでいく。

激しい銃撃戦の音も聞こえてくる。

「爆弾を捨てろ。そんなもの抱いて空中戦が出来るか」

天蓋を開けて怒鳴ったが聞こえるはずがない。

「上昇しろ。目いっぱい上がって次の攻撃に備えろ」

水平飛行に戻り、高度を維持したまま機を大きく旋回させた。

ゼロ戦がグラマンに追われている。グラマンの機体には人魚のマークが描かれている。

峯崎は、ゼロ戦とグラマンの間に急降下して突っ込んでいった。すれ違う時、ゴーグルを外したグラマンの操縦席の男が峯崎の機を目で追っているのが見えた。

ほんの十分たらずで、空中戦は終わった。峯崎が何度目かの急降下を繰り返した後、味方機の姿は見えなかった。そして敵機も消えていた。

ゼロキラーはどこに行った。撃墜はできなくても、道連れにすることはできる。

海面には油膜がいくつもできて陽に輝いている。

この辺りの海底には、数百機のゼロ戦が沈んでいるはずだ。

峯崎は海面すれすれの低空飛行で、その海域を離れた。それは敵のレーダーから逃れるというより、この海底で眠る戦友たちのより近くを飛びたいという強い思いが峯崎に湧き上がったからだ。

高度が落ち始めた。徐々に海面が迫ってくる。

峯崎は渾身の力を入れて操縦桿を引いた。海のきらめきが視野いっぱいに広がる。その時、その光の波が瞬時に紺碧《こんぺき》の空に変わった。

機は強い力に引かれるように上昇していく。

ヘンリーが引き上げてくれた。峯崎はそう感じた。しかし上昇しかけた機も五〇メートルほど上がると細かく振動を始めた。すべての油圧メーターの針がゼロ付近で揺れている。振り返ると尾翼の前付近から黒煙が上がっている。メインの油圧パイプが被弾して破れたのだ。それも、かなりひどく破壊されている。

「今度はヘンリーもどうしようもないな」

峯崎は呟くように言った。

フラップとプロペラピッチを微妙に調整して振動は減らしたが、高度を保つのがやっとだった。どうせ片道分の燃料しか入っていない。それもほとんどなく、すでに基地には帰れない。

「このまま飛び続けるのも悪くはないさ」

峯崎は基地と反対方向に機首を向けた。頭に地図を思い浮かべようとしたが、その思いを振り払った。どうせ行きつく先は一つだ。

高度を上げた。このままできる限り飛び続けていたい。そして燃料が尽きて海に突っ込めば、ヘンリー、そして家族のもとに連れて行ってくれる。

一日が終わり、鳥たちは家路に急ぐ

夜の帳が下り、恋人たちは囁き合う

世界は愛に満ちている
鳥たちが呼び合う時、夕暮れは夜へと変わっていく
僕は、マイ・ブルー・ヘブンへと急ぐ

峯崎は低い声で歌い始めた。覚悟を決めると、心が軽くなった気分だった。

思わず歌うのをやめた。水平線に黒い点が見えたのだ。その点は数分後には島の形になり、砂浜やジャングルが見え始めた。偶然ではない。この海域には二千からの島が散らばっている。その一つに行きあったにすぎない。

一瞬迷った。島に敵がいれば高角砲で狙い撃ちしてくる。この高度と速度ではすぐに撃ち落とされる。味方であれば……自分は特攻の生き残りだ。

その間にも機は高度を徐々に落としながら島に近づいて行った。燃料計は少し前からゼロで止まっている。あと五分も高度を維持できない。

「どこに降りる」

つぶやいて、島に沿って飛んだ。見える範囲に人のいる気配はない。峯崎は不時着することに決めた。

思ったよりも大きな島だった。

熱帯のジャングルが広がっている。海とジャングルの境に、ところどころ白い砂浜が

見える。

高度が下がっていく。海面から数メートルのところをさらに高度を下げながら飛んでいるのだ。

峯崎は砂浜のジャングルよりに機を移動させた。高度五メートル、四メートル……一メートル。

砂浜への着陸は最高に難しい。できることなら、やるな。ヘンリーの言葉だった。主脚を砂浜に取られて、下手をすれば頭からひっくり返るのだ。やるなら、胴体着陸だ。しかし、前方に見える砂浜はせいぜい長さ五〇メートルだ。両端は岩場になっている。幅は一〇メートル。ゼロ戦の主翼の長さより狭い。

かなり強い衝撃を感じた。機体が二度、三度大きくバウンドする。速度は思ったほど落ちない。右旋回でジャングルに突っ込め。

右手に操縦桿を握り、左手は計器に突っ張った。たとえ腕を骨折しても、頭と内臓を衝撃から守らなくてはならない。すべてが生きたいという、無意識の行動だった。

右主翼に強い衝撃を感じた。ジャングルの木に主翼がぶつかったのだ。激しい音がして、木に激突した主翼を中心に、機が大きく円を描く。身体が揺れて頭を強く風防にぶつけた。一瞬意識が遠くなる。

峯崎は全身の力を込めて天蓋を開けた。

足元の要具袋を操縦席から放り出した。

計器のスイッチをすべて切って、自分と座席を固定している安全帯を外し、操縦席からはい出そうとしたが、下半身がしびれたようで力が入らない。

その時、背後で小さな爆発音がした。振り向くと炎が見えた。漏れたオイルに引火したのだ。燃料は残っていないはずだが、機が爆発を起こすには十分だろう。

背中が熱い。炎が操縦席にまで広がっている。落ち着くんだ。峯崎は必死で自分に言い聞かせた。腹の辺りが湿っている。手をやると血が出ているのに気づいた。操縦していた時は気がつかなかったが、グラマンの掃射《そうしゃ》がかすったのだ。おまけに息をするたびに胸が痛い。不時着の時、突っ張りきれずに胸をぶつけたのだ。

途切れそうになる意識を必死で呼び戻した。なんとしても操縦席から出るんだ。機はすぐに爆発する。

そう思っても身体が動かない。

急に辺りが静寂に包まれた。聞こえてくるのは波の音だけだ。

ふと目を上げると抜けるような青空が見えた。こんな青い空はカリフォルニア以来だ。

全身から力を抜いて、背もたれによりかかった。痛みが引いていく。

マイ・ブルー・ヘブンのメロディーを低く口ずさんだ。

爆発音が聞こえ、同時に激しい振動を感じた。わずかに目を開けると視野が赤く染まっている。機体が燃えているのだ。

意識が徐々に消えていく。

第2章　孤島

1

〈峯崎中尉、お待ちしておりました。田中も井上も安倍もいます。みんなで一杯やりましょう〉

　声が聞こえる。脳の中に直接語りかけてくるような声だ。

「きさまは……山本か……。きさまは四日前に特攻で……」

〈私が機に乗り込む時の中尉の目、寂しそうでしたね。死ぬなと言ってました〉

「きさまには家族がいたな。家族のために死ねるなら、悔いることはないと。俺もそう思おうとした。しかし、俺にはその家族が……」

〈もう寂しいことなんてありません。こっちにはみんないます。中尉の家族も、我々の仲間も〉

ぼんやりした光が見える。峯崎は手を伸ばし、その光をつかもうとした。しかしそれは指の間からすり抜けていくばかりだ。

〈リュウ、何をやってる。機首を上げろ。操縦桿を引け〉

ヘンリーの声だ。

「俺はもう飛べない――。ヘンリー、俺もそっちに――」

その時、黒い影が光をさえぎった。重苦しいものが峯崎を押しつぶそうとする。

必死で目を開けると、黒い影が覗き込んでいる。

その影を押しのけ、起き上がろうとすると全身にはげしい痛みが襲った。

光の中に浮かんでいるのは人間の影だ。影から腕が伸び、峯崎の身体に触れた。

「よせ……あっちに行け」

かすれた声を出しながら、その腕を跳ね退《の》けようとした。しかし、身体が動かない。

影が何か言っている。両わきに腕が差し込まれた。

「バカ野郎。死にたいのか。焼け死ぬぞ」

その影は男の顔に変わり、身体がふっと軽くなった。操縦席から引き出されたのだ。

その瞬間、再び意識が消えて行った。

男の顔は髭《ひげ》だらけだった。

衣服は日本海軍の軍服だが、上着の袖口やズボンの足首はほつれて破れが目立った。

かなり長い間、この服一着ですごしてきたのだ。階級章は——それと分かるものはどこにもない。しかしこの男、日本人か。現地人のようにも見える。

峯崎は目だけを動かして男を追っていた。身体は……動くかどうか不安だった。何があった。必死で記憶を呼び戻そうとしたが、脳の中が黒い膜で覆われていて形を成さない。

ここはどこだ。周りは岩に囲まれている。洞窟だ。かなり広い。

男が振り向き、峯崎と目があった。

「気がついたか」

髭面の口から出たのは日本語だ。

立ち上がろうとして呻《うめ》いた。胸に激痛が走ったのだ。

「ろっ骨が二、三本ヒビが入っているか、折れてる。腕にも機銃弾がかすった跡がある。数センチずれてるとあんたは一生片腕だ。あんた、運がいいぜ。ラッキーマンだ」

息を吸い込むたびに胸が痛んだ。たしかに、ヒビが入ったか、折れているのだろう。

「まる一日、気を失ってたんだ。俺が機から救い出して連れてきてやったんだぜ。でなきゃ、まる焼けになっている。ケガの治療もしてやったんだ」

髭面は峯崎を覗き込みながら言った。

目を閉じると、記憶が断片的に流れていく。叔父からの手紙、鈴木の何かを訴えるような眼、大場、上杉……。そして煙を吐くゼロ戦。身体が動かない。俺は……。

「何とか言えよ。口はケガしてないはずだ。犬ころだって命を助けられれば礼を言うぜ」

峯崎が黙っていると、男が声を上げた。

「だんまりか。俺はあんたの命の恩人なんだぜ。少しは有り難いと思え」

峯崎は必死に思いだそうとした。この男は――。

やはり頭の中に薄い膜がかかったようで何も浮かんでこない。集中すると頭が痛みだした。

「迷子の未熟ゼロ戦搭乗員か。予備学生だな」

男の声の調子が変わった。

俺は山本の声を聞いた。田中や井上の声も。彼らが待っている。

「それにしても、最近のゼロ戦搭乗員は大切にされるんだな」

要具袋を足で峯崎の方に押した。やはり峯崎は目で追うだけだ。

「このカバンがあんたの命を救ったんだ。色々入ってたからな」

大場が入れてくれたのだ。彼はあのゼロ戦の状態を知っていた。あの目は……死ぬなと言っていた。徐々に記憶が戻ってきた。

「ここにおいてやってもいいぞ。俺の言うことを聞くならな」

峯崎は男の言葉には答えず目を閉じた。息を吸い込むと胸が痛み、左腕がちぎれるように痛い。

「熱が高いな。しっかり寝ることだ。ここじゃそのくらいしかできない」

男の手が額に触れ、覗き込んでくる顔が上杉に重なる。腕を伸ばし遠ざけようとしたが、さらに迫ってきた。

「命の恩人にもだんまりを続けるか。恩知らずが。だから俺は、士官なんて大嫌いなんだ」

吐き捨てるように言うと、隅にある木の葉を敷いて作ったベッドに横になった。

すぐに高いいびきが聞こえてきた。孤島の洞窟《どうくつ》でひとり生活している日本兵。おそらく脱走兵なのだろう。

しかしそんなことは、どうでもいい。自分は生き残ってしまった。あのまま死んだほうが良かった。いや、死ぬべきだったのだ。仲間たちが呼んでいた。痛みと共に、重苦しい気分が全身に広がっていく。

それにしてもここはどこだ。そして今日は何日だ。そんなことを考えながら峯崎は再び、眠りに落ちていった。


目を覚ますと、初めどこにいるのか分からなかった。

身体はかなり楽になっている。しかしまだ全身が鉛が詰まったように重く、少し動くと胸と腕が千切《ちぎ》れそうに痛んだ。

髭面の男の姿が甦った。あの男はどうした。

砂浜に不時着した。その時、主翼をジャングルの木にぶつけて機を止めた。しかし……着陸の衝撃から火が出たのだ。操縦席から出ようとしたが、脚が何かに挟まれて出ることが出来ない。これで俺も死ぬのかと思った時、身体が浮き上がった。

腕を見ると、丁寧に包帯が巻かれている。あれは夢ではなかったのだ。

辺りを見回したが男の姿はない。

入口から漏れてくる光が、洞窟の壁をぼんやり照らしている。中は広く、奥にはバナナの葉の上に毛布を敷いたベッドがあった。中央にはたき火の跡と、飯盒《はんごう》と鍋がある。

どうするか考えたが何も浮かばなかった。すべては予定外のことなのだ。

岩壁にすがりながら立ち上がった。

重い身体を引きずるようにして、なんとか洞窟の外に出た。

低い山の斜面にある洞窟だった。入口の半分が木々の葉に隠れ、外からは洞窟があるとは気づきにくい。

空を見上げて思わず目を細めた。木々の間から降ってくる陽光がまぶしい。

細い下り道が続いている。

無意識のうちに、その道を歩き始めていた。

踏み出すごとに胸が痛んだが歩けないほどではなかった。

ジャングルは深そうだった。絡み合う木々が続いている。ほとんど未開のままで放置されている小島。そんな島がこの海域にあったのか。それとも峯崎の想像よりはるかに大きな島で、ここはそのほんの一部なのか。

思った通り、すぐに海岸に出た。あの男が一人で峯崎を洞窟まで運んだのだ。五〇メートルほどの細い砂浜が続いている。不時着前に見た砂浜だ。

その端に黒い塊が見えた。

近付くと、焼け焦げたゼロ戦が無残な姿をさらしていた。操縦席の辺りはほとんど跡形もなく焼けている。タンクの底にわずかに残っていた燃料に火が移り爆発したのだ。

腕と胸の痛みをこらえながら主翼に上がり、操縦席を覗き込んだ。完全に焼けている。

かすかに記憶がよみがえってきた。吹きあがる炎。その炎が操縦席にも迫ってきた。脚が操縦桿の下に挟まれ操縦席から出られない。覚悟を決めた時、意識がなくなった。その前に……。

男の言ったことは嘘ではなかったのだ。あのまま操縦席から出られなかったら、焼け死んでいた。

操縦席から離れ、主翼から下りて足が砂浜に着くと、自分でも思ってみなかった安心感が全身に満ちた。同時に、自分はもう帰るところがないのだという孤独感が湧き上がってくる。

振り向くと鬱蒼《うっそう》としたジャングルが続いている。

ボルネオ島の東にある基地から北東に巡航速度一一五ノットで約四十分飛んだ。おそらくホロの辺りだ。その辺りには大小様々な島がひしめいている。

胸と腕をかばいながら砂浜に腰を下ろした。

目の前には陽の光を浴びた大海が広がっている。

やがて陽が沈み始めた。

海も空も燃え立つような朱色に染まっている。赤い粒子が空気中にも広がり、血の中に一人いるような気分になった。島の反対側に沈んでいく太陽の光が反射して、東側の空気と海を染めあげているのだ。

全身に広がっていた痛みはいつの間にか消え、重い疲労感にも似ただるさが湧き上がってくる。このまま死んでいくのかもしれない。ふと思ったが、何の感情も起こらなかった。それもいいだろう。

朱色の風景はすぐに薄い闇に包まれていった。

目を上げると、透き通った闇の中に満月に近い月と無数の星が輝いている。じっと見つめていると、その中に吸い込まれ、星ぼしが自分の身体に溶け込んでくるような錯覚に陥った。

「みんな死んでいった。朝、笑って出撃して行った仲間が、数時間後には死んでいるんだ。人間なんてもろいもんだ。この南の海に、何千人もの俺の仲間たちが沈んでいる。俺もすぐに会いに行くから」

峯崎は暗い海に向かって呟いた。

〈リュウ、お前はそんなに弱い人間だったのか。私たちを困らせていた、あの陽気でわ

がままで常識外れのリュウはどこに行った〉

〈そうよ、リュウちゃん。あなたはいたずら好きで無鉄砲で、いつも私たちを驚かせていたけれど、優しくて強い子だった。お母さんたちは、弱いリュウちゃんなんて見たくない〉

父と母の声が聞こえる。

峯崎は小学生のころを思い出した。

屋根に上がって星を眺めていたらそのまま眠ってしまったことがある。下では大騒ぎだったそうだ。一晩中、探していたのだ。また鉄塔に登って降りられなくなって、消防隊員が駆け付けたこともある。兄にはバカとサルとは高いところに登りたがると言われたが、高いところが好きだったのだ。

ボーイスカウトに入ったのは、規律を守る習慣を身につけさせようとする両親の願いからだ。ヘンリーと出合ったのはそのときだ。ボーイスカウトの団長の友人として、飛行機乗りヘンリー・ムスタングが空と飛行機の話をしたのだ。峯崎はその話に魅了された。

〈生きろ、リュウ。お前は何からも自由な奴だった。何にも縛られるな。お前の望んでいたことだろう〉

〈生きて、兄さん。私の分も。そして修一兄さんの分も〉

〈俺はこの戦争で死んだ。父さん、母さん、妹もそうだ。おまえは戦争なんかで死ぬ

な〉

空から家族やヘンリーの様々な声が峯崎の精神《こころ》に呼びかけてくる。

「でも、もう疲れたんだ。このままここで眠りたい」

〈リュウ、大空にはばたけ。天空を自由に駆けろ。それがおまえの望んでいたことだろう〉

ヘンリーだ。「僕は大人になったら、家よりもでかい飛行機に乗って、世界中を飛び回るんだ。ヘンリーは副操縦士にしてあげる」初めて操縦席に座って、操縦桿を握らせてもらった時にヘンリーに言った言葉だ。あれは——十二歳の時だった。

様々な思い出が脳裏を駆け巡った。家族、ヘンリー、アメリカと日本の友人たち。そして死んでいった戦友たちが語りかけてくる。みんなもっと生きたかったに違いない。

気がつくと辺りは薄明るくなり、水平線が赤く染まっている。沈んでいった太陽が再び昇り始めているのだ。

目の中に入り込んでくる光が脳を染め、全身を赤く染め上げていく。身体の中が次第に熱くなっていった。

〈立て、リュウ。大空を駆けろ〉

ヘンリーが再び呼びかけている。

「そうだ。こんな戦争で死ぬことはない。俺は何としても生き残って、世界一の飛行機で世界の空を飛ぶんだ。家族、戦友たち、この戦争で死んでいったみんなの分まで生きてやる」

峯崎は低い声で言って立ちあがった。

洞窟に戻るつもりだった。

しかしジャングルに入るとすぐに方向が分からなくなった。たどっていた小道もいつのまにか消えている。どこを見ても同じような木々の連なりだ。

一歩を踏み出すたびに足が痛み、呼吸が荒くなると胸の痛みもひどくなった。

喉の渇きと空腹で足元がふらつき、何度も足を止めて呼吸を整えた。

立ち止り耳をすませた。水音を聞き取ろうとしたのだ。

誰かにつけられている。間違いない。

振り向いたが高い木々からの木漏れ陽《こもれび》が揺れるだけで、何も見ることができない。

そのままジャングルを歩き続けた。海岸に引き返したほうがいいと思い始めたころには、すでに陽は高く昇っていた。あのままゼロ戦のそばにいるべきだった。

もう歩けない。全身が熱い。かなり熱があるのだ。木の根元に座り込んだ。

左腕が痛み始めた。見ると、包帯に血がにじんでいる。

目を閉じるとすっと意識がうすれていく。その時、前に立つ黒い影を見たような気がした。

目を開けると洞窟に寝かされていた。

起き上がろうとして思わずうめき声を上げた。

「手間のかかる野郎だぜ。そんなに死にたいのか」

男の声だ。声の方に身体を動かそうとした。

「動くな、バカ野郎。下手《へた》したら左腕を切らなきゃならないぞ。無理に動いたので傷口が開いていた。ほっておくと壊疽《えそ》になっていたところだ」

徐々に記憶が甦ってきた。

ジャングルで動けなくなっている時、男が現われた。男は峯崎を立たせ、背負うようにして洞窟まで戻ってきたのだ。それからの記憶はほとんど消えている。

左腕を見ると新しい包帯が巻いてあった。

「傷口を焼いた。あんた、意識がほとんどないくせに、かなり暴れたよ」

そう言って両腕を突き出した。無数の青あざと引っかき傷が付いている。

「泣きわめいて、まるで鼻たれのガキだったぜ」

重く千切れそうに痛んでいた腕が軽くなっている。動かそうとすると鈍い痛みが広がるが前ほどではない。何より全身に溜まっていた重苦しいものが消え、気分が楽になっていた。熱が引いているのだ。

「水をくれ」

喉が焼けるように渇いている。

「初めて声を出したな。言葉を忘れたのかと思ってたぜ。峯崎龍二中尉」

男の横に要具袋と、ポケットに入れてあったものが並べてある。家族の写真と大学の学生証もあった。

「ゆっくり飲むんだ。水だけはいくらでもある」

男はデコボコの水筒を出して峯崎の口にあてた。

「俺は野村だ。野村吉太郎。海軍大尉だ。階級を盾に威張ろうって気はないが、覚えておけ」

歳はおそらく三十前。髪は耳を隠し、口髭と顎髭《あごひげ》はつながっている。陽に灼《や》けて服から出ているところは褐色《かっしょく》に近い。日本海軍の軍服を着ていなければ現地人と見間違えただろう。

「腹が減った」

無意識のうちに声が出た。喉の渇きがなくなると、猛烈に腹が減っていることに気づいたのだ。出撃前に握り飯を食べてから、何も食っていない。

「腹が減りましただろうが」

「腹が減りました」

峯崎は言いなおした。

「士官のくせに素直な奴だな。冗談だ。腹が減ったでいい」

野村は意外そうな顔で峯崎を見た。

「傷には体力をつけるのがいちばんだ。しっかり寝て、たらふく食ってればすぐによくなる」

そう言って、焚火から飯盒を持ってきた。中に茶色のドロリとした液体が入っている。立ち上る匂いは嫌なものではなかった。

野村は横に座ると、スプーンで液体をすくって峯崎の口に運んだ。

「ゆっくり飲むんだ。数日、何も食ってないんだからな」

あわてて飲み込んで思わずむせた峯崎に言った。

肉入りのスープで、塩味と何かの香辛料が入っている。肉は柔らかくて淡泊だった。

「ここでは最高の御馳走を食わしてやってるんだ。じっくり味わえ」

三十分近くかかって、飯盒半分のスープを飲んだ。

「これで安静に寝ていれば、二、三日で歩けるようになる」

男はしばらく峯崎を見つめていた。

「俺は食い物を探してくる。ここじゃ待ってても、誰も運んではくれないからな。動いて傷が開いたら死ぬぞ。今度は探しに行かないからな」

野村が立ち上がった。

「有り難うございました。まだ、礼を言ってませんでした」

野村は振り向いたが、何も言わず出て行った。

2

野村の言葉通り、翌日目が覚めた時には、さらに楽になっていた。

洞窟の入口近くで、野村が火種を吹いて火を起こしている。

峯崎が目覚めたのに気づき、飯盒を持ってやってきた。

「歳は？」

食事の後、野村が峯崎に聞いた。

「二十三です」

「俺も二十三だ。同い年だ。ここは海軍じゃない。敬語なんか使う必要はない」

「しかし階級はあなたの方が――」

「学徒出陣の口だな。予備学生か」

峯崎は見かけより、ずいぶん若い男だと思いながら頷いた。

「あなたは海軍兵学校の――」

「東京帝国大学法学部三年生だったな。末は博士か大臣ってクチか。それが、今じゃボロボロだ」

野村は峯崎の言葉をさえぎった。

「それでおまえは、なんでこんなところに飛んできた」

「特攻機が故障しました。それで私はこの島に不時着しました」

「特攻機？」

野村は峯崎の言葉を聞き返した。

特攻作戦がはじめて行われたのは一九四四年一〇月二一日、レイテ海戦のさなかだ。その後日本海軍がレイテでの敗北を挽回しようと取る捨て身の作戦として、特攻は数多く投入されていった。

峯崎は野村に特攻作戦について話した。野村は神妙な顔で聞いている。

「ひでえな。日本も終わりだ」

ポツリと言うとしばらく無言で考え込んでいた。

「基地発進後、三十分ほどでエンジンが不調になり分隊から遅れました」

「普通にしゃべれ。俺はそういうしゃべり方は嫌いなんだ」

峯崎はどう答えていいか分からなかった。何を考えているか分からない男だ。

「分かりました、じゃなくて、分かった」

「主翼と機体に機関銃の跡があった。グラマンにやられたんだろ」

「エンジン不調で引き返そうとした時に、俺たちの編隊がグラマンの編隊に発見されて攻撃を受けた」

「他の友軍機は？」

特攻機のことを聞いているのだ。

「撃墜された」

「直掩機はおまえたちを護り切れなかったのか」

「俺が気づいた時にはいなかった」

野村は眉根を寄せた。信じていないのだろう。いや、半分は信じている。

特攻が怖くなって途中で逃げ出したのではないかと疑っていたのだ。直掩機はそういうことが起こらないように同行すると聞いたこともある。つまり、操縦技術が未熟なうえ重い爆弾を積んだ特攻機は、直掩機を振り切って逃げることはできないのだ。

「生き残ったのはおまえだけか」

「気がついたら飛んでいるのは俺の機、一機だった」

「ウソだ」

野村は峯崎を睨むように見た。

「おまえの話が本当なら、おまえもグラマンに撃墜されているはずだ。おまえだけが逃げのびて、無事着陸なんてのはあり得ない」

峯崎は答えることが出来なかった。野村の言っていることは正しいのだ。だが、あり得ないことが起こっている。

「しかし、確かに腕はいいようだな。ただの特攻要員とは違うらしい」

しばらくして野村が言った。

「あの機で、この島まで飛んできた。おまけに、あの狭い砂浜に死なずに着陸したんだ。まだ生きてるってことが、その証拠だ。腕が悪ければとっくにあの世に行ってる」

「あんたに分かるのか」

「あんた、航空機の整備をやってたのか。パイロットじゃないだろ」

「空母瑞鶴の整備士官だった」

レイテ沖海戦で撃沈された航空母艦だ。峯崎はそれについては言わなかった。

「あんたも腕のいい整備士官らしいな。よく見てる」

「腕のいい搭乗員と整備士官がいて、このざまだ。これじゃ日本も先がないな」

峯崎は身体を起こした。胸と腕がわずかに痛んだだけだ。

「島の位置は？」

「俺が知るか」

「ダバオの南から一〇〇キロってところだろう。基地を出て北東に三十分ほど飛んだ時にグラマンに遭遇した」

「まあ、そう言ったところだ。しかし、この辺りには同じような島がゴマンとある」

フィリピンから蘭印《らんいん》（オランダ領東インド）にかけては、大小数万の島がひしめいている。日本軍の地図に載ってない島もあるはずだ。

「島に住民はいるのか」

「俺はまだ会ってないね。いたって関係ないさ。日本人にはみんな友好的だ」

「都合のいい思い込みだ。他人の国に勝手に入って居座ってるのは、オランダやイギリスと一緒だ」

峯崎の言葉に野村は急に深刻な表情になって黙り込んだ。

「いつからこの島にいる」

「おまえに関係ないだろ。ずっと前からだ」

野村は峯崎から視線を外した。

「脱走兵か」

「おまえは特攻から逃げたんだろ。銃殺ものだ」

野村は鋭い声で吐き捨てるように言った。

「あのゼロ戦が死なせてくれなかった」

思わず出た言葉だった。しかし、案外本当かも知れなかった。あの年老いたゼロ戦が最後の力を振り絞って敵を振り切り、俺をこの島まで連れてきてくれた。

「敵が弱かっただけだ。それにおまえの運が強かった」

峯崎は黙っていた。確かに半分は当たっている。

「この近くまで敵艦は来ているのか」

「敵艦艇だらけだ。日本の輸送船なんて潜水艦の格好の餌食《えじき》だ。今じゃ、日本の艦船の影も形も見えなくなった。本土はどうなってるんだ」

「本土も空襲を受けている」

「ウソだろ。日本まで行って帰ることのできる爆撃機はまだアメリカにはない」

「サイパンが落ちたのは知っているか」

野村は頷いた。去年の七月、サイパン島の日本軍は玉砕した。

「アメリカはそこの飛行場を使っている」

「日本は本土爆撃を黙って見ているのか。反撃しないのか」

「レイテ沖海戦で千歳《ちとせ》、千代田、瑞鳳《ずいほう》も撃沈された」

「日本の空母はすべて沈んだのか」

峯崎が頷くと野村は黙り込んだ。海軍士官であれば、誰しもが信じたくないことだろう。

二人ともしばらく無言だった。

「うなされていた時、訳のわからないことを言ってたぞ。日本語じゃなかった。英語だろ。まさか捕虜になっていたんじゃないだろうな」

突然、野村が峯崎に聞いた。

峯崎は無意識のうちに首を横に振っていた。

野村はそれ以上聞かなかった。

峯崎の回復は驚くほど早かった。

腕の傷を焼いて消毒したのが効いたのだ。ろっ骨《こつ》も折れたのではなく、ひびが入っただけだったのだろう。

数日後には、痛みはあったが立ち上がって歩けるようになっていた。

一週間後には腕の傷口もふさがり、胸も普通に動く分には痛みはあまりなかった。不意に腕を動かしたり、くしゃみをすると胸を鈍い痛みが貫いたが、顔をしかめる程度だった。

野村は文句を言いながらもまめに世話をしてくれた。見かけよりも気さくな男で、年齢も同じなのでよく話しかけてきた。

「水を汲みに行く。おまえも来ないか。そろそろ歩いたほうがいい」

二人は洞窟を出て、海と反対方向に向かって歩いた。

野村はズック製のバケツを持って先に立って歩いて行く。

しばらくして峯崎の足が止まった。

木の上にグラマンの残骸が引っかかっているのだ。

野村が横にやってきた。

「三カ月ほど前だ。一機のグラマンが煙を吐きながらやって来て島に墜落した。一時間もたたない間に捜索機が飛んできて、おまけに捜索隊を乗せた哨戒艇《しょうかい》までやってきた」

「搭乗員が墜落前に自分の位置を無線で知らせてたんだ」

「捜索隊がジャングルに入り、すぐにこのグラマンを発見した。捜索機が位置を特定してたんだ」

とても三カ月前の墜落機とは思えなかった。機体全体にさびが広がり、蔦《つた》が絡まり、苔《こけ》で覆われている。

「スコールと湿気のせいですぐにこうなるんだ。初めからこんなじゃなかった」

峯崎の疑問を察してか野村が説明した。

「おまえは見つからなかったのか」

「必死で隠れてたよ。なんせ二十人近くのアメリカ兵が上陸してきたんだからな。全員が銃を持ってたよ。見つかれば殺されてたな」

「パイロットは？」

「操縦席で死んでた。脱出できなかったんだろうな。遺体は担架で運んでいった。しかしアメリカって国は、搭乗員一人のためにあんな大捜索をやるんだな。驚いたよ」

野村は深いため息をついた。

「あれを見て、この戦争は負けだと思ったよ。日本はあんなに一人の兵隊を大事にしないだろう。神風特攻隊が編成されるくらいだからな」

峯崎は何も答えられなかった。

野村は何気なく言っているのだろうが峯崎の胸には深く突き刺さった。

行くぞと言って、野村は再び歩き始めた。

今度は、野村が地面にしゃがみこんだ。

峯崎が覗き込むと野村は木の枝の先で地面にあるかたまりを突いている。

「ブタの糞だ。まだ乾いていない」

「ブタがいるのか」

「何度か見たが、黒くてでかいやつだ。毛深くて牙も生えていた」

「それはブタじゃなくて、イノシシだ」

「どっちも同じようなもんだろ」

そう言ってズボンを脛《すね》までたくし上げた。ふくらはぎに十センチほどの傷がある。

「たぶん、あのブタにやられた。暗くてよく見えなかったが」

「やはりイノシシだ。近づかない方がいい」

野村はフンを見ながら考え込んでいる。

「二人ならやれるかもしれない。一頭しとめれば当分食っていける」

「イノシシならやめた方がいい。いま食ってる肉で充分だろ」

「もうないぞ。明日からはイモだけだ」

「あれはなんの肉だったんだ」

「地ネズミだ。この辺りのネズミは、最近用心深くなっている」

峯崎は顔をしかめた。

「なんだ、その顔は。俺がおまえを食わすためにどれだけ苦労してるか知ってるのか。上官命令にもできるんだぞ」

「野村兵曹。気をつけ」

峯崎は背筋を伸ばし、大声を上げた。

野村が気をつけの姿勢で直立している。

軍隊での上下関係は身体が覚えているのだ。反応が遅ければ間違いなく、ビンタが飛んでくる。

「この野郎。今度やったら追い出すぞ」

野村は我に返ったように姿勢を崩すと言った。

「士官ではなくて、ただの下士官なんだろ」

「ここは軍隊じゃないって言ったはずだ。上官風を吹かせたりすると、どうなるか分からないぜ」

「やはりあんたは脱走兵か」

「バカ野郎。空母瑞鶴が沈められてこの島に流れ着いた。何度言わせりゃ気がすむんだ」

「見つかれば営倉だ。下手すれば、銃殺。だからこんな島の穴の中で隠れて暮らしてるんだろ」

峯崎は野村の言葉を無視して続けた。

野村の手が腰に回り、出た時には拳銃が握られている。峯崎が持っていた護身用の拳銃だ。しかし、実際は特攻が失敗して自決用として使われる方が多いと聞いている。

「なんなら、おまえを先に銃殺してやろうか。重しをつけて海に流せばそれで終わりだ。

重しの必要もないか。この辺りの海には、何十、何百の死体が沈んでるんだ。なんで死んだかなんて誰も考えやしない。その前にサメに食われて残るのは骨だけだ。そうなりたいか」

峯崎は無言だった。

そんなことは出来そうにない男だが、平時での話だ。この戦時下では、通常ならとても出来そうにないことを平気でする人間を嫌になるほど見てきた。

「二度とするな」

野村は念を押すように言うと、拳銃をベルトにしまい、再び先に立って歩き始めた。

翌日、峯崎は一人で海に出た。

要具袋に入っていた糸と安全ピンで釣り道具を作った。ピンの先を石で叩いて曲げ、かえしを作る。竿はバナナの葉の茎を使った。野村に聞いた、食糧不足が頭にあったのだ。しかし、海に囲まれた島にいながら魚を食べたことがないのに気づいていた。

ジャングルで掘ってきたミミズを先につけて海に垂らした。当たりはすぐに来た。

上げると二十センチほどの熱帯魚だ。

三十分あまりのうちに、三匹釣ったところでスコールが来た。慌ててジャングルに駆け込んだが止みそうにない。

洞窟に帰ると野村はまだ戻っていなかった。

横になると、ここ数日の様々なことが脳裏を流れて行く。面倒なことを考えるのはよそう。自分は生き残った。神様はまだ生きておけということなのだろう。

半分眠りかけた時、野村が戻ってきた。

「今日は大収穫だ」

大声で言うと峯崎の前にポケットから出した数個のタロイモをおいた。

峯崎が釣ってきた魚を見て野村の顔色が一瞬変わった。

「スコールがなかったら大漁だった。今度は二人で行こう」

峯崎が焼いた魚を野村は食べようとはしなかった。

「ケガ人が食った方がいい。早く体力をつけて、自分の食いぶちは自分で取ってもらわないと困るからな」

タロイモを二人の飯盒に分けながら言った。

3

翌日、峯崎は野村を釣りに誘った。

なぜか頑《かたく》なに嫌がっていた野村も、峯崎が安全ピンを加工したハリを見せるとついてきた。

「釣りは初めてか」

どことなくぎこちない竿さばきの野村に聞いた。

「昔はよくやってた。瀬戸内海が近かったからな。俺の実家は広島だ。遊びというより食糧確保が目的だった。ガキの頃は名人と言われてたんだ」

「なんで海軍に入った」

「どうせ兵隊にとられるんだ。だったら自分が選べるうちにと海軍に志願した。呉の造船所は俺たちの憧れだったんだ。良かったのか悪かったのか分からないけどな」

泳いでくると言って、岩の上を滑り落ちるように海に入って、沖に向かって泳いでいく。なかなか上手い泳ぎ方だ。運動神経はいい方なのだろう。

突然、野村の姿が消えた。

峯崎は立ち上がり、野村の姿を探した。しばらくして、少し沖で野村が手を振っているのを見つけた。

「あまり沖に出るな。流れがあるし、サメが出るかもしれないぞ」

峯崎が怒鳴っても、野村は手を振っているばかりだ。

野村の様子がおかしいと気付いたのはその直後だ。海面から見えなくなってから、しばらくして顔を出す。そしてすぐに見えなくなる。溺れているのだ。

峯崎は海に飛び込んだ。野村に近づくと完全に正気をなくしている。パニックに陥り、ただ手足をばたつかせるだけで沈んだり浮き上がったりを繰り返しているだけだ。すでに流れの速い領域に入ろうとしている。

峯崎は野村の腕をつかもうとした。峯崎に気付いた野村が全力でしがみついてくる。思わず海水を呑み込み、咳き込んだ。

一度、海中に潜るとしがみついていた野村が腕を離し、やっと自由になれた。

今度は背後から近づき、首筋をつかんで身体を上向きにして頭を支えた。呼吸が出来るようになるとやっと落ち着きを取り戻し、手足をばたつかせるのをやめた。それでも波が顔を洗うと、とたんに暴れ始める。

「じっとしてろ。俺が浜に連れてってやる」

再び手足をばたつかせ、峯崎にしがみつこうとする野村に言った。

「俺を信じろ。助けてやる」

やっと野村は全身の力を抜いて波間に身体をゆだねた。

峯崎は背後から首に腕をまわして、野村の身体を支えながら浜に向かって泳いだ。

浜に足がつくようになっても、野村はぐったりとしたままだ。かなり水を飲んだのだろう。呼吸が浅く、腹がふくれている。

浜に寝かせて身体を横にすると、激しく咳き込みながら水を吐き始めた。

しばらく海水を吐き続けてやっと楽になったようだった。上半身を起こしてやると海に視線を向けた。

指さす方を見ると白いものが浮いている。上半身裸の死体だ。おかしな形だと思ってよく見ると首がない。漂流している間に波にもまれて取れたのだろう。

「おまえは寝てろ」

峯崎は野村を浜に寝かせると再び海に入っていった。

洞窟に帰りついた時には陽が沈みかけていた。

野村の執拗《しつよう》な頼みで、死体をジャングルの手前に穴を掘って埋めた。首がない上に全身がふやけて魚についばまれていたので、ほとんど人の身体の原形をとどめていなかった。それでも穿《は》いているズボンとベルトで日本海軍の兵士であることは分かった。

野村は峯崎が穴を掘り、埋葬している時も、帰り路でもこわばった表情で、口を開かなかった。

「あれに触れて溺れかけたのか」

火をおこしてから少し落ち着いた野村に峯崎が聞いたが、やはり無言だった。よほどショックが大きかったのだ。

夕食のタロイモもほとんどを峯崎の皿に移し、自分はベッドに横になった。

深夜、不気味な音で目がさめた。動物のうなり声のような低い響きが聞こえたのだ。

闇の中に目をこらすと、寝床で野村が震えている。そして突然、声を上げて飛び起きた。

「落ち着け。何も起こっちゃいない」

峯崎は野村の背中をさすり、水を飲ませた。

焚火の炎が洞窟の天井と壁面を赤く照らしている。赤っぽい光が揺れて、幻想的な雰囲気をかもし出していた。

「海の中であの遺体に触れた時、自分自身の身体に触れたような気分になったんだ。それも内臓だ」

ずっと無言だった野村が、低い声で話し始めた。

「全身がふやけて、皮膚は魚についばまれて脂肪が糸くずのように広がっていた。俺は何が何だか、さっぱり分からなくなった。頭が真っ白になって、何も考えることができない。かと思ったら突然すごい恐怖で頭の中がいっぱいになった。地獄の底へ引きずり込まれると思った。手足がいうことを聞かないんだ。生まれて初めて心底怖いと思ったね」

峯崎は持っていた水筒を下においた。

「去年の一〇月、俺は内地から空母瑞鶴でフィリピンに移動した。ルソン島沖でアメリカ連合艦隊と出会い、瑞鶴は雷撃を受けて沈没した」

峯崎は頷いた。

峯崎はまだ九州の鴨池飛行場にいた。

海軍では極秘扱いにしていたが、事実は漏れ出てくるものだ。

昭和一九年六月、日本海軍はマリアナ沖海戦に敗北し、七月にはサイパン島を失い、マリアナ諸島をアメリカにおさえられた。

その前年には三国同盟の一角を担っていたイタリアが無条件降伏し、ドイツもスターリングラードでの敗北を受けて後退を始めていた。

一〇月二三日から二五日にかけてフィリピン周辺海域で行われた戦いがレイテ沖海戦だ。フィリピン奪還を狙うアメリカと、これを阻止しようとする日本が激突した。日本海軍は戦艦大和・武蔵など、残されていたほぼすべての艦船を投入してアメリカ連合艦隊と戦った。

しかしこの海戦で日本海軍はほとんどの艦船を失った。

乗員一四〇〇名の内、生き残った者はわずかに十名であった艦もあったと聞いている。

またこの戦いでは、はじめて「神風特別攻撃隊」が編成され、特攻が行われた。

しかしこの意表を突いた作戦で戦果が得られたのは初期の間だけで、慣れるとアメリカ海軍もその阻止に必死になり、帝国海軍は多くのベテラン搭乗員を失うこととなった。

「まさに地獄だった。艦の燃料タンクが次々に爆発していった」

野村の声は洞窟の壁に響いて、くぐもって聞こえた。

「制空権は完全にアメリカに握られていた。フィリピン海域上空にはグラマンが飛び交い、日本艦隊に魚雷と爆弾と機銃掃射を浴びせかけてきた。俺たちだって必死に戦ったんだ。高角砲を撃ちまくった。しかし、いくら落としても、敵の戦闘機は次から次へとやってきた。銃弾が降り注ぎ、艦腹に魚雷が命中した。撃ち落とした敵戦闘機が甲板に激突し、乗員を巻き込んでバラバラになった死体が飛んでくる。機銃は焼けて真っ赤になっているのを冷やしながら撃ちまくった。横を膝《ひざ》から下を切断された兵士が甲板を這《は》いながら機銃弾を運んでいるんだ。異様な光景がふつうに感じられた。あの時ほど戦闘機乗りになりたいと思ったことはなかったね。空では敵と互角に戦えるだろ。いくら機銃を撃ちまくっても、船の上じゃ標的になるだけだ。しかし戦闘機の搭乗員もみじめなもんだった。味方機なんて撃墜されるか、燃料切れで海に突っ込んでしまうかだ。空母に着艦できる状況じゃなかったからな。完全に性能の差を感じたね。大人と子供の勝負だよ。敵機に体当たりする機もあったがね」

野村の目には薄っすらと涙が浮かんでいる。野村の意外な面を見た気がした。

「俺の周りには腹を撃ち抜かれたり腕をもぎ取られた兵が山ほど転がってたよ。なんせ、戦闘機の機関銃を身体で受けるんだ。頭なんてかするだけで首から吹っ飛ぶよ。腹に受ければ内臓なんて跡形もない。甲板や艦橋には腹わたがへばりつき、もげた手足が転がっていた。甲板は血糊《ちのり》で滑って歩けないんだ。すぐに砂をまくんだがとても足りゃしない。俺は滑って甲板で頭を打って気を失ってた。ほんの数分だと思うんだけど、気がつくと艦はかなり傾いてた。俺は迷わず海に飛び込んだね」

野村は峯崎から視線を外した。思い出したくはない。しかし、頭から離れない。今までのどこか投げやりな野村の態度は、その経験のためなのかもしれない。

「海の水が冷たくて気持ちよかった。でもすぐに重油が流れ出して、海を覆ったんだ。鼻と口から流れ込んできて、息をすることが出来なかった。必死でその海域から逃げたよ。火が回ってきたし、艦船が沈む時の渦に吸い込まれるのはまっぴらだからな。艦から離れると、俺は必死で死んだ奴らの救命胴衣を取ったよ。遺体は恨めしそうに俺を見ながら、ゆっくり沈んでいくんだ。本当にゆっくりと。悪いとは思ったが、こっちはまだ生きてるんだからな。そんな救命胴衣を数個集めた。それにつかまって泳いだ、というより浮いてたよ」

峯崎は海で自分にしがみついてくる野村の感触を思い出した。

「しかし、二日目には浮力をなくしてくるんだ。最初は乗ると身体が半分海面に出てたんだけど、それが三分の一になり、四分の一になった。サメも怖かった。あの辺りのサメは人肉の味を知ってるんだぜ。食い慣れてるからな。背ビレを見た時はぞっとしたよ。襲われた時は食われて死ぬのか、溺れて死ぬのか考えてたよ。たぶん、人それぞれなんだろうけど、俺は溺れて死にたかったよ。生きたまま食われるんだぜ。足や腕や腹なんかを。考えるだけでもたまらないよ」

野村は怖そうに顔をしかめた。

「この島にたどり着いたのは海に落ちて三日目だ。砂浜に足がついた時、絶対に生きて日本に帰って、家族に会うって誓ったよ。今度は母ちゃんと、父ちゃんに孝行するってね。こんなところで死ねるかって」

野村は時おり、なにかを考え込みながらしゃべり続けた。誰かに話したかったのだろう。見かけよりも遥かに気の弱い、優しい男なのだ。それを隠すために必要以上に強がって生きているのだ、と峯崎は思った。

「助けは来ないのか」

「それどころじゃないんだろ。あの海戦じゃ、日本はさんざんだった。俺は空母瑞鳳と千代田が魚雷を受けて爆発しているのを見ていた。本当に沈んだとは信じられないけどな。だって、あんなにでかかったんだ」

野村は峯崎の視線を避けるように顔をそむけた。涙を見られたくなかったのだ。

「沈んでいったのは、船だけじゃないんだ。そこには何千人って人間が乗っているんだ。機関室にも人間が乗って動かしていたんだ。彼らも船と一緒に沈んでいった」

野村の声が一瞬高くなり、また低い絞り出すような声に変わった。目には涙が浮かんでいる。

野村はベッドの下の葉の中から出したでこぼこの水筒を、峯崎の前に置いた。

「飲め」

野村の言葉に従い、峯崎は口の中に流し込んだ。酒の香りが喉から胃に広がっていく。

「救命胴衣と一緒に、水筒も取ったんだ。その一つにこれがあった。あの時は水じゃなかったんでがっかりしたが、捨てなくて良かったよ」

その夜、ふたりは水筒の酒を飲んだ。しかし、酔った感じはしなかった。それは、野村も同じようだった。

右に曲がると、小さな白い光が
きみをマイ・ブルー・ヘブンへと導く

笑顔、暖炉、そして心休まる部屋
バラの香りの漂う僕の居場所
マイ・ブルー・ヘブン

峯崎はいつの間にか口ずさんでいた。

「私の青空って歌だな。元はアメリカの歌だろ」

野村が英語で一緒に歌った後で聞いた。

「よく知ってるな。どこで教わった」

「大阪のカフェだよ。小さな幸せの歌だって、馴染《なじ》みの女給が教えてくれた。狭いながらも、楽しい我が家って言うんだろ。俺向きじゃないよな。あの女、きれいな声で歌手志望だった」

野村の顔にわずかに笑みが浮かんだ。

「大阪にいたのか」

「広島生まれ、広島育ち。大阪は出稼ぎだ。俺の家族は今でも広島に住んでいる。広島の県庁近くで仕立て屋をやってる。俺は七人兄弟の五番目だった。家は貧乏でな。焼き芋一個、コッペパン一個を取り合いしながら育った。アンパンを腹いっぱい食うことが俺の夢だった。それでも、俺は家族が好きだったぜ。親を憎んだことなんかありゃしない。大阪に出たんだって、親に少しでも仕送りが出来ればと考えたんだ。しかし……」

野村の声が低くなった。

「大阪に出たのは十六の時だ。何の取り柄もない田舎出身のガキに、まともな職なんてありゃしない。それで、ヤクザの仲間になった」

野村は上着の袖を肩までたくし上げた。

龍の入れ墨が彫ってある。しかし、頭と玉をつかんだ手の部分だけだ。

「途中で切れている」

「金がなくてな。ちょっとずつ彫ってたんだ。ところが、手が終わった時に親分に呼ばれてな。お前もお国のために働けって。ていよく追い出されたんだ。食わせられなくなったんだろ。俺は海軍に志願したよ。地べたをはいずり回るより海の方がましかなって思ってな。呉の造船所は夢だったしな。それからは地獄の日々よ」

野村は水筒の酒を一口飲んだ。

「古参兵の奴ら、俺を寄ってたかって殴りゃがった。初めこの入れ墨を見て二の足を踏んでたのが、頭と手だけだと分かるとがらりと態度が変わった。俺は我慢したよ。本物のヤクザってのは、堅気《かたぎ》のもんには絶対に手出しはせん」

「ヤクザってのはギャングと同じようなものか」

「バカ野郎。日本人のくせにヤクザを知らないのか。任侠《にんきょう》に生きる男よ」

峯崎はそれ以上聞かなかった。

「俺は兵隊も、日本も、アメリカも大嫌いだ。もう軍隊には戻らない。どこか知らない土地で自分の家族を作り、生きていくんだ。マイ・ブルー・ヘブンだ」

野村は低い声でぽつりと言うと目を閉じた。

かなり酔いが回っている。言ってることが矛盾して、ろれつが回らなくなっている。おそらく、こっちが本音だろう。

長い沈黙が続いた。

声をかけようとした時、いびきが聞こえてきた。

峯崎は何かから身を守るように、身体を丸めて眠る野村の姿を見つめていた。


その日を境に二人の間にあった垣根のようなものが取れた。

野村が峯崎に対して持っていたどこか身構えていた態度が消えて、自分をさらけ出すようになったのだ。峯崎もアメリカ時代の自由な振る舞いが戻ってきた。

峯崎はジャングルから直径五センチ、長さ二メートルほどの棒を二本、切り出してきた。海軍ナイフで枝を払い、先を尖《とが》らせて槍を作った。

「今夜、イノシシ狩りに行こう。今朝《けさ》、水場で新しい糞を見つけた」

タロイモ掘りから帰ってきた野村に言った。

「危険だから嫌だと言ったのはおまえだぞ」

「おまえ――魚が食えないんだろ。だからネズミばかり食ってた」

野村は峯崎から目をそらせた。

「俺も当分、魚は食えそうにない」

「島にたどり着いて最初に魚を取ったんだ。岩場の水たまりに迷い込んでた二〇センチほどのやつだ。漂流を始めてから何も食ってなくて、死ぬほど腹が減ってた。生で食ってると硬いものをかんだ」

野村の顔がゆがんだ。

「口から出してみると爪だった。人間の爪だ。俺は腰が抜けるほど驚いたよ。あれはたぶん、小指の爪だ。あの魚の野郎、死体を食ってたんだ。俺は吐いたよ。食ったもの全部吐き出した。それでも気持ちが悪かった。あの魚の肉は人肉を食ってできたものなんだ。そう思うと、やっぱり吐いたよ。もう何も出なかったけどな。俺は間接的だったけど、人の肉を食ってしまったんだ。それからも魚についばまれて骨の見える死体がよく流れ着いた」

野村は顔をゆがめながら、時折思い出すように考え込みながら話した。

「やってみようぜ」

峯崎は槍の一本を野村の前に置いた。半泣きだった野村の顔がほころんだ。

「そうこなくちゃ。おまえとなら絶対にやれる」

野村は槍をつかみ、ベッドの下から懐中電灯を出した。


峯崎と野村はジャングルの暗闇に身を潜めていた。

二人は峯崎が木を削って作った槍を持っていた。

数メートル先には獣道《けものみち》があって、水飲み場に続いている。獣道にはタロイモが数個置いてあった。イノシシが現れると、峯崎が懐中電灯で照らし、野村が槍で刺すことになっている。

「この道を通るのは確かか」

「今朝、この先の水飲み場に糞があった」

息を殺して見つめていたが何も見えず、物音もしない。漆黒の闇が広がっているだけだ。星の光もジャングルの中までは差し込んでこない。

「懐中電灯は大丈夫か」

「洞窟ではちゃんとついた」

峯崎は懐中電灯を握り直した。

「やっぱり拳銃にしよう。槍なんてのは使ったことがないだろ」

「今さらなんだ。恐いのか」

「拳銃をよこせ。俺がしとめる」

峯崎の言葉に野村は黙っている。

「イノシシを仕留めれば必ずおまえに返す。それともおまえが撃つか」

「なくした。海で溺れかけたとき落とした」

「拳銃を持ったまま泳いでいたのか」

その時、闇の中で物音が聞こえた。木の枝が跳ねる音となにかが地面を歩く音だ。ネズミのような小動物ではなく、かなり体重のある大きなものだ。

二人の間に緊張が走った。峯崎は槍と懐中電灯を握り直した。野村も身体を低くして槍を構えている。

野村が肱で峯崎の脇腹を突いた。

前方の闇の中に確かになにかがいる。小型の動物ではなく大型だ。そしてその大型動物もこちらをうかがっている。

峯崎は懐中電灯のスイッチを入れた。

明かりの中にイノシシの姿が浮かび上がる。同時に野村が槍を突き出して突進した。イノシシが野村に向かってくる。

野村がジャングルの中に弾き飛ばされた。峯崎は懐中電灯を投げ捨てて槍を突き出した。なんの手ごたえも感じない。次の瞬間、峯崎は足にはげしい衝撃を受けて倒れこみ、その横をイノシシが猛烈な勢いで走り抜けて行った。

衝撃を受けた足をたしかめながら峯崎は立ち上がり、懐中電灯を拾い上げて野村の姿を探した。

野村はジャングルの下草の中からはい出してきた。

「怪我はないか」

「イノシシは？」

「逃げられた」

「バカ野郎。なんで止めを刺さなかったんだ。俺の槍はかなり深く刺さったはずだぞ。その手応えはあった」

しきりに尻をさすりながら言った。

「お前が拳銃をなくすのが悪い。拳銃を持って泳ぐバカがどこにいる」

「たかがイノシシだぞ。お前がもっとしっかりしてりゃ」

野村は峯崎の槍をひったくった。

「どうする」

「追いかけるんだよ。俺の槍が刺さってる。遠くには行けないはずだ」

二人は道をたどりながら歩いて行った。確かに踏み荒らされた草や、張り出した木の枝に血が付いている。

しばらく行ったところで野村が立ち止った。

無言で前方を指した。

峯崎が懐中電灯を向けると、光の中に体長一メートルほどのイノシシが倒れているのが見えた。

肩先から槍が深く刺さっている。イノシシはすでに死んでいた。

野村は慣れた手つきでイノシシの胸にナイフを刺して大きくえぐった。

「動脈を切って血抜きをするんだ。そうしないと肉の臭みが抜けなくなる。ブタと一緒だ」

用意してきたロープで両足を縛り、その間に槍を通して担ぎあげた。

「七十キロ以上あるぞ。俺より重い。これで当分食いものには困らない」

二人で苦労して洞窟まで担いで帰った頃には、明るくなり始めていた。

「さっさと火を起こせ。腹、へってるだろ」

野村は海軍ナイフで器用にイノシシをさばいていった。

峯崎がまきを集めて帰ると、拳大《こぶしだい》の肉の塊を木串に刺したものが数本おいてある。

洞窟内は、すぐに肉の焼ける匂いで満ちた。

二人とも無言で肉を食べた。

硬く、多少の臭みがあるが十分に食べられる。

「塩がもっとあればな。こんど作ろう。海水を煮つめればできる。おまえと二人なら、何でもできる気がする」

野村は、嬉しそうに言った。

「酒はもうないが、いいものがある」

そう言うと、ベッドの葉っぱから箱を出し、中から大事そうに木箱を取り出した。ラジオだ。

「流れ着いたドラム缶に入っていた。壊れてたが俺がなおした」

やはりベッドの中から出した蓄電池につないだ。雑音混じりの耳障りな音が聞こえ始めた。

周波数が合ってくると、甘ったるい女の歌声に変わった。ドリス・デイのセンチメンタル・ジャーニーだ。

峯崎は野村を押しのけてつまみを回した。

「何するんだ。俺は聞いてるんだ」

野村の声を無視して峯崎はつまみを回し続けた。

男のきれぎれの声が聞こえ始めた。ニュースを読み上げているのだ。

「お前、英語が分かるのか」

「日本への爆撃が続いている。仙台、函館、小樽……北海道に爆撃が行われた。釜石、室蘭には艦砲射撃だ」

「連合軍はそこまで近づいたか。大和はどうなった。レイテ沖海戦で生き残った貴重な戦艦だ」

「四月に鹿児島沖で撃沈された。沖縄に向かう途中だ」

「ウソだ。大和が撃沈されるなんて」

「ちょっと黙ってろ。聞こえない」

男の声が終わり、音楽が流れ始めた。つまみを回したが聞こえるのは音楽ばかりだ。

峯崎はラジオから身体を離した。野村が峯崎を見つめている。

「沖縄には四月にアメリカ軍が上陸した」

「民間人が五十万人近くいたはずだ。本土に疎開させたのか」

「住民を含めて玉砕した」

「ウソだ。十万の日本軍がいただろう。彼らが住民を護っている」

「俺も詳しいことは知らない。あくまで伝聞情報だ」

今年に入ってから戦局に関する正式情報はほぼ途絶えている。聞こえてくるのは断片的なものばかりだ。それも、真偽については分からない。

「お前、英語ができるのか」

野村が改めて聞いた。

「少しだ」

峯崎は指先でリズムを取りながら、ラジオから流れる音楽に聞き入っている。ルイ・ジョーダンのG・Iジャイブだ。

日本に帰国以来、七年ぶりに聞く本場のアメリカンミュージックだった。

翌日からイノシシの肉の処理が始まった。

野村の指示に従って、干《ほ》し肉と燻製《くんせい》を作った。

さばいた肉の脂身《あぶらみ》を取りのぞき、うすめに切っておく。これを海水に一晩漬け込んでから、小枝で作った竿にかけて干すのだ。数時間ごとにひっくり返す作業を繰り返すと、肉は硬くかたまって保存の利く状態になる。干し肉のでき上がりだ。

燻製は野村が洞窟から持ち出してきた穴の開いた一斗缶に肉を並べて、その中にバナナの葉を焼いた煙を通して作った。

「これで当分、食い物の心配をしないで済むぞ」

野村は心底、嬉しそうに言った。

「肉ばかり食うわけにもいかんだろ。この島に果物はないのか」

「あまり大きくもない島だ。目につく範囲は俺が食い尽した」

野村は屈託《くったく》なく笑っている。

その合間に峯崎はラジオを聞いた。最初、野村は蓄電池の電気がなくなると文句を言っていたが、すぐに峯崎が訳す戦況に耳を傾けるようになった。

すでに、アメリカ軍の日本本土爆撃は全国に及んでいた。

4

数日後の午後、二人で連れ立って海岸に行った。

野村が塩田を作ろうと言いだしたのだ。

「いずれは畑を作ってタロイモを収穫する。米も作れるかもしれない。水田になりそうな場所は見つけてある。モミさえあればなぁ」

野村は実に楽しそうに話した。

「ここに長くいるつもりか」

「そうじゃないが、どうやって島を出るんだ。ボートを作るなんて絶対に言うな。俺は二度と海に入るのは嫌だからな」

野村は断固とした口調で言い放った。これには峯崎も反論できなかった。

「日本の輸送船は沖合を通らないのか」

「どうやって合図するんだよ。下手に合図なんかしたら敵潜水艦に見つかって輸送船は撃沈されて、偵察隊が島に上陸だ。槍で迎え撃つか。イノシシとは違うぞ」

確かにその通りだが、野村の言い方を見れば、何か帰りたくない理由もありそうだった。

海は白波がたっていた。洞窟にいる時は分からなかったが、海岸に出ると海からの風が吹きつけてくる。

「夕方には風が強くなって雨が降り出すぞ。台風がくるんじゃないか」

野村が遥か沖の方に視線をやって言った。

峯崎は東の水平線に目をやった。

「なにか見えるのか」

峯崎が沖に視線を向けているのを見て野村が聞いた。

「一機、島に向かってくる。海面すれすれに飛んでいる」

「俺には何も見えないぞ」

野村は伸びあがるようにして水平線を見つめている。

やがて水平線の少し上に、黒い点がかすかに見え始めた。

「戦闘機とは違う。もっと大きい」

「俺には点にしか見えん。俺の目がいいのは、近所でも評判だったんだぞ」

野村はもどかしそうに言った。

「機体は茶がかった緑色……オリーブドラブか。アメリカ軍か。かなりでかい。輸送機なのか。フロートがついてる。機体の形は――まさか」

「はっきりしろよ。俺には見えないんだから」

「間違いない。ダコタだ。しかし、あんなの見たことない」

峯崎はため息のような声を吐いた。

初めてダコタを見たのは、アメリカ時代にヘンリーに連れて行ってもらった飛行場だ。ロサンゼルスとサンフランシスコの間を飛ぶ旅客機だった。ずんぐりした機体がユーモラスで、妙に愛着が持てた。

ヘンリーに操縦席に座らせてもらえるよう頼んでもらった。ヘンリーといつも乗っている双発の曲乗り飛行機とは比べ物にならない、ゆったりとしたシンプルな操縦席だったことを覚えている。こんな飛行機で仲間と大騒ぎしながら世界中を飛んでみたいと強く思った。

しかし今、大空を島に向かって飛んでくるのは、フロートのついた水上仕様のダコタだ。巨大なフロートを両翼の下につけ、よろめくように飛んでいる。

「あの点がダコタか。ゴマ粒にしか見えんぞ」

「アメリカじゃポピュラーな旅客機であり、輸送機だ。ロサンゼルス、サンフランシスコ、シカゴ、ニューヨークなどの大都市間を飛んでいた。こんなところで見かけるとはな」

峯崎は空を見上げながら無意識にしゃべっていた。

「操縦したことがあるのか」

「だがなぜ、ダコタがここを飛んでる」

峯崎は野村を無視して呟いた。

「こっちに来るぞ。この島を目指しているんじゃないだろうな」

話しているうちにその点はゴマ粒からアメ玉に変わってきた。

「故障してる。左エンジンから黒煙が出てる」

「俺には見えん。いや、確かに黒っぽい煙が出てる。高度もほとんどない。しかし、敵の目を避けて低空飛行をしてるんじゃないのか」

「低すぎる。着水しようとしてるんだ。左翼が下がりすぎている。あれじゃ海面に突っ込む。操縦桿を引け。引くんだ」

峯崎は思わず声を出した。

その声が通じたかのように、ダコタが高度を上げた。しかしそれはわずかで、すぐにまた高度を下げ始める。

「ダメだ。もっと高度を上げろ。ゴー、ゴー、ゴー」

聞こえるはずのないダコタに向かって懸命に叫ぶ峯崎の姿を、野村が驚いた顔で見ている。

「水上仕様の飛行機だろ。その辺の海面に下りればいい」

「でかい飛行機にテナガザルのように腕の長いフロートだ。沖合だと波と風ですぐにひっくり返る」

峯崎がダコタを見つめたまま言った。

ダコタはすでにお盆大になって島に迫ってくる。

「驚いたぜ。本当にＤＣ３、ダコタだ。零式輸送機だ」

野村が声を上げた。峯崎は思わず野村を見た。

「ダコタを知ってるのか」

「ダグラス社の民間輸送機で、正式な型名はＤＣ３。ダグラス社の商用機、第三番機という意味だ。ボーイングやロッキードの旅客機より俺は好きだったぜ。全長約一九・五メートル、全幅二八・九六メートル。巡航速度は時速二九八キロだ。帝国海軍も零式輸送機として五百機近くを生産し、本土と各戦地を結ぶ輸送に使っている。俺は海軍航空隊の整備下士官だ。本土にいたときは零式輸送機の整備も嫌というほどした。丈夫で長持ち。俺の好みのタイプだ。目をつぶってても整備できる。しかし、あんなのは初めて見るぜ」

確かに、日本の中島飛行機がライセンス生産して、満州などへの定期航路を飛んでいた航空機だ。

「大戦が始まってからは、アメリカ軍は当初ＤＣ３を徴用して使用していたが、そのうち軍用としての生産をダグラス社に依頼した。それから軍用輸送機として使われるようになったんだ。これがＣ47だ。別名、スカイトレイン。ダコタは、主にイギリス空軍での呼び名だったんじゃないか」

野村はダコタに目を向けたまま興奮気味に続けた。

峯崎は黙って聞いていたが、確かに野村の知識は正確だった。

「DC3との見分け方は、主に操縦席上に天測窓があることと、乗降扉の代わりに貨物扉がついていることだ。また内部には折りたたみ式の座席がついていて、武装した兵士なら二八名、患者輸送のための寝台であれば一四台、貨物輸送としてはジープ一台と三七ミリ砲一門の搭載が可能だ。輸送に便利だったんで、外見はほぼ同じ型のままで生産されている」

峯崎が聞いているのと同じだ。いや、それ以上の知識だった。

ニューギニア、ガダルカナルといった太平洋南方戦線では、前線への物資補給に使われている。また、ノルマンディー上陸作戦やマーケットガーデン作戦では、空挺隊投下のために使われた。

野村が目を細めて、一点を見つめている。

ダコタが左翼で海面を撫《な》でるように左旋回したと思うと、高度を上げ始めた。最後の力を振り絞って大空に駆け上がろうとしている太ったカモメのようにも見えた。

峯崎はなぜか不思議な感動を覚えていた。

ダコタは高度を上げると、すべるようにこの島に向かってくる。

黒煙の場所は左エンジンの付け根だ。左プロペラはほとんど止まっているに違いなかった。片方のエンジンだけで何とか浮かんでいるのだ。とするとパイロットは相当な腕だ。

「ガンバレ！」

隣で野村の声が聞こえた。峯崎も声に出したい気分だった。しかし、乗っているのは誰だ。日本人だとは考えられなかった。

黒煙を吐きながらダコタは島の西側の崖に消えて行った。

第3章 ダコタ

1

峯崎と野村は海岸に沿って走り始めた。

崖に突き当たると海に腰までつかって西側の岩礁《がんしょう》地帯に向かった。

崖を回った時、ちょうどダコタが海面に着水したところだった。

すべるようにフロートを海面につけると、スピードを落としながら島に近づいてくる。そして岩礁の間を縫《ぬ》うように進むと、砂浜に乗り上げて止まった。見事な操縦だった。

「やはり零式輸送機だ。フロート付きの零式輸送機か。初めて見るが安定が悪そうだ。あれじゃ、着水はかなり難しいぜ」

野村は言ったが、見事な着水だった。見た目にも安定性の悪いフロート付きダコタを、しかも故障してほとんどエンジン一基が止まっている輸送機をあれだけ見事に操縦するとは驚きだった。

沖の海面にフロートで着水して、岩礁を縫うようにしてスピードを落としながら浜までたどり着いたのだ。

両主翼の下につけられた足の長いフロートの半分が、砂浜に乗り上げている。着水による機体の損傷はなさそうだった。

浜からそのまま機体に走り寄ろうとする野村の腕をつかんだ。

「分かってるよ。敵だって言うんだろ。こいつを持ってる」

野村はポケットからナイフを出して見せた。

「銃を持ってたらどうする」

「奪えばいい」

野村は峯崎の手を振り払うと身体を低くして海に入り、岩礁に隠れて様子をうかがっている。機内からは何の反応もない。

二人は岩礁に隠れながら近づいていった。ダコタの高さは五メートル程だが、それにフロートが付いているのでさらに三メートルは高くなっている。

「いつ見てもでかい飛行機だ」

「これはアメリカ軍のモノじゃない。アメリカ軍の識別章が塗りつぶされた痕がある。第一、フロート付きのＣ47なんて俺は知らん」

峯崎は機体の一部を指した。機体のオリーブドラブ色の塗装の下に幅広の横帯とそれに重なる円形が浮かんでいる。

「しかしいまどき、なんで民間機がこんなところを飛んでるんだ」

野村は岩礁に身を隠しながらさらに近づいていく。峯崎は仕方なく野村の後を追った。

「兵隊が乗ってたらどうする。旅客機仕様なら二五人は乗れる」

「無事な奴がいれば、もう出て来てるはずだ」

二人は近くの岩礁に身を隠して、しばらく様子をうかがった。やはりダコタから人の出てくる気配はない。中から物音すら聞こえない。

「全員、死亡か重傷か」

「それとも、俺たちに気付いて出方をうかがってるか。無事に着水させたんだ。少なくともパイロットは生きてる」

「行ってみるぜ」

野村は言い残すとすでに歩き出している。

二人はフロートの下に行った。

そばに来るとその大きさはさらに際立っていた。峯崎が子供のころ見た時は、ただ巨大な建物のような航空機の前に立ちすくんだだけだったが、いまは大空を駆け巡る巨大な怪鳥として眺めることができる。

左エンジンからはまだ黒煙が上がっていた。

「どこから入る」

「見ろ」

野村の指す方を見ると、フロートを支える支柱、主翼から機体の扉へ続くコの字型ステップ兼握りが溶接されている。まさにハンドメイドの機体だった。

「あれを登って機内に入るんだ」

野村は峯崎を押しのけステップに手足をかけると、フロートから主翼、機体へと身軽に上がって、扉を開けた。

「もっと様子を見よう。敵が乗っている可能性が高い」

峯崎の言葉を聞き流し、野村はナイフを構えて機内に入っていく。

中は想像していたより広かった。座席がないせいかもしれない。

機内中央の荷物室には、防水布がかけられた木箱が積み上げられている。着陸の衝撃によるものか、一部が崩れてはみ出していた。

その横に一人の男が倒れていた。脈を取るとまだ温かいが、すでに死んでいる。胸と腹に数発の弾丸を受けている。床には血だまりが出来ていた。

峯崎は操縦席に行った。パイロットは前かがみになって操縦桿を抱くようにして死んでいる。

背中には傷はない。肩を摑んで引くと、喉に深い切り傷がある。天井に機銃弾が当たった跡があった。機体の破片が飛んで喉をかき切ったのだ。服の前部がかなりの血を吸っていた。

峯崎は男の身体を元に戻した。

「雑貨品の運搬屋のようだな。服、食器、毛布、何でもあるぜ。酒やワインもある。半分はアメリカ軍のものだぜ。この零式輸送機は闇物資の運搬をしてたんだ。空飛ぶ闇屋ってわけだ」

荷物室から野村の声が聞こえる。

「パイロットは死んでる。大した野郎だ。この傷でここまで操縦したんだ。ダコタの停止と共に絶命したんだろう。他に乗員はいないか」

峯崎が怒鳴ったが野村の返事はない。

荷物室に戻ると、中央に積まれた荷物の横に野村が突っ立っている。

「他に死体はないのか。このダコタは、二人で飛ばすにはちょっと荷が重い」

野村が無言で峯崎を見つめている。

「どうした。おかしな顔をして」

「動かないで。友だちの胸に穴が開くわよ。あんたの胸にもね」

野村の背後から声がした。日本語だ。しかも女の声だ。

峯崎が一歩踏み出したと同時に銃声が響いた。弾は――開いている扉に向かって撃ったのだ。

「動くな。こいつは本気だぞ」

「そうよ。今のは外の木の枝を狙ったけど今度はあんたたちよ」

「武器は持ってない」

「両手を挙げて。ゆっくり回って」

峯崎は両手を挙げて何も持っていないことを示しながら回った。

「俺たちは敵じゃない。同じ日本人だ」

「だから信じないのよ。ほかに仲間はいるの」

「俺たちだけだ。ここは無人島だ」

「ウソを言ったら殺すわよ。向こうの海岸に兵隊が二人いた」

「俺たちだ。飛行機が落ちるのを見てここまで来た」

しばらく沈黙が続いた。

「落ちたんじゃなくて着水したのよ」

声と共に、防水布に包まれた積荷の背後から拳銃を構えた女が出てきた。

まだ二十代前半に見える若い女だった。

「パイロットが死んでるってウソでしょ。死人に操縦は出来ない」

女は峯崎に視線を向けた。

「大した野郎だ。あの傷で、よくこんな機を着水させた」

「そうよ。そのパイロットの腕は世界一よ。彼、どこを怪我してるの」

「まさに執念で着水、浜にまで移動させた。そして絶命した」

一瞬、女の表情が変わったが、すぐに元の顔に戻った。

「おまえは何者で、何をして――」

「質問するのは私よ。あなたたちは何者なの」

女は身体を積荷に持たせかけるようにして、銃口を峯崎に移動させた。

「私は帝国海軍中尉、峯崎龍二だ」

「パイロットね。そのボロボロの飛行服」

「俺は野村吉太郎だ。階級なんてどうでもいい。それより何を運んでるんだ」

「食料、医薬品、衣料品、その他、なんでもよ」

「やっぱり運び屋か。戦闘海域の空を飛ぶのか。危険すぎるだろ」

海の運び屋の話を聞いたことがある。オランダ軍が支配していた頃の話だが、高速艇を使って軍の横流し品を島から島へと運ぶのだ。時には海賊のようなことをやったと聞いた。日本軍の工作員、インドネシア独立派が関係しているという噂もあった。

「海だって同じようなものでしょ。海の代わりに、私たちは空を選んだの」

女の身体が揺れた。立っているのがやっとのようだ。見るとシャツの肩に血がにじんでいる。

「怪我をしてるのか」

「動かないで」

一歩踏み出した峯崎の胸に銃口が向けられた。

「これ以上動いたら……」

女の声が途切れ、身体が揺れた。足元がふらついている。必死で身体を支えようとしているが、目はすでに焦点を失っている。意識を取り戻そうとするように二、三度頭を振ったが、崩れるように身体が揺れた。

野村が女の手から拳銃を取った。

峯崎が駆けより、倒れる前に抱き止めた。


女が目を開けた。

二人を見て慌てて起き上がろうとしたが、低く呻《うめ》いてまた横になった。

峯崎は女の身体を調べた。シャツの肩と腹にも血がにじんでいる。

「わき腹を撃たれてる。肩も弾がかすってる。運のいいやつだ。どっちもかすっただけだ。満身創痍《まんしんそうい》だが、後は擦《す》り傷と打ち身だけだ」

「救急箱を探せ。操縦席だ」

野村の言葉に、峯崎は救急箱を持ってきた。

血はほとんど止まっていた。傷の深さより、緊張が続いたので気を失ったのだろう。

「みんなは？」

「パイロットと荷物室で銃を持ってたやつか」

「他にだれかいたの」

「二人とも死んでた。荷物室の男は胸を撃ち抜かれて即死だ。パイロットは喉が切れている。機体の破片が刺さった。急降下してきた戦闘機が操縦室の天井を撃ち抜いたんだ。あれだけの傷でうまく着水できたのは奇跡的だ」

「トニーは」

野村が峯崎の腕を突いた。視線を追うと荷物の横に男が倒れている。手には自動小銃を持っている。動かないところを見るとすでに死んでいるのだ。

女は唇をかみしめ、黙り込んだ。

峯崎と野村はどうしていいか分からなかった。

ダコタが揺れ始めた。風が強くなっている。

「波はもっと激しくなるぞ。雨も降り始める。早くここから避難したほうがいい」

「ダコタはどうする。このままにしておけばすぐ沖に流される」

峯崎はそう言うと操縦席に座った。

「飛ばせるのか」

野村が助手席に座って覗き込んでいる。

峯崎はエンジンをかけた。咳《せ》き込むような音を出していたがプロペラが回り始めた。

「左エンジンを止めろ。煙が出ている」

野村の声に左エンジンを見ると黒煙を上げている。

左エンジンのスイッチを切った。右プロペラはまだ回り続けている。

ゆっくりと機体は前進し、さらに砂浜に乗り上げるようにして止まった。

「ロープを探せ。岩礁に固定するんだ」

野村の指示で峯崎は荷物室にあったロープをつかんで機内から飛び出して行った。機体やフロートをロープで岩礁やジャングルの木に結び付けた。

作業が終わるころには風と波はさらに強く、雨も降り始めていた。野村の言葉通り台風が来ているのだ。

二人は荷物室にあった担架に女を乗せ、その上に防水布をかけて洞窟まで運んだ。洞窟に入ってすぐに、雨風はますます激しさを増していった。


「この女、なに者だ」

野村が峯崎の耳に顔を寄せ、低い声で言った。

二人の目の前には女が横たわっている。

いまは静かな寝息を立てているが、数時間前まで熱のためにかなり苦しそうだった。傷と疲労、特にかなりな緊張が長時間続いていたのだ。洞窟についた時には意識はなかった。

「ただの女じゃないぜ。銃を使い慣れてる。空の海賊、いや、密輸団の女船長というところか」

野村は全身に好奇心をみなぎらせて女を見ている。

「いや、それにしては間抜けすぎるか。戦争のまっただ中をあんな輸送機で飛んでたんだ。武器も自動小銃が一丁あっただけだ。あれじゃ裸でライオンの群れの中を走り回るようなものだ」

そうだろうという顔で峯崎に視線を移した。

「いや、そのほうが正解だ。俺だったら下手に武装なんかしてると一発で撃墜する」

「そうだな。スピードも旋回能力も戦闘機の比じゃない。零式は荷を運ぶ駄馬なんだ。役割が違う」

女の身体がピクリと動いた。

二人の視線はさらに女に集中した。

肩の下まである茶色がかった髪を後ろでまとめている。肌の色は日本人よりかなり濃いが、インドネシア人よりも薄い。日焼けによるものだろう。

彫りが深くエキゾチックな顔立ちをしている。

美人だなと呟いた野村が、慌てた様子でたき火に木の枝を放り込んだ。

「日本人の血が混じっている。日本語でしゃべっていた」

「日本の男が現地人に産ませた女だろ。半分は日本人だ」

その時、女が目を開けた。

焦点を結ばない視線を二人に向けてくる。まだ記憶が戻らないのだ。

「気がついたか」

野村が声をかけたが、女の視線は虚ろなままだ。

しばらく視線を漂わせていたが徐々に表情が硬くなっていった。記憶が戻ってきたのだ。

「行かなきゃ」

女は低い声で言うと起き上がろうとしたが、すぐに呻いて倒れ込んだ。

「まだ起きるのは無理だ。しばらく寝てた方がいい」

野村が信じられないような優しい声で言い、マリアを覗き込んでいる。

「どのくらい意識がなかったの」

「半日ほどだ。いま真夜中」

「ラトゥ・キドルは？」

「なんだそれは」

「あの飛行機の名前よ。でも、あんたらには関係ない」

「この嵐だ。海は大荒れだ」

外からは降りしきる雨音と、風の音が聞こえてくる。峠は越したが、まだかなり激しい。

女は観念したらしく目を閉じた。

「仲間は何人だ」

「私の他に四人。一人は海に落ちた。三人は……」

女の声が乱れた。峯崎の言葉を思い出したのだろう。

「彼らはまだ……」

目を閉じたまま聞いた。

「あのままだ。機体には手をつけていない。嵐を避けてあんたをここまで運んでくるので精いっぱいだった」

「ここはどこ？」

「俺たちの洞窟だ」

「そんなこと分かってる。この島はどのあたり？」

「俺たちにも分かっちゃいない。この辺りには二千以上の島があるからな」

「あんたたち、日本軍の脱走兵なの」

「違う。乗っていた艦が魚雷攻撃にあって沈没した。俺は泳いでこの島にたどり着いた。こいつもそうだ」

野村が峯崎を指し、女の視線が野村から峯崎に移った。

「俺は野村吉太郎。こいつは峯崎龍二だ。あんたの名前は？　日本人だろ。少なくとも半分は」

女はしばらく考えている様子だったが、低い声を出した。

「マリア。高藤マリア」

「なんで、ダコタに乗ってたんだ」

と、峯崎は訊いた。マリアの目が峯崎の方を向いた。

「ダコタを知ってるの」

「世界の名機だ。しかし、あんなフロート付きは初めてだ」

「やっぱり行かなきゃ」

突然、マリアは呟くように言って、立ち上がろうとした。

今度はなんとか立ち上がったが、すぐに足元がふらつき倒れ込んだ。

「死にたいなら勝手に行けよ」

野村は洞窟の外を目で指した。地響きのような雨音が伝わってくる。

マリアはそのまま目を閉じた。


翌日の朝、嵐は嘘のようにおさまり、真っ青な空が広がっていた。

その中に太陽が輝き、赤道付近特有の強い陽差しが容赦なく照りつけている。

二人はマリアを連れて海岸に行った。浜は嵐で吹き寄せられた海藻で埋まっている。

「ひどいな。これじゃ、あの零式輸送機は流されてるぜ。残っていてもバラバラの残骸だけだ」

野村の言葉に反して、ダコタは岩礁に尻から乗り上げるようにして止まっていた。引き波で沖に流されている時岩礁に乗り上げたのだ。数本のロープが切れて砂浜から押し出されてはいたが、フロートが岩礁の間に挟まったために、流されないで留まっていたのだ。しかしバランスを崩し、片方の翼を海面につけている。

「ちゃんとあったでしょ。この飛行機はラッキーなのよ」

「だったら、なんで穴だらけにされて、こんな島に不時着したんだよ」

野村の皮肉にマリアは答えず、海の中に入ってダコタに近づいていった。

機内に入った峯崎は思わず息を止めた。二人も手を口に当てて顔をしかめている。異様な臭いに満ちているのだ。熱帯の太陽にあぶられた機内はかなりの高温になっている。

荷物室に並べて防水布を掛けていた三人の遺体は、すでに腐敗が始まっていた。

「すぐに埋めたほうがいい」

峯崎の言葉に、マリアはしばらく見つめていたが無言でうなずいた。


峯崎と野村は二時間近くかけて三つの穴を掘った。

獣に掘り返されるといやだから、というマリアの頼みで一メートル以上の深さを掘ったのだ。

防水布でくるんだ三人の遺体を埋めている間、マリアは泣きそうな顔をしていた。

埋め終わると、野村がお経を唱え始めた。般若心経だ。朗々とした声がジャングルに響き渡った。

マリアは神妙な顔で聞いている。

「日本式の葬式だ。どんな葬式でも仏さんは文句を言わない」

「お経でしょ。うちにも仏壇があって、お父さんのを聞いたことがある。天国に導くものだって」

「俺は婆さんのを聞いて覚えた。物心ついた時から婆さんの横に座って、真似してたんだ」

野村は昔を懐《なつ》かしむように話した。

「死んだらみんな極楽に行けますようにってものらしいが、俺はそんなところ信じない」

「これは神様の試練よ。乗り越えれば必ず、新しい世界が開ける」

〈マイ・ブルー・ヘブン。俺の天国はこの青い空さ。死んだら灰にして、空に撒いてもらう〉

峯崎はヘンリーの言葉を思い出していた。ヘンリーの灰は、本当に空に撒かれたのだろうか。

「ロープの半分が切れてる。よほど激しい台風だったんだ」

野村が木にくくりつけたロープのちぎれた部分を見ながら言った。

「これじゃ、とてもじゃないが飛べない。飛行機が船になったんだぜ。しかも、岩礁に乗り上げた間抜けな鯨かトドだ」

野村が改めてダコタを見上げながら言った。

マリアは無言で見つめている。やはり、修理は難しいと思っているのだ。

「しかし、このまま放っておくわけにはいかんだろ。アメリカ軍が見つければ、偵察にやってくるぜ」

「爆破するか。手榴弾《しゅりゅうだん》かダイナマイトは積んでないのか」

「私が許さない」

マリアが強い口調で言い切った。

「じゃ、アメリカ軍が来るのを待つか。俺はごめんだね」

「やめてよ。なんとか飛べるように出来ないの」

「エンジンを一基取り替えて、穴だらけの機体をふさぐ。フロートの強化も必要だ。そして、海に押し出す。五人のベテラン整備兵とクレーンなどの重機があれば、わけない話だ。ただし徹夜で働いて三、四日はかかる。その間にアメリカ軍が見つけて、爆撃されなければの話だ」

野村が機体を目でなぞりながら言った。

確かに目前にそびえている機体は、三人の手に余る巨大さだった。

陽は急速に沈んでいった。

薄暗くなった海辺にダコタの黒い影が浮かんでいる。

三人は砂浜に座って、長い間無言でその影を見ていた。

「荷物を少しでも取り出そう。ダコタには悪いがいずれ流されるか、ここで沈没の運命だ」

峯崎が最初に口を開いた。

「気になってたんだが、なんでダコタなんだ。それはヨーロッパ戦線での呼び名のはずだ」

「ダコタだからダコタだ」

「ダコタ」はアメリカ軍のラジオ放送で聞いた名前だ。イギリス軍、オーストラリア軍はそう呼んでいる。ダグラス・エアクラフト・カンパニー・トランスポート・エアクラフト。ダグラス航空会社輸送機の頭文字に由来する愛称だが、その懐かしい響きは峯崎の心に郷愁にも似た思いを呼びさまし、その無骨な機体と重なった。

以後、峯崎の中ではＣ47はダコタとなった。

少年時代、ヘンリーからアメリカ大陸先住民、ダコタ・インディアンの話を聞いた。西部が開発される前、彼らは馬に乗り、大平原をバッファローを追って駆け回っていた。しかし、進出してきた白人に追われ、迫害され、居留地に閉じ込められた。最後には蜂起して、勇敢に戦い滅亡への道を突き進む。その姿は峯崎の胸を強く打ち、心に深く刻み込まれた。どこまでも続く緑の平原を馬と共に駆けるインディアンと、青く広がる大空を舞う飛行機の姿が重なったのかもしれない。

「おまえはなんで零式輸送機だ。あれはアメリカの輸送機だ」

「零式輸送機だから零式輸送機だ。俺たちはそう呼んでた」

「勝手なことを言わないでよ。私は私たちのラトゥ・キドルを見捨てない」

野村がダコタに視線を向けてからマリアを見つめた。

「そっちも前から聞こうと思ってたんだ。そのラトなんとかってのはなんだ」

「インドネシアを守る海の女神よ。絶世の美女」

二人は思わず顔を見合わせた。野村は必死で笑いをこらえている。

「冗談がキツイぜ。確かに、なかなか愛嬌《あいきょう》のある飛行機だ。しかし、絶世の美女はないだろう。空飛ぶアヒル、いやブタってところか」

「やめてよ。ラトゥ・キドルが、私たちをここから連れ出してくれるのよ」

野村の言葉にマリアはむきになって言った。

「積荷だって勝手にはさせないわ」

「じゃ、このでかい海の女神をどうするって言うんだ。岩の間から引きずり出すには少々重すぎる」

三人は再び黙り込んだ。

空には、ほぼ円形の月が驚くほど明るく上がっている。

峯崎は、この海域の気象情報を必死で思い出していた。基地にいる時は、日の出と日の入り時間、気象図は毎日チェックするのが習慣だった。

「三日後が大潮だ。ひょっとして浮かび上がる。その時三人で思いっきり押せばなんとかなるかも知れない」

峯崎は言った。

「それまでに、アメリカ軍に発見されれば必ず捜索隊を送りこんでくる。とりあえず隠そう」

その日は洞窟に帰り、翌日早朝から、ダコタのカモフラージュにかかった。

三人は手分けをしてシュロの葉と海藻を取ってきた。ダコタの機体に被せていった。

夕方までには、機体全体をなんとかシュロの葉と海藻で覆うことができた。空からだと、簡単には発見されないはずだ。基地でも滑走路とゼロ戦をこうして隠していた。

「これで少しは時間が稼げる。その間になんとか岩から引き出してどこかに隠すんだ」

「大潮まで二日しかないのよ。それまで放っておくつもり。修理は今からでも出来るでしょ。ただちに取りかかって」

「勝手な女だぜ。修理はできても、あの岩礁から出られなきゃどうするんだよ」

野村は吐き捨てるように言った。しかし、ダコタを見つめる目は、まんざら嫌でもなさそうだった。

二人はダコタに残ると言うマリアを説得して洞窟に戻った。


「あの零式輸送機はどこから来たんだ」

洞窟に帰り、食事の後で野村が聞いた。

「あんたらに関係ない」

マリアは二人に背を向けて、ぶっきらぼうに答えた。

「そういう言い方はないだろ。俺たちの島に無断着水したんだぜ」

「故障したのよ。ここまで来るのがやっとだった」

「問題はその故障の原因だろ。機体は穴だらけだ。それも機銃によるものだ。おまけに、少なくとも二人は撃たれて死んだんだ」

「戦争中なのよ。何だって起こる」

「ダコタだからここまで来ることができた。牛のように頑丈で蛇のように忍耐強い飛行機だ」

「あんたたち、そんなにあの飛行機について知ってるの」

峯崎の言葉にマリアが二人の方に向き直った。

「一度操縦席に座って操縦桿を握った。実際に操縦したことはないが、飛ばす自信はある。見かけどおり丈夫で信頼性のある飛行機だ」

「大した経験ね。頼りになるわ」

「俺は本土で零式輸送機の修理と整備をしたことがある。ダグラスの日本でのライセンス生産機だから、あれと同じだ」

「じゃ、修理して飛ばすことができるのね」

マリアの表情がわずかに明るくなった。峯崎が野村を見ると、野村はさりげなく視線をそらせた。

「機体は穴だらけ。片方のエンジンは煙を吐いていた。ここにはスペアパーツも修理器具もない」

しばらくして野村がゆっくりと言葉を選びながら言った。

確かにこの島ではムリだ。人手もないし、部品もない。

マリアの全身から力が抜けるのが分かった。しかしすぐに、野村の顔を見すえた。

「修理用具なら機内にある。部品もある程度ならあるはずよ。バトゥアは着陸ごとにその場で調べて部品を交換してたから。彼はダコタの整備士」

「そんなに古い機ではなさそうだが、満身創痍《まんしんそうい》って機だな」

「そうよ。何十回っていう戦火を通り抜けてきた歴戦の勇士。もう、何百回も人と物を運んできた」

「しかし、やっぱり無理な話だぜ」

野村はつぶやくように言って、再び考え込んでいる。

「フロートが取れそうだった。どう直すんだ。あの機体を持ち上げなきゃダメなんだ」

「ジャッキならあるわよ。すごくでかいジャッキよ。私たち全員でセットしなきゃならなかった。溶接の道具だってある。溶接なら私がやって上げる。うまいもんよ」

「なんでもあるんだな。しかし手動ジャッキで飛行機を持ち上げるなんて聞いたことがない。驚いたね。いったいどういう連中で、どういう飛行機なんだ」

野村が肩をすくめている。

峯崎はマリアに視線を向けた。マリアも峯崎を見返してきた。

「アメリカ軍のものでもない。日本軍のものでもない。あのダコタは誰のものだ」

「言ったでしょ。私たちのものよ」

「私たち？」

「そう。私とパイロットのラデンとエンジニアのバトゥア、そしてナビゲーターのバハルデン。そして……」

一瞬口ごもった。

「リーダーのサルジョノ。彼はアメリカ軍の戦闘機に銃撃された時撃ち合って海に落ちた」

「戦闘機と自動小銃でやり合ったのか」

「彼は頭を撃たれてそのまま海に――そして生き残ったのは私だけ」

マリアの声が低くなった。

「この時期にここを飛ぶなんて、何を考えているんだ」

「荷物室の積荷は見たんでしょ。私たちはブローカーよ。品物のあるところから仕入れて、ないところに運んで売るの。衣類や医療品。どこに持ってっても高く売れるものよ。そして今だからもっと高く売れる」

「食いものはないのかよ」

「腐るもの、高く売れないものは扱わない。食料を必要としてるものは、金を持ってないでしょ。金持ちはいつだって、どこだって十分に食べてるわ」

「なるほどね。で、商品はアメリカ軍の横流し品か」

「お金は払ってる。やましくなんかない」

マリアは峯崎と野村を見据えて強い口調で言い切った。


翌日、陽が昇ると、マリアにせかされて三人はダコタのところに行った。ダコタはシュロの葉と海藻でおおわれ、ジャングルと海の延長のように見える。マリアはひとり機内に入っていった。

マリアの目を避けるようにして野村がやってきた。

「こんなボロ飛行機、一銭の値打ちもないぜ。飛ぶかどうかも分からない。クズ鉄だ。それも、東南アジアの誰も知らない島に転がっているクズ鉄だ」

「何が言いたいんだ」

「修理なんてしてもしょうがないってことだ」

「じゃ、修理できるのか」

野村は答えない。

「あんた、世界一の整備屋なんだろ」

「なに二人でコソコソやってるのよ。日本の男ってもっと堂々としてるんじゃないの」

突然、マリアの顔が現れた。

「やっぱり、修理は出来ない。これを飛ばすには、エンジン一基まるまる交換しなきゃならない」

「サルジョノならやるわよ。それにバトゥアならね」

「俺の友達の整備士は、アメリカ機の部品を使ってゼロ戦を直したぜ。彼が要具袋を入れてくれた」

「ゼロ戦の部品を使って零式輸送機を直せってか。しかし、あんたのゼロ戦で使えるものなんてあるのか」

「あんたにゃムリか」

「左エンジンをかけてみろ」

野村の言葉で三人はダコタの操縦席に入った。峯崎は席に座り、スロットルを引いた。イグニッション・スイッチを操作したが、プスンという音がしただけでエンジンはかからない。

「機体は大きな穴だけふさげばいい。左エンジンはいかれてる。エンジンを直さないと離陸さえできない。たとえ飛べても、途中で止まればそれで終わりだ。おまけに整備兵は俺ひとりだ。工具も部品も十分にない」

「バトゥアは一人でやってたわよ。ゼロ戦にもっとずたずたにやられた時だって、三日で飛べるようにしたんだから。もちろん全員が手伝ったわ。誰も絶対に弱音なんか吐かなかった」

「じゃ、そのバトゥアに頼めよ。ラデンだっていい。墓を掘り返すのならいつでも手伝ってやるぜ」

「工具だってスペアだって、この飛行機に積まれているものを使ってね」

「エンジンはかなりガタがきてるんだ。機体だって穴だらけだろ。飛んでたのが不思議なくらいだぜ」

「パイロットの腕が最高だったからよ」

マリアは今度は峯崎を見つめた。

「やっぱり無理なものは無理なんだよ。下手な期待は持たないほうがいい」

野村はきっぱりとした口調で言い切った。

「降りて頂戴。意気地無しにはこの飛行機に乗っててもらいたくないの」

今度はマリアが強い口調で言い放った。


「あれは何なんだ」

荷物室に戻った野村が防水布で包まれた木箱の山を指した。

「言ったでしょ。衣料品、医薬品、酒類。お金になりそうなものは何でもよ」

「俺が聞いてるのは、この箱の山の奥にある箱だ。二十箱ほどあるだろ」

「そんなものないわよ。あんたらの妄想よ」

そう言いながらも、わずかだがマリアの顔色が変わっている。

「じゃ、確かめるか」

野村が木箱の山に近づいた。

「ストップ！」

鋭い声のほうを見ると、マリアが拳銃を構えている。機内のどこかに隠してあったのだ。

「中身は知りたいだろ。盗もうってんじゃないぞ」

「金塊よ」

マリアは拳銃の撃鉄を上げた。

「金塊って、あの金塊か」

「そうよ。金の延べ棒ってやつ」

「なんでおまえたちが金塊なんて運んでるんだ」

「今は戦争中なのよ。何だって起こるわよ」

「どこかで盗んだか。それとも、だまし取ったか。いずれにしてもやましいもんだろ」

野村が挑発的に聞いたがマリアは答えない。

「出所は日本軍かアメリカ軍か。それとも、そこらの大金持ちか」

「フィリピンのルソン島から運んでるのよ」

「じゃ、山下将軍の金塊の噂は本当だったのか」

黙っていた峯崎が口を開いた。

フィリピン沖でレイテ決戦が行われる直前、帝国陸軍の山下奉文《ともゆき》大将がルソン島に数トンもの大量の金塊を持ち込んだと言われていた。レイテの敗北で日本軍は撤退にせまられ、金塊が散逸しているという。帝国陸軍は退却する場合、小銃以外の武器弾薬のほとんどを地中に埋めていく。そのため金塊も同じく埋めたはずだという噂が流れていた。

峯崎の説明を聞く野村の目が点になっている。

「あなたたちに四分の一上げる。ひと財産よ。だから、私を私が言うところに連れてって」

「ここで放っておけばあんたもすぐに死ぬだろう。それからいただいても遅くはないんだぜ」

「半分上げる。悪い話じゃないわよ」

「俺たちは二人だ。こういうのは、欲を出しちゃダメだ」

「みんなで山分けしましょ。ただし飛行機を修理して、私の言うところに連れてってくれたらね」

「俺にはこのダコタをくれ」

峯崎が突然割りこんで言った。

「俺の取り分だ。金塊は好きにしろ」

「こんなもん貰ってもしょうがないぜ。新しいのが買える。だから俺に——」

「話は決まりね」

野村の言葉をマリアがさえぎった。撃鉄を元に戻して二人に向けていた拳銃を下げた。

三人はダコタに積まれていた修理用具とスペア部品を機内に並べた。

野村がそれらを初めて見る真剣な表情で調べていく。

「すごいな。よくこれだけ揃えたな。どんな故障もこの整備士が直してたっていうのも、まんざらウソでもないようだ」

「修理できそうか」

「飛ばすだけならなんとかなるかもしれん。しかし、その後はどうするんだ？」

「後は任せろ」

「ここで話してないで、さっさと修理を始めなさいよ」

マリアの鋭い声が飛んでくる。

「機体の銃弾による穴はとりあえずパテで塞いでおけばいい。幸い、この機のメカニックも俺と同じ考えらしくて大量のパテを積み込んでいる。問題はやはりエンジンだ」

「部品はあるのか」

「予備のパーツが積んであった。しかし最大の問題がある」

「もったいぶらずにさっさと言え」

「ガソリンがほとんど残っていない」

野村は言って、峯崎とマリアの反応を確かめるように交互に見た。

「どのくらい飛べる」

「零式輸送機の最大航続距離は二四二〇キロメートルだ。タンク容量は二一九二リットル」

「タンクの五分の一程度しか残ってない。よほどの長距離を飛んできたか、逃げ回ってたんだ」

「タンクを撃たれたんだ。穴が空いていた」

「それでよく逃げられたな。ゼロ戦だと簡単に撃墜したはずだ」

「パイロットの腕がバツグンだったって言ってたでしょ」

「五〇〇キロってところだ。それ以上は無理だ」

「ジャカルタまで行ける？」

マリアが野村に真剣な表情を向けた。

「難しいな。それに、あの辺りはまだ日本軍が制空権を握っていると聞いている。アメリカ軍の飛行機が飛べばまちがいなく撃墜される」

野村の言葉にマリアは目をそらせて軽い息を吐いた。

峯崎はダコタの機体を見て回った。

古い機種だがよく整備されていることが分かる。搭乗員はよほどこのダコタを大切にしてきたのだ。

「ずいぶんとこのダコタが気に入ったみたいね」

声に振り返るとマリアが立っている。

「どこで手に入れた」

「あなたたちに関係ないでしょ。ラデンとサルジョノが見つけてきたのよ」

「この機のクルーはどういう関係だ」

「みんな仲間で友達よ。家族同然だった」

「パイロットは即死に近い状態だった。それでも操縦桿を離さなかった。あれで着水出来たのは奇跡のようなもんだ」

「どうしても、ダコタを守りたかったのよ。そして、私たちを――」

峯崎も、そうかもしれないと思った。下半身をズタズタにされても基地に戻ってきた特攻隊員のことを思い出した。彼の守りたかったのは本当にゼロ戦だったのか。

「フロートのついたダコタは初めてだ」

「ダコタについて詳しいわね」

「初めて見たのはアメリカの航空ショーだ。十年近くも昔の話だ」

「アメリカにいたの？　アメリカ人には見えないけど」

マリアが意外そうな顔で峯崎を見ている。

「あんただって、何人だか分からない」

「関係ないわ、そんなこと」

「俺もそう思う」

「手伝ってくれ。二人でコソコソやってないで」

エンジンの上に上がっている野村がマリアの口調を真似て怒鳴っている。

空に見えるのは貼り付いたような月と、星のまたたきだけだ。

その下には海が広がり、影絵のようなジャングルの木々が囲んでいる。

翌日の深夜、三人は海岸に出た。

確かに昨日まで打ち寄せていた波の位置がかなりジャングルに近づいている。海面が上がっているのだ。

「あんたの言うとおりだぜ。零式輸送機の位置がずいぶん変わってる」

野村が声を上げた。

三人はダコタのフロートの辺りを見て回った。前より岩から離れそうだが、このままではビクともしないだろう。

「棒を持ってこい」

フロートの状態を調べていた野村が言った。

峯崎はジャングルに戻り、隠しておいた長さ三メートルもある棒を持ってきた。太さは峯崎の腕の倍近くある。

野村は棒を岩とフロートの間に入れた。棒の一方を押し上げ、テコの力を利用してダコタをすべらせ、海上に押し出そうというのだ。

「俺が合図したら、持ち上げろ。かなり重そうな女神だが、あと一息で海に戻してやる」

マリアもそばに来て棒をつかんだ。

野村の合図で、三人は全身の力を込めて棒を押し上げた。

ダコタはビクともしない。大潮でフロートがかなり上がっているとはいえ、輸送機の機体を押し出すことは無理なのだ。

「ダメだ。この女神様は偏屈《へんくつ》で、海に戻りたがっていないんだ。ラトゥ・キドルって海の女神なんだろ」

「そんなことはない。海に戻らなきゃ、空にも戻れない。私たちはその手助けをしてるのよ」

マリアの額には大粒の汗が浮かんでいる。肩と腹の傷はかなり痛むはずだが、おくびにも出さない。

三人は再び棒の下に入り、担ぎ上げようとした。

「動いたぞ。かすかだが動いた」

野村が棒を押し上げながら叫んだ。

「錯覚だ。やはり無理だ。こんなにでかいものを三人で動かせるわけないだろ」

「絶対に動かしてやる」

「続けてくれ」

峯崎はそう言うと機内に入っていった。

「やっぱり士官だぜ。おまえだけ楽しようってのか」

峯崎は野村の怒鳴り声を背に、操縦席に座った。

イグニッション・スイッチを押した。右エンジンはまだ生きていたはずだ。

二度目でエンジンはかかり、プロペラが回り始めた。そして徐々に回転を上げていく。

「ゆっくり前進する。フロートを海に押し出すんだ」

峯崎は操縦席の窓を開けて怒鳴った。早くやれと言う野村の声が聞こえる。

さらにエンジンの回転を上げていく。全神経を操縦桿を握る腕に集中させた。片方のプロペラだけでまっすぐに前進していくのだ。

確かにダコタは動き始めている。

金属と岩の触れ合う、不気味な音が聞こえた。

突然、動きがスムーズになった。ダコタが岩の間から海へと抜け出したのだ。

「やったぞ。これで女神は自由だ」

エンジン音に混じって野村の声が聞こえてくる。

「このままマングローブの林に向かう。二人も早く乗れ」

峯崎は下に向かって叫んだ。

ダコタはゆっくりと進んでいく。しばらく海岸に沿って移動し、方向を変えて今度はジャングルに向かっていく。

三人はダコタをマングローブの林の中に移動させていった。

その夜、食事の後、峯崎は独りでダコタまで行った。

砂浜に腰を下ろして、マングローブの林に囲まれひそむように止まっているダコタに目を向けた。月と星の照らす薄明かりの中に巨大な機体が見える。

鈴木にもらったハーモニカを出した。

大切に使っていたものらしく、新品のように峯崎の顔を映している。

「吹けるの」

顔を上げるとマリアが覗き込んでいる。

「友達のものだ。預かっている」

「神風で死んだ人？　あなた、特攻隊員でしょ」

「預かっていると言っただろう。彼はまだ生きている」

少なくとも、自分が基地を出る時は見送ってくれた。あれからかなりの日にちが過ぎている。既に鈴木は――。いや、残っているゼロ戦は少なかった。もっと腕のいい者が乗ったはずだ。

「なぜ、あのダコタがほしいの」

「俺と一緒だ」

穴だらけで、海岸に打ち上げられたダコタを見た時、なぜかそう思ったのだ。

「空を飛びたがっている」

しばらくして、峯崎は答えた。

2

　ダコタの修理を始めてから野村の様子がおかしい。作業はやっているが、どことなく上の空で沈んでいるのだ。いつもの明るさが、消えている。

「修理は難しいのか」

「俺は帝国海軍航空機隊の上等整備兵曹だ。エンジンは動かしてやる。だが、その後は俺は知らん」

　峯崎の方を見ようともしないでぶっきらぼうに答えた。

「島を出たくないのか」

「おまえは、戦争に戻りたいのか」

「まず島から脱出することだ。戦争はそんなに長くは続かない。早く隊に復帰した方がいい。帰国の機会も多くなる」

「俺はどこにも行く気はないぜ。金塊をもらってここに残る」

「こんなところで金塊を持ってても意味がないだろう」

「持ってるだけで満足だ。おまえには分からないだろうがな。俺は大金持ちになることが夢だったんだ」

「だったら、力尽くで奪い取るだけだ。どうせ、あの女もまともな手段で手に入れたとは思えないからな」

「一緒に来てくれなんて頼んじゃいないさ。ダコタを修理してくれるだけでいい」

「俺を利用だけして、後はお払い箱か。士官が考えそうなことだ。金塊はどうなる」

野村が目を吊り上げて言った。

「あの女に聞いてくれ」

「そもそも俺はこの計画には反対だね。あんな得体の知れない女の頼みを聞こうっていうのか。連合軍側の人間かもしれない」

「彼らは連合軍に追われてたんだ。ダコタについてるのはグラマンの一二・七ミリ機銃痕だ。ゼロ戦じゃない。それに、もう四人も死んでる」

「じゃ、俺たちの味方だというのか」

「ゼロ戦に遭遇していれば、やはり攻撃されてるはずだ。その場合、撃墜されてる。俺だったら、そうするね。こんなダコタが逃げ切れる可能性はない」

「日本軍と連合軍の間で逃げ回っているというのか」

「彼らは空の運び屋だ。闇物資を運んでるケチな運び屋だ」

「俺にはどうでもいい。それよりここで片づければ、金塊を山分けできる」

「俺はダコタが手に入ればいい」

「手伝ってはくれるんだろうな。あの女はお前を信用している」

「どうして分かる」

峯崎が野村を見ると、野村はニヤリと笑った。

「それより、きっちり拝んでおこうぜ。金塊様をよ」

野村は持っていたレンチを投げ捨てると荷物室に入っていった。

荷物にかけられている防水布を勢いよくはがした。

「やめた方がいい。まだ俺たちのじゃない」

「そうよ。その方が利口」

背後からの声に振り向くとマリアが立っている。

「積荷の重さを確かめておきたい。離陸時に必要だ」

峯崎が慌てて答えた。

「百キロか二百キロってところじゃないの」

「もっとあるんじゃないのか。俺の見立てによると」

今度は野村が言った。

「確かめようなんて気にならないでね。日本人はもっと人を信じなきゃ」

マリアの手には拳銃が握られている。

野村が一歩前に踏み出した途端、額に銃口が向けられた。

「やめてくれよ。これ以上、機体に穴を開けると本当に飛べなくなるぞ」

野村が下がりながら訴えるような声を出した。

「だったら、自分たちの仕事に集中することね。余計なこと考えないで」

二人に外に出るように銃口を動かして指示した。

「今夜から私はここで寝るわ」

「勝手にしろ。おまえなんか二度と洞窟には入れないからな」

野村は吐き捨てるように言うと、峯崎を促してダコタの外に出た。

マリアがついてこないのを確かめてから、野村が峯崎の耳許に口を寄せた。

「金塊、百キロというとどのくらいの値段だ」

「やめた方がいい。あれは、本気だったぞ。本当に殺される」

「あの女に人なんて撃てやしないよ。目を見れば分かる」

「平時ではそうだろうが、いまは違う。俺たちだって、なにをしでかすか分からない。人だって殺せる」

野村の口から反論は聞かれなかった。やはり、そういう状況なのだ。特攻は敵兵を何人も、時によっては何十人も殺す行為なのだ。

「この島を出るきっかけになればいい。後のことは、それから考えよう」

峯崎は本気でそう思った。基地に帰るかどうかは、後で決めればいい。

「俺はこの島を出る気はない。あんたらは勝手に行ってくれ。ただし修理はやってやる」

野村はきっぱりとした口調で言い放った。


その夜、峯崎と野村だけで洞窟に帰った。マリアはダコタに残ったのだ。

二人とも口数は少なかった。

夕食を食べると峯崎はすぐに横になった。自分でも気持ちの整理がついていない。この半年あまりの間に様々なことが起こりすぎた。

本土からボルネオの秘密特攻基地に、教官兼特攻機の直掩機パイロットとして送られてきた。基地ではマラリアで動けなくなった教官の代理として特攻前日まで、赤トンボで飛行訓練を行っていた。上昇と急降下を繰り返した。死ぬための練習だ。

送り出した同年代の若者たち。彼らは死ぬために飛んでいったが、自分はまだ生きている。人より少し操縦がうまいというだけで生死が決められてきたのだ。これもヘンリーのおかげだ。

両親と妹の死。兄も死んでいった。一人になってしまったが、この島で自分はまだ生きている。もう一度、自由に大空を飛びたい。闇を見つめていると、取りとめのない想いが心の中を流れていく。

「もう眠ったのか」

闇の中から野村の声が聞こえた。

「ああ。夢の中だ」

「夢の話をしてくれ」

「話せるような夢じゃない」

「おまえの国の話をしてくれ」

しばらくして、野村が言った。

「東京には行ったことはないのか」

「日本じゃなくて、アメリカの話だ。そこで育ったんだろ」

峯崎は一瞬、絶句した。アメリカを自分の国と考えたことはあったのだろうか。日本こそ祖国だ。祖国のために命をささげる。戦争が始まってから、そう自分に言い聞かせている。兄の修一が死んでからは特にそうだ。アメリカ海軍なんかに入ったから、死ぬことになったのだと思おうとした。

「もう七年も前の話だ」

「日本にいたのよりアメリカ暮らしの方が長いんだろ」

確かにその通りだ。しかし家では日本語、学校や外では英語を使った。家に帰ると日本式の生活だった。英語で話すと父親に叱られた。それに違和感を感じることはなかった。当然のこととして受け入れてきたのだ。両親の方針だったが、不満を言ったことも感じたこともない。まわりのアメリカ人も自分たちを温かく受け入れてくれた。

しかし、戦争が近づいてくると多くのアメリカ人の態度が急速に変わり始めた。日本人を敵国の人間として見始めたのだ。唯一変わらなかったのは、ヘンリーだった。彼は孫ほど年の離れた日本人の峯崎を、本当の親友として扱ってくれた。

「アメリカは日本の何倍も広いんだろ」

「二五倍だ」

野村は大げさに驚いた声を上げた。

「そんなにでかい国と日本は戦争を始めたのか」

「広いだけなら、ロシアだって中国だってアメリカより広い。そんな国と戦って日本は勝ってきたんだ」

「そうだな、日本が負けるはずがない」

「人口は二倍。工業生産力は日本の十倍以上だ」

峯崎はアメリカを思い浮かべた。

西部の都市、ロサンゼルス。青い空と紺碧の海。人種のるつぼ、ダウンタウン。リトル東京、チャイナタウン。白人、黒人、黄色人種が入り乱れて暮らす町だった。峯崎はこの町で少年時代をすごした。

「この戦争はいずれ――」

峯崎は言葉を止めて軽い息を吐いた。いつの間にか、大きないびきが聞こえ始めている。

翌日、峯崎と野村がダコタに行くと、マリアはすでに機体の穴をパテでふさいでいた。気まずい思いのまま三人はダコタの修理を再開した。

修理は相変わらずはかどらなかった。人手不足と部品不足の上、やはり工具が足らない。エンジンの修理にはクレーンがいる。各自のイライラした思いが伝わってきた。

マリアが水を汲みにジャングルに入っていった。

「やはり部品が足らない。諦めたほうがよさそうだ」

野村が峯崎のそばにきて言った。

「いまさらそんなこと言えるか。本当に殺されるぞ」

「できないものはできない。根性だけで飛べないのと同じだ」

「約束はどうなる。必ず金塊を目的地まで運ぶと約束した」

「そんなに島を出たきゃ泳いでも行けばいいさ。金塊を担いでな。俺はここに残る」

野村は投げやりな口調で続けた。

「だいたい、あの女は胡散《うさん》臭すぎる。このご時世に、のん気に商売してる場合じゃないだろ。しかもこんな目立つボロ飛行機を使って。おまえだって、おかしいと思ってるはずだ」

峯崎は答えることが出来なかった。まさに、同じことを考えていたのだ。

マリアの目的は何なのか。ジャワ島はまだ日本軍占領下にあり、ダコタが発見されれば撃墜されるに決まっている。

「おれは――とにかく、この島を出たい」

しばらくして峯崎は口を開いた。

「とりあえず、女の条件を呑む。そして送り届けて、分け前をもらった後、自由な所へ飛んで行けばいい」

「おまえはのん気でいいな。それがアメリカ流か」

野村は呆れたように言うと仕事に戻っていった。

〈常に楽天家であれ〉。峯崎の脳裏にヘンリーの言葉が浮かんだ。

「アメリカ流のどこが悪い。ここでネズミやトカゲを食って一生すごすよりはいい」

峯崎は呟いて、機体の穴をパテでふさぐ作業に戻った。

3

南十字星《サザンクロス》がひときわ輝いていた。

夕食の後、峯崎とマリアは海岸で横になった。

野村はトイレに行くと言ってジャングルに入ったきり戻ってこない。

峯崎は久し振りにくつろいだ気分になっていた。マリアとの激しいやりとりとは別に、若い女性がいるということが峯崎と野村の心を和ませているのだ。

「あの星が南十字星。南を目指す道しるべよ」

「天空の十字架か。あのサザンクロスの横にもっと大きな十字架があるだろ。あれが偽十字星だ。サザンクロスと間違えると永久に目的地にたどり着けなくて、死ぬまでさまようことになる」

「よく知ってるのね」

「妹が星の先生でね。よく教えてくれた」

南十字星は一等星が二個、二等星が一個、三等星が一個と個々の明るさがバラバラだけど、偽十字星は全ての星が二等星で明るさが揃っていて、全体の大きさも南十字星より大きいのよ。だから間違わないでね。南方の戦線に行くことが決まったことを告げると、兄さんはそそっかしいからと手紙に書いてきた。

「英語が話せるの」

「どうしてだ」

「サザンクロスの言葉と発音」

峯崎は答えなかった。無意識のうちに使っていたのだ。

その時突然、マリアが立ちあがった。

「あんた、泥棒よ。勝手に積荷を開けたんでしょ」

叫びながら右手はベルトの拳銃に手をやっている。

峯崎が振り向くと、開襟《かいきん》シャツと脛《すね》までのズボンをはいた野村が立っている。シャツは赤、黄、緑などの原色の派手なものだ。

「箱の板が外れてはみ出してたんだ。一枚や二枚いいだろ。おまえのもある」

峯崎の前に同じような原色のシャツとズボンを投げた。

「そのうっとうしい飛行服を見ると気が滅入るんだ」

峯崎はマリアとシャツを交互に見た。

「もらっとけよ。この方が涼しいし、動きやすい。修理もはかどるってもんだぜ」

野村は飛び跳ねながらおどけた口調で言った。

「今夜は宴会だ」

野村がウイスキーとワインを焚火のそばに置いた。

「それも荷物室の箱から取ってきたの。それって泥棒よ」

マリアが鋭い声を出した。

「山ほどあるぜ。けちけちするな」

「やっぱり、あんたは泥棒よ。うす汚い泥棒」

「申し訳ないが、少しお借りします。金塊をもらったら必ず払います。これでいいだろ」

マリアは怒りを含んだ目で野村を睨みつけている。

「とっておきはこれだ。俺たちのより数倍性能がいい」

野村がマリアを無視して道具箱の横の防水布を取ると、ラジオと手回しの発電機があらわれた。

「それは壊れてるわよ」

「俺が直しておいた」

「余計なことしないでよ。そんな時間があったら、早くダコタを修理して」

「そんなに怒ることないだろ。昼間、あれだけ働いてるんだ。この分も俺たちの取り分から引いてくれればいい」

峯崎が機嫌を取るようにマリアに言った。

マリアは二人に侮蔑を込めた視線を向けると、金づちと釘を持って機内に入って行った。

峯崎は野村に向かって肩をすくめた。

峯崎はシャツを着替えた。確かに飛行服を脱ぐと解放された気分になる。

「今度、こんなことすると承知しないからね」

しばらくして戻ってきたマリアは、銃を二人に向けながら怒鳴るような声を出した。

そのマリアを見て峯崎は持っていたウィスキーボトルを落としそうになった。野村も固まったようにマリアを見つめている。原色、花柄の袖のないワンピースを着ているのだ。陽に灼けた肩と腕が美しかった。首には深紅の布を巻いている。

「やっぱり女だったんだぜ」

野村の言葉にマリアは拳銃を野村の頭に向けた。

「俺は誉めてるんだ。その方が百倍もいいぜ。俺だって似合ってるだろ」

「ヤクザなお兄ちゃんね」

マリアは拳銃を下ろし、三人の笑い声が夜の砂浜に響いた。

野村はウイスキーの栓を開けて一口飲んでむせた。

峯崎がラジオのスイッチを入れた。

雑音混じりの音楽が聞こえてくる。

「なんだそりゃ」

「ジャンプブルースだ。アメリカの若者の音楽だ。昔を思い出すよ」

「ルイ・ジョーダンよ。あんた、知らないの。インドネシアでもはやってるわよ」

峯崎は立ち上がって踊り始めた。高校のダンスパーティのために、中学の仲間と練習していた。しかし、パーティの前日に日本に帰ることになった。

峯崎が踊るのを見ていたマリアがそれに続いた。

「酔っ払いのサルだな。日本男児のやることじゃない」

野村は焚火の前で胡坐《あぐら》をかいてウイスキーを飲んでいる。

「踊ろうよ」

やがて、マリアに腕をつかまれて野村も立ち上がった。

初め文句を言っていた野村も、二人を真似て踊り始めた。

「アメリカの奴ら、こんな音楽を聴いて、踊りながら戦争をしてるんだ。余裕ってやつだな」

しかし、すぐに雑音混じりの音楽も聞こえなくなった。

ちょっと待ってろと、野村が発電機のハンドルを回し始めると、雑音に混じって切れ切れの英語が聞こえてくる。

音楽が終わり、アナウンサーのおしゃべりが始まったのだ。

峯崎が寄ってきて、野村を押しのけてラジオの前に座った。野村は何か言おうとしたが、峯崎の真剣な表情を観て何も言わずハンドルを回し続けた。

峯崎はラジオに耳を押し付けるようにして聞いている。

「何て言ってるんだ」

野村の問いにも答えずラジオにしがみついている。

やがてラジオの声に合わせてしゃべり始めた。

「十六時間前、アメリカの爆撃機が、日本本土の軍需工場のある広島に、一発の爆弾を投下した。この爆弾は一個でTNT火薬二万トン以上の威力を持ち、歴史上使われたことのある爆弾の中で最大のものである。英国のグランドスラム爆弾の二千倍以上の威力を持つものだ。日本はパールハーバーに奇襲をしかけたが、いまや何十倍もの報復を受けたのだ。しかもまだ、戦争は終わっていない。

これこそ、原子爆弾《アトミック・ボム》である。原子爆弾は現代科学の粋を集めたものであり、もっとも強力な爆弾である。極東の戦争責任者たる日本に対して我々はこの爆弾を使用した」

峯崎はラジオの声を訳すのをやめた。

「何なんだそれは」

「アメリカの大統領、トルーマン声明だ。ホワイトハウスで新聞発表されたものだ。日付は、八月六日となっている」

「原子爆弾ってなんだ」

「核分裂反応を利用した爆弾だ」

峯崎は大学に入った当時、理学部の学生から聞いたことがあった。今までとはまったく違ったタイプの驚異的破壊力を持つ爆弾の開発が行なわれている。その爆弾が完成したら、アメリカもイギリスも恐るるに足らない。それが原子爆弾だった。以後、その爆弾については聞いたことはなかったが、日本より先にアメリカが開発したのだ。

野村がラジオに飛びついてダイヤルを回し始めた。再び、雑音混じりの声が聞こえてくる。

「何と言ってるんだ。広島がどうなった」

野村は手を止めて峯崎に向き直った。

「たしかに広島って言ってたぞ。原子爆弾が落ちたのは本当に広島なのか」

切れ切れの声の中にヒロシマという単語が繰り返されている。

「昨日の午前二時ごろテニアンを発進したB29と護衛戦闘機は八月六日午前八時一五分、広島に原子爆弾を投下──。広島は──」

峯崎の言葉が途切れた。野村の顔を見ると早く訳すように促している。

「広島はほぼ壊滅状態であることを確認した」

峯崎はアナウンサーの言葉を訳した。

野村の顔は引きつっている。

「俺の両親と兄弟たちが広島にいる」

マリアが砂浜に突っ立ったまま、無言で二人を観ている。

「どのくらいの被害なんだ。一発で町一つを破壊する爆弾なんかありゃしない。もっと正確に訳せ」

「原子爆弾というのは、町一つ消し去るほどの威力だそうだ」

野村の落胆はひどかった。峯崎が慰めるのをためらうほどの落ち込み方だ。

マリアもどうしていいか分からないといった表情で野村を見ている。

翌日、峯崎は物音で目を覚ました。辺りはまだ薄暗い。昨夜は、ひとり砂浜に座り込んで海を見ている野村を見守りながら、浜で寝てしまったのだ。

マリアはまだ目を閉じている。眠っているのか起きているのか分からなかった。野村の姿だけが見えない。

物音はダコタの方から聞こえてくる。

峯崎はマリアを起こさないように立ち上がり、ダコタの方に行った。

ダコタの前では野村が、分解したエンジンの部品を並べていた。

「島を出る気になったのか」

野村は答えず、集めた部品を調べている。

やがて、マリアもやってきた。やはり目を覚ましていたのだ。

「両親は広島の県庁近くで仕立て屋をやってる。広島の中心部だ」

峯崎は何も言えなかった。

「姉ちゃんと妹たちも一緒に住んでた」

野村は並べた部品から顔を上げ、気の抜けたような声で言った。

「俺は小学校高等科を出てから大阪に行った。そこでヤクザになった。堅気《かたぎ》の連中なんかより、よほど信用できる仲間だった」

マリアが驚いた表情で聞いている。

「しかし——やってることは、やはりヤクザだった。人を脅して金を取る。麻薬やアルコールの密売、売春もやってた。俺が直接手を下したわけじゃないが——」

野村の言葉が途切れた。

「やっぱり俺もやってたようなもんだ。だから、母ちゃんたちに罰が当って、俺の代わりに——」

野村の声が乱れた。顔を見られないように横を向いている。

「俺も東京の空襲で家族を亡くした」

峯崎の言葉で野村が顔を上げた。

「叔父さんから手紙が来た。『四月三〇日、東京が受けた爆撃にて、ご両親死す。同居の妹真理子さんも昨夜、病院にて息を引き取られました』それ以上のことは分からない」

峯崎は呟くように言った。あれで自分の中の何かが変わった。野村も同じなのだろう。

「俺の四歳上の兄貴はアメリカ海軍の大尉だった。俺なんかと違って、すごく優秀で優しかった。なのにハワイで死んだ」

「真珠湾攻撃でか」

「俺の家族は、この戦争で全員死んでしまった」

「あんたの敵は日本とアメリカ、両方というわけか」

「敵だとは思っていない。味方だともな」

「俺たちは同類ってわけだ。家族を亡くして、こんな南の島でただ生きてる」

「俺はもう怖れるものはない。こんな島に隠れてることも嫌だ」

峯崎は心からそう思った。もう何からも逃げない。そう考えたとき、何かが吹っ切れた。突然、何もない空間に一歩踏み出した気がしたのだ。俺は家族の分まで自由に生きる。

「俺は自由だ。日本もアメリカもない」

「さっさと逃げ出そうぜ。すでにここらは連合軍だらけだ。捕虜になると玉を抜かれて、奴隷として死ぬまでこき使われるらしいぞ」

「どこのバカが言ってた。正当に扱われるはずだ」

「あんたはどうなる。アメリカでずっと暮らしてたんだろ。アメリカ軍につかまると、反逆罪かスパイということにならないのか」

「移民の国だ。ドイツ人やイタリア人もいる。俺は両親に連れられて日本に帰っただけだ。でもそんなことはどうでもいい」

俺は大空で死にたい。日本もアメリカもどうでもいい。空に国境なんかない。峯崎は強くそう思った。今まで胸につかえていたものが取れたような気がした。

空を見上げると、抜けるような青空が広がっている。

一日が終わり、鳥たちは家路に急ぐ
夜の帳《とばり》が下り、恋人たちは囁《ささや》き合う
世界は愛に満ちている

ヘンリーの歌声が聞こえてきたような気がした。新しい日々が始まる。

「どれを運べばいいの。修理を急ぎましょ」

マリアが腕組みをして二人を見ている。

「さあ仕事だ。このオンボロを俺が空の中に放り投げてやる」

野村がすべての過去を振り払うように、威勢よく言って立ち上がった。

広島への原爆投下を聞いた日から、野村は人が変わったように働いた。確かに変わったのだ。

そんな野村を驚いた表情でマリアが見ている。

峯崎に何か聞きたそうな顔をしていたが、結局何も聞かなかった。ただ、マリアも一緒になって荷物を運び、野村の指示に従った。常に銃をベルトに差していることもなくなった。

野村はエンジンから故障した部品を外し、取り替える作業に没頭していた。今まで口癖のように言っていた「できない」「無理だ」といった言葉も一切使わなくなっていた。

野村は床に置いた布切れを開いた。まだ新しい点火プラグが十本ばかりあった。

「ジャングルにあったグラマンを覚えてるだろ。あの機体から、使えそうなものを取っておいたんだ」

「あれは、かなり傷んでいた」

「墜落したときは新しかったさ」

「しかし、グラマンの部品だろ」

「プラッド&ホイットニー社の空冷星型複列18気筒エンジンのプラグだ」

「それがどうした」

「零式輸送機のエンジンはDC3から変っているが、もともとは同じP&W社のエンジンで、そのエンジンの後継がグラマンのエンジンだ」

「ダコタにも使えるのか」

「それを確かめる」

野村はプラグを大事そうにまた布で包んだ。

点火プラグはダコタに使えることが分かった。これで大きな問題の一つは解決した。ダコタには消耗品のほとんどが積まれていた。バトゥアはかなり腕のいい整備士であったことは間違いない。

機体に空いていた数十の銃弾痕のほとんどが峯崎とマリアによって埋められた。

「食事の用意ができたわよ」

マリアの声にダコタを出た峯崎と野村は顔を見合わせた。

テントには焚き火を囲むように、串焼きの肉が焼かれている。

「あんたが女ってことを忘れてたぜ。しかしバチが当たりそうだ。昼間っからこんなご馳走を食うと」

「サテもどきよ。ジャワの郷土料理」

本来のサテは羊や鶏の肉を小さく切り、香辛料で作ったタレに漬けこんでから串に刺して、炭火でじっくり焼いたものだとマリアは説明した。それに甘めのソース、もしくはカレーソースをかけて食べる。

しかし焼いているのは峯崎たちが作ったイノシシの干し肉だ。

「いつ飛ぶことができるの」

食事の後、マリアが食器を片付けながら峯崎に聞いた。極力自然に聞いてはいるが、かなり焦っているのは明らかだった。

「そんなに先にはならない」

「はっきりした日にちが知りたいのよ。修理を始めて、もうずい分たっている」

「飛べるのは明日かもしれないし、明後日かもしれない。運が悪けりゃ、永遠にムリかもしれない」

「なにわけの分からないこと言いだすのよ。飛ばすって約束したでしょ。俺たちに任せておけって」

峯崎の言葉に、マリアの声が大きくなった。

「俺たち、じゃない。彼だ」

峯崎は野村を顎で指した。

野村は無言でコーヒーを飲んでいる。ダコタの炊事《すいじ》用具と一緒に入っていたのだ。

「女だと思ってバカにしてるんでしょ」

マリアは銃を出して二人に向けた。

「女だって言葉はとり消す。やっぱり男女《おとこおんな》だ」

「私は急いでるの。もうあなたたちには頼まない。命令に従って働いてもらう。だから――」

「静かに」

峯崎はマリアの言葉をさえぎって空を見上げた。

突然、二人の腕をつかんでジャングルに駆け込んだ。

「何するのよ。やめて。痛いわよ」

マリアが峯崎の腕を振り払おうとした。

「グラマンだ。この島に向かってくる」

木々の間から東の空を見上げながら言った。

「どこにも見えないわよ」

「こいつには俺たちに見えないものが見えるんだよ」

野村が峯崎の視線を追っている。やがて、かすかにエンジン音が聞こえ始めた。

「音がおかしい。故障してる。この島に着陸する気だ」

「たしかにエンジントラブルの音だ。しかも、かなり重症だ。だけど着陸って言っても滑走路なんてないぜ」

グラマンの機体がはっきり見え始めた。

エンジンから黒煙が上がっている。飛び方も現在の高度を保つのがやっとのようだ。

「島まで持つかな。あれじゃ、海に突っ込むぜ」

野村の言葉が終わらないうちにグラマンは高度を上げ始めた。しかし、それもほんの数秒で、また高度を下げている。

「彼は必死だ。頑張れ。だが、海に着水したほうがいい。島には降りられるような場所はない」

「あのパイロット、泳げないいんだぜ。それともサメが口開けて待ってるのを知ってるのか。何としても、ここまで来たいんだ」

「いや、直線距離で、島を越えるつもりだ。この島の反対側に基地があるか空母がいるんだろう」

グラマンの高度がなんとか持ち直した。パイロットは必死でスピードを上げ、操縦桿を引き続けているのだろう。頑張れ！　思わず声に出していた。

グラマンが島の上空に入ったと同時に高度を下げ始めた。

「あの野郎、何を考えてる。ジャングルに着陸するつもりか」

「あれが限界なんだ。墜落するぞ」

峯崎の言葉と共に、グラマンの姿は上空から消えた。

峯崎と野村は顔を見合わせた。お互いうなずき合うと、ダコタに向かって走った。

「荷物を積め。すぐに出発する」

峯崎が怒鳴るような声を出した。

野村の顔つきが変わり、浜に並べていた部品と修理道具をつかむとダコタに飛び込んでいった。

「修理はまだ終わってないんじゃないの」

マリアが浜に突っ立ったまま叫んでいる。

「今ごろ、この島に向かってアメリカ軍の救助隊が出発している。その前に島を出る」

「近くにアメリカ軍の基地があるとでも言うの」

「この辺りはアメリカ軍だらけだ。空母だっている」

その時、爆音が聞こえてきた。

三人はダコタの主翼の下に走り込んだ。

「戦闘機じゃないぜ、あれは」

主翼の下から上空を覗きながら野村が言った。

哨戒機がゆっくりと島の上空を旋回している。

「墜落したグラマンを見つけたはずだ。すぐにパイロットを探しに来るぞ。完全武装の兵士たちだ」

「パイロットは死んでるかも知れない」

「死んでいようが、米軍は兵士を必ず連れて帰る。国で待っている家族のためだ」

島の上を旋回していた偵察機は、大きく一回りすると島を横切るように飛び去って行った。

「行ってしまったわ。見つからなかったのね」

「すぐに出発する。ロープを解くんだ」

峯崎はナイフを出して、ダコタをつないでいるロープを切り始めた。

「もうダコタは飛べるの」

「やってみなきゃ分からん」

「そうなんでしょ。もう修理は終わっていたのね」

「ああ、大丈夫だ」

「あなたたち、最高のメカニックと、最高のパイロットよ。私は信じてた」

「先に行っててくれ」

突然野村が言うと、浜に上がり、ジャングルに駆け込んでいった。

「どこに行くのよ。時間がないんでしょ」

マリアが叫んだが、すでに野村の姿は消えていた。

第4章　脱出

1

「ロープはすべて解いたか」

「これで終わり」

「ここから出して、離陸準備をするんだ」

「ダメよ、彼がまだ来ない」

　マリアが泣きそうな声を上げた。

　峯崎はダコタの前方の枝を切り払っていった。

　峯崎はマリアをダコタに押し上げると、自分も這《は》い上がった。

　操縦席に飛び込んで計器をチェックしていく。アメリカの地方空港で初めてダコタの操縦席に座ったときの記憶がありありと浮かんでくる。あのとき、横にはヘンリーがいた。

「行かないで。彼がまだ戻ってこない」

マリアが荷物室のドアから身体を乗り出して砂浜の方を見ている。

「あのバカ、何しに戻ったんだ」

その時、エンジン音が聞こえてきた。

音の方を見ると、魚雷艇がこっちに向かってくる。偵察機の連絡を受けて、近くにいた魚雷艇が偵察に来たのだ。

「見つかったわ」

「まだ距離はある。しかしすぐにやってくる」

「もう少し待って。野村は必ず戻ってくる」

マリアが操縦席に入ってきた。

「行くぞ。エンジン、オン」

峯崎はマリアの言葉を無視して、イグニッションスイッチを入れた。

峯崎は大きく息を吸い込むと、スロットルレバーを押し込んだ。

エンジンは咳き込むような音を出し始めた。最初、控えめだった咳が激しくなった。と思うと消えている。

「落ち着け。女と一緒だ。優しく、そしてワイルドに。クール、クール」

峯崎は自分自身に言いきかせるように呟きながら再びイグニッションスイッチを入れ

たが、今度はエンジンは無言のままだ。

「どうしたのよ。大丈夫じゃなかったの」

「かかれ！」

峯崎は念じながら叫んだ。

エンジンは再び咳き込むような音を出し始め、そのまま連続音に変わっていった。

ダコタはゆっくりと動き出した。

マングローブの林から抜け出していく。前方には海が広がっている。その中を一隻の魚雷艇がダコタに向かって進んでくるのが見えた。

「あと少し待てないの。野村を置いてっていいの。友達なんでしょ」

〈そこの航空機、止まりなさい。アメリカ合衆国海軍魚雷艇です〉

エンジン音と共に拡声器の声が聞こえ近づいてくる。

「私が応戦する」

マリアが拳銃を出した。

「やめろ。笑って手を触れ。アメリカ軍仕様の輸送機だ。すぐには撃ってこない」

〈これは停止命令です。従わない場合は発砲します。こちらはアメリカ合衆国海軍――〉

峯崎はプロペラの回転を上げた。ダコタはゆっくりと進み始めた。

「待って。野村よ」

浜を見ると野村が走ってくる。砂に足を取られてよろめいたが、すぐに体勢を立て直した。

砲撃の音とともに浜とダコタの間に水しぶきが上がった。二〇ミリ機関砲を撃ち始めたのだ。

「撃ってきたわ。私たちを殺す気よ」

「静かにしろ。威嚇《いかく》してるだけだ。当てるつもりはない」

再び砲撃の音が響いた。同時にマリアの悲鳴が上がる。

ダコタの数メートル横に水しぶきが上がった。

峯崎はスロットルを引いた。プロペラの回転が上がり、ダコタは海面を走り始めた。

野村が海に飛び込むのが見えた。峯崎は操縦桿を引いた。ダコタは右に旋回して浜に近づいていく。

魚雷艇の船首はダコタに向かったままだ。砲手の横に立っている男が拡声器を持って何か叫んでいる。

「代われ。操縦桿を握ってるだけでいい」

峯崎がマリアに怒鳴り、やってきたマリアを副操縦士席に座らせ、操縦桿を握らせた。

「浜に沿って走らせている。このままの速度と方向を保つんだ」

「出来ないわ、そんなこと」

「操縦したことあるんだろ。長い期間、この飛行機に乗ってたのならあるはずだ」

「出来ない。何回か操縦桿を握らせてもらっただけ」

「それで十分だ。このまま野村に向かって進め」

「ダメ、私には出来ない」

マリアは悲鳴のような声を上げた。

「おまえなら大丈夫だ。俺を信じろ」

峯崎はマリアの肩を叩くと返事を聞く前に操縦室を出て、貨物室の扉から機体の外に出た。強い風で飛ばされそうになり、扉の縁を握りしめた。ステップにつかまりながらフロートに下りる。

野村は海面に首を出してダコタの方を見ている。

「行くぞ」

峯崎が叫ぶと同時にダコタは野村に向かってスピードを上げていく。

魚雷艇は浜と直角にダコタに向かって進んでくる。その時、魚雷艇のスピードが落ちた。

ダコタの正面に岩礁が見える。ダコタはその岩礁に向かって進んでいく。野村は立ち泳ぎをしながら、峯崎の方を見ていたが、何かを合図するように腕を上げた。

ダコタと野村の距離が近づいた。チャンスは一度しかない。

プロペラの風圧で海水が巻き上げられ飛沫《しぶき》を上げている。このままだと野村が巻き込まれる。一〇〇メートル、五〇メートル、三〇、二〇、一〇……。

その瞬間、野村の姿が消えた。峯崎は支柱につかまり精一杯身体を乗り出す。野村の顔が現われた。

「つかまれ」

峯崎が怒鳴って野村に向かって腕を出した。その腕を野村がつかんだ。

峯崎は渾身の力を込めて野村を引き上げた。

野村の上半身が荷物室に入るのを見届けると、操縦室に飛び込んでいった。

マリアの目は大きく見開かれ、硬直したように操縦桿を握っている。

前方に岩礁が迫る。

「操縦桿を離せ。俺がやる」

「離れないのよ」

マリアの手は貼りついたように操縦桿を握りしめている。峯崎はマリアの背後から腕を伸ばして操縦桿を握った。操縦桿を引きながらスロットルを全開にした。

ダコタのスピードが上がった。

「ぶつかる」

マリアが悲鳴のような声を出した。

その瞬間、ダコタのフロートは海面を離れて浮き上がると、岩礁をかすめるように舞い上がっていく。

「やったわ」

マリアの全身から力が抜け、やっと握っていた操縦桿を離した。

しかし岩礁を飛び越えただけで、ダコタの高度はまた落ちていく。

砲撃の音が響いた。二〇ミリ機関砲だ。

ダコタのすぐ横で水しぶきが上がった。魚雷艇が再び砲撃を始めたのだ。今度は威嚇ではない。明らかに照準はダコタだ。捕獲をやめて撃墜しようとしているのだ。

水しぶきが徐々に近くなってくる。

ダコタは海面すれすれを滑走していくが飛び上がれない。

「くそっ、俺がやってやる」

野村が銃を持って荷物庫の方に行こうとした。

「近いぞ。何かにつかまれ」

数メートル前方に水しぶきが上がる。

ダコタはスピードを増しながらその中を飛び抜けていった。

機関銃の音が聞こえた。同時に機体を撃ち抜いていく音が響いた。

峯崎は懸命にスピードを上げ、思いきり操縦桿を引き付けた。

突然、ダコタの機首が上がり、みるみる高度を増していく。

操縦室が傾き、マリアと野村が必死で機体の壁にしがみついている。

「やったぜ」

「やったわね」

マリアと野村の声が聞こえた。

峯崎は操縦桿を引き続けている。

ダコタはさらに機首を上げ、急角度で大空に駆け上がっていく。ヘンリーとカリフォルニアの空を飛んだ時の感覚が甦ってくる。

一気に五〇〇メートル上空まで上がった。下を見ると島と玩具のような魚雷艇が見える。もう銃撃はしていない。射程外に上がったことが分かっているのだ。

「あの野郎。爆弾でもあれば落としてやるんだが」

「今ごろ、グラマンが飛び立ってるぜ。無線で基地に連絡している」

「まずいぜ。スピードを上げろ」

峯崎は見せつけるようにダコタを一度、魚雷艇の上で旋回させてから北に機首を向けた。

「やつら拡声器を使ってわめいてたぜ。何と言ってたんだ」

「知らないほうがいい」

峯崎は高度をさらに上げた。そしてわずかに漂う雲の中に入って行った。

雲の中で、大きく方向を変えた。目指すのは、西の方角だ。

これで少しの時間は稼ぐことが出来る。その間に、混乱している頭の中を整理したい。

「私が行きたいのはジャワ島よ。方向が違う」

計器を覗き込んでいたマリアが言った。

「コンパスが読めるのか」

「二年もこのダコタに乗ってるのよ。操縦だってしたことがあるって言ったでしょ。だから、変なことは考えないで。私の望むところに行くのよ」

「じゃ代わるか。あんたの好きなところに飛んでいけ」

峯崎は操縦桿を離した。ダコタの機首が下がり、マリアがよろめいて峯崎の首筋にしがみついた。

「なにするのよ」

「操縦できるんだろ。代わってやろうと思って」

峯崎が操縦席から立ち上がるとダコタは大きく揺れた。マリアはしがみついた腕にさらに力を入れてくる。

「バカ野郎。真面目に操縦しろ。荷崩れが起こるぞ」

荷物室から野村の怒鳴り声が聞こえる。

「分かったわよ。操縦桿を握って」

峯崎は操縦席に座り直すと、操縦桿を手前に強く引いた。ダコタは再び高度を上げながら大きく左に旋回していく。

「魚雷艇のやつら、ダコタは北に向かったと報告する。これで、しばらく時間が稼げる」

しかし、と言って峯崎は操縦桿を握り直した。

「ジャワ島まではとても飛べない。せいぜい、五〇〇キロが限度だ。あんたも燃料が少ないってことは承知してるだろ」

「約束したでしょ。私と荷物を目的地まで届けるって」

「直行便はムリだ。どこかで燃料補給が必要だ」

マリアはしばらく考えていた。

「じゃ、サンダカンに飛んで。ボルネオ島のサンダカン、あなたも男なら知ってるでしょ」

「燃料を手に入れるツテはあるのか。航空燃料なんて、町の雑貨屋じゃ手に入らないぞ」

峯崎は頭の中で計算しながら言った。距離的にはそんなに遠いところではない。しかし、途中で何が起こるか分からない。それに、どこに下りるのか。フロート付きの水上仕様だから、マリアたちが飛行場を利用していなかったのは確かだ。

「私たちの仲間はこのあたりの島にはたくさんいるのよ。近くに行けば私が指示する。あなたはそれまでしっかり操縦して」

マリアは言い残すと、操縦室を出ていった。

何とかなる。こうして無事に離陸できた。それすらも奇跡的なことだ。しかも、三人無事にだ。後は、出来る限り燃料を持たせなければならない。それには、空気抵抗の小さい上空を飛べばよいが、アメリカ軍のレーダーにひっかかる可能性が高い。それにプロペラの出力が弱くなる。いちばん合理的な高度を保たなければならない。

峯崎は高度計に目をやりながらスピードを上げた。


野村が背を向けて床に座り込み、写真と油紙を並べて乾かしている。

「命まで賭けて、一体何を取りに行ってたのよ」

マリアが野村の背後から写真をつまみ取った。

「ごめん」

一瞬、その写真を見た後、マリアは野村に返した。

「俺の家族だ。みんな俺と違っていい奴だった。いちばん出来の悪い俺が生き残って、みんな死んでしまった」

「あんただって、十分いい人」

マリアが低い声で言った。

野村はしばらく写真を見ていたが、油紙でていねいに包んで胸のポケットに入れた。

2

一時間ほど飛んだ時、機体が激しく揺れ始めた。

「乱気流だ。つかまれ」

峯崎の声と共に揺れはますます激しくなる。野村が壁の椅子から転げ落ちた。

「なんとかならんのか。早くここから抜け出せ」

振り向くと野村が床にひざをつき、椅子にしがみついて叫んでいる。

「ひょっとして吐きたいの」

「さっきから何度もゲロを飲み込んでるぜ」

「絶対に床には吐かないでよ。女神は私同様きれい好きなの」

マリアがバケツを野村の前に突き出す。

揺れはますます激しくなっていく。機体はギシギシ音を立て、いまにも分解しそうだ。

「心配するな。この機は見た目と同様に頑丈だ」

峯崎の声と同時に野村とマリアが飛びあがった。マリアの悲鳴が響いた。野村の持っていたバケツが荷物室に転がる。

「なんとかしろ。これじゃ敵に撃たれた方がましだ」

「エアポケットだ。行くぞ」

ダコタが数十メートル垂直に落下していく。

しかし、すぐに水平飛行に戻った。野村とマリアは床に座り込んで椅子を抱えている。

バケツは床中を転がっていた。

そのまましばらく飛行を続けた。

「どうかしたの」

前方を睨むように見つめている峯崎にマリアが聞いた。

「発見されると攻撃されるぞ。どう見てもアメリカ機だ」

確かに右前方に黒い点が見えた。眼下にはいくつかの小さな島が続いている。

峯崎は高度を下げて、その島の間を縫うように飛んだ。

「あれは哨戒機《しょうかいき》だ。PBY、通称カタリナだ。またこっちに向かってくる」

「私には何も見えない」

マリアが身を乗り出してくる。

「五分もたてば見え始める。しかし、その時には覚悟しなきゃならない」

「どういうこと」

「相手は哨戒機だろ。この機でも十分逃げ切れる」

いつのまにか背後に野村が立っている。手にはバケツを持ち、口元に何かついている。

トイレで吐いていたのだ。

「基地に報告されて戦闘機をよこされて、それで終わりだ」

「なんとかならないの」

「ならないね」

「あなた腕のいいパイロットじゃなかったの。日本の男は決して諦めないって父さんが言ってたけど、あんたは違うのね」

「俺は現実派なんだ。この足かせ付きのヨタヨタ輸送機が戦闘機とやりあって、万に一つも勝ち目はないね」

「やってみなきゃわからんだろ。俺はやってやるぜ」

野村が肩にかけていた自動小銃を構えた。

「この輸送機にはなんでもあるんだな。便所のもの入れの隅からこれが出てきた」

野村はマリアに銃を突きつけた。

「それより、今、目の前にいる敵を考えなさいよ」

マリアは悪びれる様子もなく言った。

峯崎は思い切り操縦桿を引いた。ダコタは急激に高度を上げていく。

「なにかにつかまれ。今度のは本物の雷雲だ」

峯崎の言葉と同時に機体が強い衝撃を受けた。

立っていた野村とマリアがよろめき、お互いに腕をつかんで支え合っている。

辺りが急に夜になったように暗くなった。

機体の小刻みな振動と、波のような大きな振動が重なる。

前方にいく筋もの光が走った。雷だ。

「あれがこの機に落ちたらどうなるの」

「電気系統が故障する。そして墜落だ。今度は本気で祈れ」

機内から音が消えた。息を呑む時間が続いている。

数メートル先も見えない。目隠しされて飛んでいるようなものだ。

「大丈夫なの。こんなの初めてよ」

沈黙に耐え切れないという風に、マリアが操縦席に身体をよせてきて怯えた声を出した。

「俺だってそうだ。しかし安心しろ。ぶつかるものはない」

さらに長い時間がすぎた。いや、そんなに長くないのかもしれない。ほんの数分かもしれなかった。

突然、視界が開けた。

紺碧の海と空だ。その間をダコタは飛んでいる。

「哨戒機は？」

峯崎は周囲を見回した。

「やったぜ。背後には何も見えない」

荷物室から野村の声が聞こえる。

何とか逃げ切った。しかし、次はどうなるか分からない。この辺りを飛んでいる航空機はすべて敵なのだ。そして、自分たちは最も弱い航空機なのだ。

「困ったことが起きた」

「今さら、なにを聞いても驚かない」

峯崎は燃料計を指した。ほとんどゼロを指して揺れている。

「逃げ回るのは腹が減るんだ。ダコタは特によく食う」

もともと少なかった燃料を哨戒機を振り切るために使ったのだ。マリアは無言のままだ。燃料計がゼロを示しつつあることは知っていたのだ。

操縦室に入ってきた野村が、不安そうな顔で覗き込んでくる。

「あとどのくらい飛べそうだ」

「せいぜい五十キロか六十キロ。飛べなくなれば着水だ。しかしそれは最後の手段だ」

いくら水上仕様のダコタとはいえ、海上では少し大きな波が来ればバランスを崩して簡単にひっくりかえる。

「予定のサンダカンまでは大丈夫なの」

マリアの声に峯崎は答えない。頭の中で必死でサンダカンまでの距離と、飛行経路を計算していたのだ。

「そこで本当に航空燃料が手に入るのか」

野村が聞いた。

「友達がたくさんいるって言ってたでしょ」

マリアの言葉に、峯崎は操縦桿を強く右に引いた。機体は大きく右旋回を始めた。

「あの辺りは、連日、爆撃機が飛んでるんだろ」

野村は峯崎に向かって言った。昨日のアメリカ軍のラジオ放送でも爆撃が行われたことを言っていたのだ。

峯崎は高度を上げた。

もう見えているはずだが、なにも見えない。

「島を探すんだ。どこでもいい」

峯崎が眼下を見ながら言った。

マリアは双眼鏡を出して目にあてている。

「おまえに見えないものが俺たちに見えるはずがないだろ」

「左下方に島のようなものが見えるわよ」

マリアの言葉に峯崎は目をこらした。確かにかすかに陸影が見える。

その影は徐々に大きさを増し視界に広がった。

「ボルネオ島だ」

峯崎の言葉に二人は身を乗り出した。

3

「もっと東に向かって」

マリアは副操縦士席に座り、航空図と下界の風景を交互に眺めながら峯崎に指示を出している。マリアが突然、この辺りのナビゲーターをやったことがあると言いだしたのだ。

「高度を下げて。ゆっくりとね。湾が見えるでしょ。漁船が一艘《そう》も泊まってない湾よ。湾の外側はすごく速い海流が流れてるの。だから漁はできない。砂浜もなくて、ダコタを海からマングローブの林に直接入れるの。ちょうどダコタの大きさのスペースを作ってる。あなたにできる？」

峯崎はマリアの指示に従って高度を下げていった。そしてそのまま、湾の中に入って行く。

「何かにつかまってろ。揺れるぞ」

峯崎の言葉が終わらないうちに、ダコタは大きくバウンドした。一度——二度——三度……。大きくとび跳ねながら浜に向かっていく。

「止めて。衝突する」

「黙ってろ。舌をかむぞ」

スピードが落ち始めた。峯崎は大きく舵を切った。

ダコタは湾の正面にあるマングローブの林に突っ込んでいく。マリアの言葉通り、ダコタが入れるほどの空間が作ってある。

正面の木々にぶつかると思った時ダコタは止まった。

「このダコタを水上飛行機に改良した奴は大した奴だ。このでかい機体が沈まずに浮いている」

峯崎は大きく息を吐きながら言った。

「死ぬかと思った。ラデンはずっと上手かったわよ」

「俺は初めて操縦したんだ。こんなボロ飛行機」

「喧嘩はやめろ。とにかく無事に着陸できた」

野村が防風窓に顔をつけるようにして外を見ながら言った。

ダコタは海から二〇メートルほど入ったマングローブの林の中に止まっていた。空からも海からも見えにくいところだ。

「さあ、しばらく休憩。暗くなってから出発よ」

マリアが両腕を伸ばして、あくびをしながら言った。

「いずれにしても泳がなきゃならないな」

野村は暗い海を見つめながら呟いた。

辺りが闇に包まれている。湾に到着してから、六時間がたっていた。

「心配するな。サメも寝てるよ」

この辺りの海にはサメがいると峯崎はさんざん聞かされてきた。特に人肉の味を知っていて、危険だと。不時着した時、傷がある場合はきつく縛って血を流さないこと。サメは血の匂いをかぎつけて襲ってくると脅されていた。

「この闇だ。マングローブの林に入ると迷ってしまう。海沿いに泳いで、道が見えるところで陸に上がろう」

「この辺りの海は特別イヤだね。先に逝《い》った戦友が呼んでいるような気がする」

野村は文句を言いながらも、服を脱いで海に入る用意をしている。

「私はあんたたちほど泳ぎが得意じゃないのよ」

マリアが大人の身体ほどもある袋を引き出してきた。ゴムボートだ。

「濡れたくなければ一緒に来てもいいわよ」

峯崎と野村は一時間かけてゴムボートを膨らませた。

三人はゴムボートに乗って陸に向かった。

陸に上がると、マリアはしきりに辺りを見回している。

やがてジャングルに入り歩き始めた。行く手を照らしているのは懐中電灯の小さな光だけだ。

峯崎と野村は必死でマリアについていった。

「気をつけなさいよ。ここには毒ヘビや毒グモがうようよいるんだから」

真っ赤な花弁を持つ花に触ろうとした野村に言った。野村は慌てて手を引っ込めた。

「どこに行く」

峯崎がたまりかねて聞いた。

「サンダカンって言ったでしょ」

「俺は行ったことがない」

「ウソでしょ。あんた男でしょ」

マリアは信じられないという顔で峯崎を見た。

「基地から出たことはなかった。ジャングルに囲まれた秘密基地だったが、こんなジャングルを歩くのは初めてだ」

「ヒルに気をつけなさい。蚊にもよ。どうせあんたら、マラリア対策なんてなにもしてないんでしょ」

「日本兵はそんなもの必要ないんだ。大和魂があるからな」

「どうしようもない人たちね」

野村の言葉にマリアは肩をすくめた。

峯崎の脳裏に半年前からのことが流れていった。教官兼、直掩機のパイロットに任命されてからは、特攻機を守ってグラマンを迎え撃った。しかし撃てなかった。そして特攻に出たはずの自分が生き残って、今ここにいる。

マリアは木々の間をすりぬけるように、足早に歩いていく。

峯崎と野村は遅れまいと懸命にあとを追うが、その差は開くばかりだ。吹き出る汗とまといつく蚊で疲れは倍増した。

野村が峯崎に並んだ。

「あの女、俺たちをだまして、敵に売り渡すんじゃないだろうな」

「アメリカ軍かそれとも日本軍か」

「どっちでもいい。アメリカ軍にとっちゃ俺たちは敵だし、日本軍にとっては脱走兵だ。どっちに突き出しても、褒美が出るぜ」

そうだろうという顔で見返してくる。

「逃げよう」

「どこへ逃げる。迷えば死ぬぞ」

「あんたたち、なにノロノロ歩いてるの。おいてくわよ。迷うと野垂れ死にするだけよ」

突然の声で顔を上げると、二〇メートルほど先でマリアが二人の方を見ている。

「だから俺は島から出たくなかったんだ」

野村は低い声で言うと、再び黙って歩き続けた。

二時間ほど歩くと道路らしい道に出た。

マリアは磁石を出して方向を確かめると、その道を歩き始めた。

やがて、辺りがうっすらと明るくなってきた。木々の一本一本が見え始めている。

時折り遠くから砲撃の音が聞こえてきた。

「この島でも戦闘が始まっているのか」

「あんたたちが運んできた戦争よ。私たちの国で、外国同士が殺し合いをしてるの」

マリアが野村を見た。

「この戦争は欧米列強に植民地にされてるアジアの国を解放するためだ」

「次に日本が支配するためでしょ」

「口の減らない女だ」

その時、マリアが立ち止った。二人に止まるよう合図した。

トラックがこっちに向かって走ってくる。

峯崎と野村はジャングルに隠れた。

マリアが道の真ん中に立ちトラックを止めた。

マリアはしばらく運転手と話していたが、二人に向かって出てくるように合図した。

三人はトラックの荷台に乗った。

「運転手は信用できるのか」

「知らないわ」

「トラックを奪った方が安全じゃないのか」

「じゃ、そうすれば。町に入るには日本軍の検問があるのよ。あんた、身分証なんて持ってないでしょ。その恰好じゃ、目立ちすぎてすぐにつかまるわよ」

「どうすりゃいいんだ」

「黙って座ってりゃいいのよ」

トラックはガタガタの道を走り続けた。

一時間ほどで周囲の景色はすっかり変わっていた。

ジャングルが消え、まわりに畑と民家が続いている。やがて道が広くなり、両側に建物が見え始めた。

「サンダカンはまだか」

「ここよ。本当にあんた初めてなのね」

「これが噂に聞いていたあの町か」

峯崎は思わず声を出した。サンダカンは兵士の間でも、娼館の街として有名だったのだ。

「検問なんてなかったぜ」

「前はあったのに。日本兵が見張ってた」

「ひどいな。なにも残ってないぜ」

話ではボルネオ島一のにぎやかな街だったが、建物の半分近くは崩壊して瓦礫《がれき》と化している。

「もうひと月も前から連合軍の艦砲射撃と爆撃が繰り返されている。知らなかったの」

峯崎は聞いてはいたがこれほど徹底したものとは思っていなかったのだ。

「ここ数日、特別ひどくなったそうよ。日本軍の本隊はとっくに西海岸の町コタキナバルに移動していったらしい。残ってた日本人もジャングルに入っていったって。あと数日で、連合軍の上陸が始まるって噂が流れてるの。サンダカンに連れてくように頼んだ時に運転手が言ってたわ」

「早く逃げようぜ。こんなところにいるとロクなことない」

野村が吐き捨てるように言った。

マリアは運転手に礼を言って、トラックを降りた。

「あの連中についていこうぜ」

野村は辺りを見回しながら言った。

前方を二十人ほどの日本人の一団が歩いていく。大部分が女性と子供と年寄りだ。最後まで残っていたのだろう。艦砲射撃と爆撃と、やがてやってくる連合軍に殺されるという噂に耐えきれなくなった人々だ。

「ジャングルを横切るより、ここに残った方がいい。連合軍は民間人にはひどいことはしない。説得すべきだ」

峯崎は通ってきたジャングルを思い出しながら言った。サンダカンからコタキナバルまで三〇〇キロ以上ある。

「なんで分かる。鬼畜米英だ。女は強姦され、男は玉を抜かれると言われたぜ」

「本気で信じてるのか」

「いずれにしても、もう遅いわ。かなりの日本人と捕虜たちが出発したって話。でも、本気でジャングルを横切れると思ってるのかしら」

三人は廃墟と化したサンダカンの町を歩いて行った。

マリアはなんとか倒壊を免れた建物が集まる一角に入っていく。

周りにたむろする上半身裸の男たちが、三人を値踏みするように見ている。

マリアはそんな建物の一つに入っていった。

入口のそばにある部屋に峯崎と野村を待たせて、マリアは一人奥に進んでいった。

野村は部屋の中を落ち着きなく歩き回っている。峯崎は隅の椅子に座って目を閉じていた。

「なんだかおかしな具合になった。逃げ出した方がいいんじゃないか」

野村が峯崎の前で立ち止まって言った。

「一人で行け。俺は残る」

「おまえ、金塊を信じてるのか」

「信じてるのはおまえだろ。俺はダコタをもらえばいい」

「俺も信じてなどいない。しかし万が一ということもあるだろう。この戦争じゃ、あり得ないことがバカみたいに起こったからな」

野村は一気に言って、また歩き始めた。

「しかしあの女は何者なんだ。死んだ四人は。ここはどこなんだよ」

「俺にはどうでもいい。女の望むところに荷物を運んで俺はさよならだ」

「だったら逃げようぜ。女をここに残して、金塊とダコタの両方をもらえばいい」

「おまえ一人でやってくれ。俺は嫌だ」

しばらくして一人の女性が両手に衣服を抱えて出てきた。

峯崎と野村は一瞬、その女性に釘付けになった。マリアだ。束ねていた髪をほどいて肩に流し、彩やかなインドネシアの民族衣装に着替えていた。

「何見てるのよ」

「馬子にも衣装って言葉は、この国にもあるのか」

「これを着て」

マリアは野村を無視して持っていた衣服を二人のひざに置いた。

「俺はいい。こんなの着て捕まると、スパイと見られて銃殺される」

「その服装の方が危ないわよ。目立ちすぎるでしょ。連合軍からも、インドネシア人からも狙われるわよ。日本軍からもね」

文句を言いながらも野村はアロハと半ズボンを脱いで、マリアに渡されたインドネシアの服を着た。

「やっぱり腰巻きだぜ。帝国軍人としてこんなの着れるか」

「日本の着物だって同じようなものでしょ。国にはその国の文化ってものがあるの。それが理解できない人間が戦争なんて始めるのよ」

マリアは何気ない口調で言っているが、峯崎の心には重く響いた。

「とても家族には見せられないぜ」

「涼しくていい。風土に合った服だ」

「そうでしょ。日本軍の軍服より百倍も素敵よ」

「見つかったら間違いなく銃殺だ」

「大丈夫よ。しゃべらなきゃ日本人には見えないから。南方の基地じゃ、皆でアロハを着たという話もあるんでしょ。それに、ここの日本軍にそんな余裕なんてないわよ。みんな西海岸に向かってる。やはり噂は本当だったわ。明日にでも連合軍が上陸してくるって」

峯崎の表情が変わった。野村の顔からも笑みが消えている。

「日本軍はサンダカンの日本人と連合軍の捕虜、オランダ人やイギリス人を西海岸のコタキナバルに移している。ジャングルを横切って行くんだけど、その途中で飢えと病気でバタバタ死んでるそうよ。この島のジャングルを知らない人のやること」

「ここにいても連合軍が上陸したら殺されるって信じてるんだろ。だったら、ジャングルでもどこでも逃げられるだけ逃げてやるさ」

「ジャングルには食料も十分な水もないわ。道だってないのと同じ。あるのはマラリアと赤痢《せきり》と毒虫と飢えだけ。みんな死にに行くようなものよ」

「通ったことがあるのか」

「この国で育ったのよ。ジャングルのことはよく知ってる」

マリアは顔をゆがめて言った。

現地の服に着替えた三人は建物を出て、通りを歩いた。陽に灼《や》け、髪も鬚《ひげ》も伸びた峯崎と野村は、完全に現地民に溶け込んでいる。

マリアはやはり半壊した建物の前で立ち止まった。

「拳銃を出して」

野村の前に手を出した。

「検査されて取られるわ」

野村は何か言いかけたが、黙ってポケットから銃を出してマリアに渡した。

マリアは建物に入って行った。周りにいるのは上半身裸の若者たちだ。といっても、三十代、四十代の男たちもいる。全員がインドネシア人だ。彼らは物珍しそうに峯崎たちを見ている。

いまにも抜けそうな階段を上がり、二階の奥の部屋に進んだ。

マリアの言葉通り、ドアの前に座っていた二人の男が立ち上がって、峯崎と野村の身体を調べた。野村の海軍ナイフを見つけたが、倍もある自分のナイフを見せて笑うと、野村のポケットに戻した。

「嫌な奴らだ。こうはなりたくないね」

「好きでなったんじゃないわ。インドネシアを植民地にして支配したオランダはインドネシア人の大半に初等教育を受ける権利さえ奪ったのよ。そのため文字も読めない国民が大半」

部屋に入ると十人近い男たちの目が三人に集中した。

マリアは二人を入口に待たせて、中でも一番凶悪そうな男のところに行った。

マリアは懸命に何かを頼み込んでいる。

「なんと言ってる」

峯崎は野村の耳もとに口を近づけて聞いた。

「俺に分かるのは日本語だけだ。あれは英語じゃないのか」

男たちの中には峯崎と野村を見て親しそうに話しかけてくる者もいるが、インドネシアの現地語かオランダ語だ。彼らの二人に向ける表情と態度からは、日本人に対しては悪い感情は持っていないようだ。

十分近く話していたマリアが二人のところに戻って来た。

「航空燃料なんてないそうよ」

「いままではどうしてたんだ。ここにはよく来てたんだろ」

「サルジョノがどこかから持ってきてた。たぶん、日本軍からだと思う」

「じゃ、そうしろよ。だれか知り合いはいないのか」

「闇ルートよ。私は知らない」

「フィリピンに行けば手に入るかもな。マニラ、ケソン。すでに連合軍が進駐してるんだろ。俺たちが見つかれば間違いなく銃殺だな。それとも、直接日本軍に頼むか。どうせもう飛ばせる飛行機なんてないんだろ」

マリアはやけになったようにしゃべり始めた野村を無視して、他の男のところに行って再び交渉を始めた。その時数人の男たちが入って来て、マリアと二人を見ながら何か話し始めた。

「おまえは左の男をやれ。俺は右の二人をやる」

峯崎が野村にささやいた。

「なんでだ。結構いい奴らじゃないのか」

「俺たちを殺す話をしてる」

「どうして分かる」

「英語で話してた。マリアは売り飛ばすとも言ってる。日本人は高く売れるって」

その瞬間、野村が左横の男の顔を殴りつけた。

右の男が野村に向かってナイフを振り上げた。峯崎はその男の腹を殴り、よろめいたところを蹴り倒した。男はナイフを落として床に倒れた。

マリアが振り向いて唖然とした顔で見ている。

峯崎は野村の腕をつかんでいる男に向かって突進した。頭からぶつかり、そのまま壁にぶつかっていく。ドスンと鈍い音を立てて壁に押しつけられると、男はそのままうずくまった。

隣の部屋のドアが開き、五、六人の男たちが入って来た。

殴り合っている峯崎や野村を見て、二人に襲いかかってきた。中にはナイフを持っている者もいる。

「やめてよ!」

マリアの悲鳴のような声が上がったが、誰にも聞こえている様子はない。

野村はさすがに元ヤクザらしく、相手の数にひるむことなく椅子を持って振り回している。

峯崎は二人の男を相手に殴り合っていた。二発殴られたら、三発殴り返せ。喧嘩はタフな方が勝つ。ヘンリーの教えだった。

その時、銃声が轟《とどろ》いた。

「何してる。早死にしたい奴は前に出ろ」

ドアの前に拳銃を持った男が立っている。言葉は英語だった。

「先に殴りかかってきたのはこいつらの方だ」

峯崎に蹴り倒された男が立ち上がりながら言った。口から血が流れている。

「騒ぎを起こすな。今はいちばん大事な時だ」

男は強い口調で言った。

男はランニングシャツ姿で、筋肉の盛り上がった浅黒い肩と腕には入れ墨が見えた。いかつい顔と入れ墨に似合わずどこか人懐《なつ》っこい感じを受けるのは、小柄な身体と、顔の割に大きな眼のせいかと、峯崎は思った。

男はマリアに気づくと拳銃をしまい、顔中に笑みを浮かべて近づいていった。何か言いながら、両腕を広げてマリアを抱きしめた。マリアはうんざりした顔でされるままになっている。

「ここのボスのサバ。ここらのチンピラのまとめ役よ」

サバはマリアを離すと、峯崎に向かっても愛想を振りまきながら握手を求めてきた。

「俺たちは航空燃料を探しに来ただけだ。金はちゃんと払う」

峯崎の言葉にサバの顔から笑みが消えた。

「なんだかヤバそうな話だな。いくらマリアの頼みでもムリだ。ガソリンなら車をかっぱらうんだな」

「オクタン価の高いガソリンがほしい」

「悪いが航空燃料はムリだ」

「こうなりゃその辺の車のガソリンでもいいだろ。ゼロ戦だったら車のガソリンでも十分に飛んでたぜ」

峯崎は、よろめきながら立ち上がった野村に言った。

「零式輸送機はゼロ戦とは違う。そんな燃料で飛んでる零式輸送機に乗る度胸はないね。今でもエンジン出力はかなり低い。飛行中に止まったらどうする」

峯崎は野村の言葉をサバに伝えた。

「それじゃ、役には立てないな。悪いが、話はここまでだ。トラブルがこれ以上大きくなる前に帰ってくれ」

サバは三人に出て行くように合図をした。

「スカルノに会いたい」

マリアが峯崎を押しのけて一歩前に出た。部屋中の視線がマリアに集まる。

「スカルノを知ってるのか」

「私の仲間の友達なの。彼の仕事もしたことがあるのよ」

サバの表情が変わった。周りの男たちの顔つきも変わっている。

「スカルノはここにはいない。重要な用で昭南（シンガポール）で日本軍と会っている」

「ハッタは？　彼なら話が分かるはず」

「彼もスカルノに同行している」

サバは意外そうな顔でマリアを見た。

「じゃ、スカルノにあなたの父親と同じ名の友人の妹が来たと言って」

「分かった。彼が帰り次第伝えよう」

突然、サバがマリアに近寄り、その手を取って小声で話し始めた。サバの顔には薄ら笑いが浮かんでいる。

「やめてよ。ダメなものはダメなの」

マリアが強い声を上げてサバを突き放した。

三人は建物を出た。

「スカルノって誰だ」

「インドネシア独立運動のリーダーよ」

峯崎の問いにマリアが答えた。

「オランダ、イギリスは三百年もの間、この国の人たちを搾取し続けてきた。日本軍の統治になって、やっと独立の可能性が出てきたと思ったらこの有り様よ。私たちは自分たちの力で立ち上がるって決心したの」

マリアは話しながら足早に歩いて行く。


三人は通りに出た。瓦礫の街にも多数の現地人が行き交っている。

「今度はどこに行く」

「考えてるところよ」

その時、風を切る鋭い音が聞こえた。

「伏せろ。艦砲射撃だ」

野村が、マリアと峯崎の腕をつかんで、腰をかがめた。同時に、ドーンという腹に響く音が伝わってきた。

「沖に停めた軍艦から、砲撃しているのよ」

「日本軍は反撃する力すら残ってないのか」

野村がくやしそうに言った。

完全に制空権と制海権を奪われているのだ。連合軍は上陸する前に徹底的に爆撃機による空爆と艦砲射撃を繰り返して、軍関係の施設を破壊して機能不全にし、敵兵に損害を与えておくのだ。こうも相手の優位を見せつけられると、戦意をなくしてしまう。

「爆撃もあるのか」

峯崎の言葉が終わらないうちに、海の方から低い爆音が聞こえてくる。

「隠れろ。敵機だ。また爆撃に来た」

どこからか怒鳴り声がして、通りを歩いていた人たちが、まわりの建物の陰に逃げ込んでいく。

東の空を見ると数個の点が並んでいる。その点はすぐに爆撃機の編隊と分かる大きさになっていった。

その複数の爆撃機の低く重いエンジン音の重なりは、町を包み込むように響いてくる。まだ残っている日本軍の機銃掃射の音が聞こえ始めた。しかしそれは散発で、いかにもおざなりで頼りない。

その数分後には爆撃が始まっていた。数百の一トン爆弾がかろうじて残っている町並みを破壊していく。

三人はいちばん頑丈と思える建物の陰に身を潜めた。

「防空壕は？」

「そんなものないわよ。ただ逃げて隠れるだけ」

「どこに隠れろって言うんだ」

「通りには出ないで。戦闘機の機銃掃射を受けるわよ」

マリアの言葉が終わらないうちに、前の通りで空気をふるわす音が聞こえ始めた。一トン爆弾が降ってくるのだ。

すぐ近くで戦闘機の爆音と機銃掃射の音が響いている。同時に逃げまどう現地人の声と悲鳴が聞こえた。

「連合軍は現地人も撃つのか」

「彼らにとっては、日本人も現地人も同じに見えるのよ」

通りの正面にグラマンの機影が小さく見えた。その機影は見る間に通りに沿って近づいてくる。

「逃げろ！」

峯崎は声の限りに叫んだ。

通りにはまだ数十人の日本人と現地人の姿が見えた。

彼らは一斉に両側の半壊の建物に飛び込んでいくが、逃げ遅れたり、通りに倒れている者もいる。

グラマンは高度を下げ、通りの真ん中を掃射しながら飛び去って行った。

後には血まみれになった数人の男女が倒れている。逃げ遅れた者たちだ。

峯崎たちは通りに飛び出して行った。

「ひどいな。狙い撃ちだぜ。アメ公のやつら、遊んでやがるんだ」

「戻ってくる。負傷者を避難させろ」

峯崎は腹から血を流している中年の女を抱えて建物に入った。

女を見て思わず顔をしかめた。胸と腹を機銃掃射で打ち抜かれ、一目で長くないことが分かった。

「日本の……方ですか」

女が傷口を押さえている峯崎と野村を見て声を出した。

「そうだ。日本人だ。こんな恰好《かっこう》をしているが」

女は峯崎の声を聞き目を閉じた。必死で息を吸い込もうとしている。

マリアが二人に胸の傷を強く押さえるように言った。

「もっと強く。血を止めなきゃ」

「ダメだぜ、これは。長くない」

野村が峯崎の耳元で囁いた。

「私の子供たち、連れたちが……まだジャングルに……」

女は目を開け、きれぎれの声を出し始めた。

「ジャングルはひどい状況です。私たちは途中で引き返してきました」

女は何かを振り払うかのように二、三度小さく首を振り、目を閉じた。

「しゃべらない方がいい。どこか、手当てのできるところに連れてってやる」

「私は……もうだめ。子供たちや他の日本の人たちを……助けて」

女は何度も息を継ぎながら話した。時折咳き込むと、口の横から血の糸を引いた。

「待って」

マリアはカバンから水筒を出すと、女の口にあてがった。

女は二、三口飲むと、ふうっと深い息を吐いた。呼吸を整えるようにしばらく目を閉じていたが、やがて話し始めた。

「ジャングルに入って半日もたつと、道はほとんど消え、下草をかき分けながら進むところがほとんどでした。暑さと湿気で息苦しくて……。道はぬかるんで、歩くにもひと苦労でしたが、水はありませんでした。横道にそれると、小川くらいはあったのかもしれませんが、もう戻ってくることはできないような気がしました。実際に、そういう人が何人もいました」

二日目に入ると——、女は言葉を止めて目を閉じた。その目からは、涙が流れている。

「あんなに多くの死体を見たのは初めてです。ジャングルの道はすごい臭いでした。それがまた獣や虫を引き付けるんです。死体が土に帰るのはそんなにかからなかったと思います。後に残るのは骨だけです。衣服だってすぐに腐っているようでした。靴を履いていない人や、上着やズボンをはいてない白骨も見かけました。誰かがもらって行くんでしょうね。特に靴は必需品でした。遺体からいただいても、誰もなにも言えませんよね。命がかかっているものでしたから。まず、足から来るんです。いちど座り込むと立てなくなる。だから、休む時も立ったままの人もいました。でもそんな人は、翌日には姿が見えませんでした」

女はゆっくりと、時間をかけて話した。通りではまだ爆撃と機銃掃射が続いている。

マリアは女から視線を外した。涙を見られたくなかったのか。

女の言葉が途切れるたびに、マリアは水筒の水を女の口に含ませた。

野村も唇をかみしめて聞いている。

「死体にはウジと虫が死体が見えなくなるくらい、たかっているものもありました。手足がバラバラになっているのは、夜のうちに獣がきて食い散らかしたんでしょうね。本当に地獄でした」

女は何度も休みながら、目を閉じて何かを思うように話を続けた。

「私たちは乙地点で動けなくなってしまいました。次の目的地のラナウまでは、まだ倍以上の道のりがありましたし、食糧もなく、疲れ切っていたのです。おそらく、進めば進むほど状況はひどくなったと思います。三十人の集団で出発しましたが、その時には二十四人になっていました。ほんの数日で六人もの人が亡くなったのです。出発の時には皆、元気でした。それが一日ごとに……私たちは埋める余裕もありませんでした。おそらく、皆さんもう……」

女は言葉を詰まらせた。

「なんとかならんのか」

野村が絞り出すような声で言った。

女は、すがるような目で野村を見つめた。

「乙地点に小屋があります。そこに子供たちを連れた二十人くらいのグループが動けなくなっています。そこには……私の子供たちも……。どうか、食べ物を運んでください。私はそのためにサンダカンに戻って……」

女は三人を見つめた。目にはあふれそうに涙をためている。

「私は……皆から預かってきました。私は、お三方を信じてこれをお渡しします」

上着のポケットを押さえた。そして目をマリアに向けた。

マリアは女のポケットから土で汚れたハンカチの包みを出した。

「みんなが身につけていた宝石です。どうかこれで――」

「確かに預かりました。安心してください」

マリアは女の手を握った。女が握り返す様子が分かった。

女はマリアの手を離し、自分の指から指輪をはずした。

「日本を出る時に母からもらいました。大して役には立たないかもしれませんが」

女はマリアの手に指輪を握らせた。

女は激しく咳き込み、そのたびに口から血があふれ始めた。

そして一度軽く息を吐くと動かなくなった。

マリアは女を床に横たえ、自分のストールを女の身体にかけた。

マリアは立ち上がり歩き始めた。

二人は慌てて後を追った。

「あのまま放っておくのか」

「彼女は死んだのよ。生きてる人を助ける方が先でしょ」

マリアは正面を向いたまま言った。

「どうするって言うんだ」

野村が吐き捨てるように言った。

「約束を守るの。他に何をするって言うのよ。死にかけている人たちに、食料を届けるの」

「死にかけてるのは俺たちもだぜ。アメリカと日本の両方の軍隊に追われてる」

「嫌なら降りてもいいわよ。でもパイロットには働いてもらう」

マリアが歩きながら言い放った。

「嫌味な女だぜ。金塊はしっかりよこすんだろうな」

文句を言いながらも野村はついてくる。

いつのまにか、爆撃も艦砲射撃も終わり、通りにはまた人が行き交っていた。

マリアは爆撃前に出てきた建物に戻った。

野村は上着のポケットに手を入れたままだ。ナイフを握っているのだ。

部屋に入るとサバは正面のデスクに座って、戻ってきたマリアを意外そうな顔で見ている。

マリアはサバの前に行くと、オランダ語で話し始めた。

ポケットから出したハンカチの包みを置いた。結び目をほどくと、全部で十個ほどの指輪やネックレス、ブローチなどが入っている。

サバはその中の一つをつまんで光にかざし、横の男と話している。

再びマリアとオランダ語で話し始めた。

「何を言ってる」

「偽物のダイヤだって」

「だったらほかを当たろうぜ」

野村がマリアを押しのけて、机の上の宝石類を集めようと手を伸ばした。

サバの顔つきが変わった。まわりの男たちの表情も変わっている。

「黙ってて。悪いようにはしないから」

マリアが野村をなだめるように言った。

峯崎は背後でマリアと野村を見ていた。そのさらに背後では五人のインドネシア人が三人を取り囲むように立っている。

マリアとサバは再び話し始めた。

マリアはいままで見たことのない険《けわ》しい表情でまくし立てている。

初め余裕を持って話していたサバの顔も、次第に険しくなっていく。

「帰りましょ」

今度は、マリアが机のハンカチの包みを取ってドアの方に歩き始めた。

サバが立ち上がって何か叫んだ。

取り囲んでいた男たちがナイフを出した。拳銃を持っている者もいる。

野村がサバに向きなおって目の前に腕を突き出した。その手にはナイフが握られている。そして腕まくりした二の腕から肩にかけて、竜の頭と玉をつかんだ鋭い手の入れ墨が覗いている。

「最初に死ぬのは、おまえだ。撃たれても、必ずその汚い胸にこいつを突き刺してやる」

突然、サバが大げさに両腕を広げ何か言った。顔にはかすかな笑みが浮かんでいる。

マリアはサバを睨むように見ながら、持っていた包みを机の上に置いた。そして自分の指輪を外すとサバに突きつけるように見せて、包みの中の指輪と取り替えた。

「行くわよ」

　マリアが険しい顔のまま二人に言うと、ドアの方に向かった。

　通りに出てもマリアは何も言わず速足で歩き続ける。

「どうなってる」

　峯崎がマリアに追いついて聞いた。

「指輪を取り替えてただろ」

「女の人の指輪と私のと取り換えた」

「どうしてだ」

「あいつは、前から私の指輪を狙ってたの。あいつの女が欲しがってるのよ。二時間後に約束の場所に行く。その時次第よ」

「宝石は？」

「サバに預けた。見てたでしょ」

「バカ野郎。なんてことするんだよ」

「スカルノの友達だって言ってあるから。おかしなことはしない」

　マリアは左手を握りしめた。その薬指には女の指輪が光っている。

「おかしなことになれば、あの女、化けて出るぜ」

　野村の言葉を無視して、マリアは前方を睨むように見て歩いていく。

　町に入ったとき服を手に入れた建物に戻った。

マリアは二人を部屋に残したまま出ていった。

「どうなってるんだ」

野村は呟きながら部屋の中を歩き回っている。

峯崎はサバたちのことを考えていた。全員がひと癖ありそうな若者だったが、動作に統制の取れた厳しさと鋭さがあった。どこかで軍事訓練を受けた男たちだろう。

やがて、マリアがあらわれた。

マリアはカバンから拳銃を出し、峯崎と野村に渡した。そして自分でも腰のベルトにさして、その上を服で隠した。

「行くわよ」

二人をちらりと見て言った時には、すでに数メートル先を歩いている。

二人は顔を見合わせると、慌てて後を追った。


もとは何かの倉庫のようだが、今は瓦礫の集積場になっていた。マリアはその前で立ち止まり、二人に拳銃の作動を確認するように言った。

「でも、勝手に撃たないこと。殺されるわよ。相手は殺人の訓練を受けてるの。日本軍にね」

「祖国防衛義勇軍か。聞いたことがある」

峯崎は言った。日本軍が兵力不足解消のために、インドネシアの若者たちを訓練した組織だ。

マリアは何気ないふりで倉庫の敷地内に入って行った。

二人も後に続いた。

建物の前に大型軍用トラックが止めてある。

トラックの前にはサバが、別人のように顔中に笑みを浮かべて立っている。

マリアの顔から緊張がとれ、ホッとした様子が現れた。

「あんたらが本当にスカルノの知り合いだとはね。ただのけちな運び屋だと思ってたよ」

「スカルノもハッタも知ってる」

「ハッタリかと思っていた。最近は彼の友達も急激に増えたんでね。まさか、あんたらがと思ったんだ。悪いが確かめさせてもらった。あんたの兄さんはスカルノの親友だそうだな。なぜ最初に会ったときにそれを言わなかった」

「あんたたなんかに言うと、スカルノの名が汚れると思ったからよ」

サバの顔に苦笑いが浮かんだが怒る様子はなかった。

「そんなにいじめるなよ。悪かったと言ってるだろ。その代わり、航空燃料を持ってきた。わずかだが」

マリアの顔にやっと笑みが現れた。

「やっぱりあんた、笑った方が可愛いぜ」

「早くしてよ」

サバが合図するとトラックの幌《ほろ》が開いた。

中には木箱が十箱以上積まれている。

「こっちも、おまけしといたよ」

「少しだけどね」

マリアがサバの口調を真似て言った。

「なんて言ってるんだ」

「時間がないわ。行くわよ」

マリアは野村の言葉を無視して、トラックの助手席に乗り込んだ。峯崎と野村は荷台に乗った。

トラックはでこぼこの道を海岸に向かって走っていく。

荷台の木箱がゆれてガタガタ音をたてている。中に入っているのは缶詰が多いのか。

途中で隠しておいたゴムボートを回収して、トラックはダコタを泊めた湾まで走った。

トラックが止まると同時に峯崎と野村は荷台を飛び出した。

「航空燃料は五缶がギリギリ。ないって言ってたんだから上出来ね。あとは食料よ」

マリアの指図に従って、木箱がダコタに積まれていく。

「指輪と宝石でこれを買ったわけだ」

「安い買い物よ。二十人の命と引き替えなんだから」

「一個くらい誤魔化しておいてほしかったね。俺たちの駄賃だ」

「あの女の人のものよ。山小屋には女の人の子供たちもいるって言ってたでしょ」

「まあ、しょうがないか」

野村が神妙な口調で言った。

サバたちの手を借りてダコタに航空燃料を入れ終わった。五分の一にも満たないが、しばらくは飛べるだろう。

「これでどのくらい飛べるの」

「飛び方によるが、長距離の遊覧は期待しないでくれ」

ダコタはゆっくりと動き始めた。

陸の方を見ると、トラックの前にサバたちが整列してこちらを見ている。

「根はいい人たちよ。やられ続けたからやり返してるだけ。彼らだって生きていかなきゃならないの」

マリアが言い訳のように呟いた。

峯崎は手を振っているサバたちを見ながら、特攻隊に出る時を思いだしていた。

滑走路の端に並んだ基地の兵士たち。彼らも飛行機が見えなくなるまで見送っていた。

ダコタは徐々にスピードを上げていく。

「さあ、飛ぶんだ。デブっちょの女神様」

峯崎は呟いて操縦桿を力一杯引いた。

フロートの先が海面から浮き上がった。そして急激に角度を上げると海面から離れていく。

「やったぜ。その調子だ。行け」

野村の声が大きくなった。横でマリアも声を上げている。

ダコタはその声に応えるように大空にかけのぼって行く。

水平飛行に入った。乱気流のせいか、小刻みな揺れが続いていたがやがて治まった。

「さあ、西に向かって。ジャングルの中に道が見えるはずだから」

マリアは正面を睨むように見ている。その顔が陽の光に輝き白くにじんで見えた。

サンダカン上空をすぎると、眼下には鬱蒼《うっそう》としたジャングルが続いている。豊かな美しい森だ。

道に沿って死体の列が続いている、と言った女の言葉が峯崎には、信じられなかった。

右前方に見えるのがキナバル山だ。道はその山を通ってさらに続いている。

「道なんてないぜ。見えるのは目が痛くなるような緑のジャングルだけだ」

「無駄口叩いてないで、しっかり目を開けてなさい」

「戻った方がいいんじゃないか。見落としたんだぜ」

「そんなはずない」

答えるマリアの言葉にも前ほどの迫力はない。峯崎は無言で操縦桿を握っている。

「西に飛んでるんでしょうね」

マリアがコンパスを覗き込んで峯崎に確認した。

「間違いない」

「じゃ、そのままのコースを維持して。必ず道が見えるから」

マリアの言葉通りしばらく飛ぶと、ジャングルの木々のすきまに細い道が見え始めた。

「目を離しちゃダメよ。見失ったらもう見つけることが出来ないわよ」

マリアと野村が防風ガラスにくっつくように身を乗り出してくる。

「もっと右に回って。それから真っすぐよ」

「道を見失うぜ。俺にはもう見えない」

「そのまま飛んで。私にも見えなくなった。たぶん、ここからは見えないほど細い道」

「しっかり見ろ。俺には見えてるぞ」

峯崎の声に二人はもう一度、目を凝《こ》らした。

峯崎は高度を下げていった。

ジャングルの木々のすきまに、切れ切れに白い線が見える。あれが道だ。しかし、その道はあまりにも頼りなく、歩く者はいない。

「あれが彼女の言ってた乙地点？」

確かに広場のような場所に小さな小屋が建っている。だがやはり、人の姿は見えない。

「敵だと思ってるのよ。日本機がこんなところ飛んでるはずがないものね。我々を見て姿を隠している」

「もう一度、あの辺りを飛ぶ。しっかり見ててくれよ」

峯崎はダコタを旋回させた。巨大な飛行機はよたよた歩くアヒルのように、大きくゆっくりと旋回する。

野村とマリアは荷物室に戻った。

「投下穴を開けて」

「何だそれは。聞いてないぞ」

マリアが荷物室の中央に置いてある箱を移動させた。床の取っ手を持って力を入れて引いた。一メートル四方の穴が口を開き、風が吹き込んでくる。

「こんなの零式輸送機にはないはずだぞ」

「ラデンとサルジョノがつけたのよ。使い道は色々あるわよ」

野村が四つん這《ば》いになって覗き込んでいる。

「気をつけてよ。あんたが落ちても意味ないんだから」

マリアは食料の入った箱を投下穴の近くまで引きずりながら言った。

野村が慌てて手伝い始めた。すぐに十箱の木箱が投下穴の周りに並べられた。マリアと野村は木箱に手をかけた。

「投下準備完了。いつでもいいぞ」

「待って」

マリアは叫んで、首のスカーフを取って指から外した指輪を包んだ。

一瞬、野村の目がマリアの首筋に集中した。

「なに、のんびりしてる。チャンスは一度しかないんだぞ」

「あの女の人の子供の手に渡るかもしれない」

野村はシャツを脱ぐと、さらにそのスカーフをていねいに包んだ。

「そう、その調子よ。人影が見えた。小さいわ。きっと女の人の子供よ」

床の投下穴から地上を見ていたマリアが声を出した。野村が横から覗き込んでいる。

「投下準備完了、もう少し高度を下げてくれ。これじゃどこに落ちるか分からないぜ」

「ジャングルの中に落ちると、彼らには回収できないわ。しっかり道に沿って飛んでよ」

「ジャングルの木に接触するほど低空飛行する。腰を抜かすなよ」

峯崎は二人に向かって叫んだ。

「いつでもいいぞ。やってくれ」

野村の声と同時に、ダコタの高度が下がり始めた。

道にはいつのまにか人があらわれ、周りのジャングルに逃げ込んでいく。

「低く飛ぶのよ。出来るだけ低く」

「分かってるよ。それが命がけなんだ。誰も撃ってくれるなよ」

峯崎は祈るような気持ちで呟いた。

銃声が響いた。やはり、アメリカ軍の爆撃と勘違いしたのだ。

数発の弾丸が不気味な音をたてて機体を貫いていった。

峯崎はダコタの高度を上げた。ジャングルが遠ざかっていく。

「バカ野郎。俺たちは味方だぞ。食い物を持ってきてやったんだ」

野村がジャングルに向かって怒鳴っている。

「どうする？　こんなところであいつらに撃たれて死にたくはないぜ」

「拳銃くらいどうってことないでしょ。私たちはグラマンの機関銃で撃たれたのよ。それでも落ちなかった。ラトゥ・キドルよ」

「最高に頼りになる女神様、ってわけか」

「戦闘機の機銃だろうが拳銃だろうが、当たり所が悪ければ墜落する」

「もう一度飛ぶのよ。あなたにも肝っ玉ってものがあるでしょ」

「今度が最後のチャンスだ。燃料がなくなる」

峯崎は大きく旋回して、もとのコースに戻った。

ダコタはジャングルの木々をかすめるように飛んだ。銃声が激しくなった。

「落とせ」

峯崎の声と同時にダコタから次々に木箱が投げ落とされていく。

広場のほぼ中央で木箱が砕け散るのが見えた。乾パンと缶詰がまき散らされたのだ。戻って確かめる余裕はなかった。燃料がどこまでもつか分からない。

ダコタは高度を上げ始めた。できるだけ遠く飛ぶんだ。海の見える所まで。

「届いたかしら。あの女の人の子供たちに」

操縦席に来たマリアが呟くように言った。

「やれるだけのことをした。俺たちにはこれ以上のことはできない」

「分かってるわ。後はお願いね」

マリアが珍しく殊勝な言葉を呟いて座り込むと、機体に寄りかかって目を閉じた。

「マリアの様子がおかしい。大丈夫か」

峯崎が怒鳴ると、野村が飛び込んできた。

「どうしたマリア」

野村の呼びかけにも答えない。

「血だぜ。腕を撃たれてる。目を開けろ」

「心配してくれてるの。かすっただけ。でもありがとう」

「この野郎、脅かしやがって。俺が手当てしてやるよ」

マリアは珍しく素直に野村の言葉に従った。

「お前の指輪もでかくて綺麗だったのに。あんな野郎にやることなかったぜ」

「ママがくれたものよ」

「じゃ、大事なものじゃないか」

「指輪がなくても、ママは私の中にずっと生きている。でも、あの女の人の子供は、きっとまだ小さいから」

「くそっ、俺が必ず取り返してやる。あの指輪は絶対に子供たちに届いてるぜ。俺が保証する」

マリアの目が、喉元を見つめている二人の目をとらえた。二人は慌てて目をそらせた。首から胸にかけて一筋の肉の引きつれが走っていた。二十センチ近くある切り傷を縫《ぬ》い合わせた痕《あと》だ。傷も縫い痕もはっきりと残っている。素人がかなり乱暴に治療した傷なのだろう。

「昔の傷よ。もう六年も前」

マリアが口を開いた。

「戦争になる前か」

マリアは頷《うなず》いた。

「オランダ兵に切られたのよ」

マリアはそれっきり黙り込んだ。二人も何も聞かない。

峯崎はスピードを上げた。ダコタは風に乗るように軽やかに飛んでいる。しかし燃料計を見るとゼロを指して動かない。

「これから着水する。用意はいいか」

「海なんてないぜ。どうするって言うんだよ。こんなでかい相棒を連れて。だから俺は島を離れたくなかったんだ」

「ほんとう。どこに行くって言うのよ」

野村に支えられて、腕に包帯を巻いたマリアが操縦室に入ってきた。

マリアの声からも今までの威勢の良さが消えている。

「相棒に聞いてくれ」

峯崎は前方にあらわれた陽の光を受けてさざめく様に輝く海を見ながら言った。

4

やがてダコタの下には海が広がった。

野村とマリアも操縦席で防風ガラスに額《ひたい》をつけて眼下を見ている。

ボルネオ島の海岸とまわりに散らばる島々が見える。

「陸地に近いところに早めに降りようぜ。海の真ん中に着水なんてすると蹴飛ばすぞ。またサメの海を泳ぐのは死んでも嫌だぜ」

「どこに行くつもり。当てはあるんでしょうね」

ダコタが高度を下げ始めた。海面のきらめきが見る間に迫ってくる。

「もっと高く飛びなさいよ。それとも高所恐怖症になったの」

「黙って周りを見張ってろ。着水したとたん日本軍が飛んできちゃたまらないからな」

「このあたりに日本軍の基地なんてあるのか。あってもとっくに逃げ出してるだろ」

「あの湾に着水する。こいつは離着水がメチャメチャ難しいんだ。何かにしっかりつかまって、祈ってろ」

本音だった。口には出さなかったが飛び立った時、よく飛べたものだと感心した。着水した時は、勢いでフロートが沈み、横波を受けてひっくり返るか、そのまま沈んでいくのかと思ったほどだ。

峯崎は操縦桿を押した。ダコタはさらに高度を下げ始める。

衝撃がダコタを襲った。海面に叩きつけられたのだ。小さく二、三度バウンドする。

マリアと野村は青い顔をして機体にしがみついている。

ダコタは海面を滑走して、やがて止まった。

ダコタはゆっくり入江に入り、奥に向かって進んだ。前と同様にマングローブの林の中に隠すのだ。


ダコタは入江の奥に止まっていた。

機体の半分はマングローブの林に隠れているはずだ。そして残りの部分には木の枝でカモフラージュがほどこしてある。

峯崎、野村、マリアの三人はそれぞれ勝手な方向を向いて荷物室の床に座っていた。

峯崎は目を閉じて、眠っているようにも見える。

最初に口を開いたのは野村だった。

「ガス欠じゃ、どうしようもないな。これからどうする」

「何とか言いなさいよ。なんの知恵もなくて、こんなところに着水したの。だったら本物の大バカだわよ」

無言で目を閉じている峯崎に、マリアが怒鳴るように言った。着水前は青くなって機体にしがみついていたが、着水後は元の威勢のいい女に戻っている。

「黙ってろ。夜になるのを待ってるんだ」

峯崎がうすく目を開けて言った。

「なにがあるの、ここに」

「俺のいた秘密基地がある。ここは基地から一キロほど南の入江だ」

「おまえ、基地に戻るつもりか。すぐに拘束されるぞ。特攻に失敗した上、こんな飛行機を操縦しているのを見つかったら、ただちに銃殺だ」

「その通りだ。だがいくら隠れててもいずれ見つかる。その時はその時だ」

「何を考えてる。まさか昔いた基地から燃料を盗むつもりじゃないだろうな」

「日本軍の飛行場があるところだ。航空燃料もある」

「飛行場？　そんなの知らないぞ。この辺りの航空基地で、いちばん近いのがサンダカンだと聞いていた」

「レイテ沖海戦後に作られた秘密基地だ。レイテの生き残りを集めた」

空母を失った海軍が特攻専用に作った基地だ、という言葉を呑み込んだ。

まだ十人以上の本土から送り込まれてきた若い特攻要員がいた。彼らはもう出撃したのだろうか。いや、そんなにゼロ戦は残っていなかった。

「どうなっているか分からんが行ってみる」

「航空燃料は必ずあるの」

マリアが心配そうな目を向けてくる。

「前はあったが、今は不明だ。たとえあっても、黙って分けてはくれないだろうが」

「大日本帝国海軍から燃料を盗もうってのか。見つかれば間違いなく銃殺だぞ。俺は絶対に嫌だね」

「俺だって銃殺なんてまっぴらだ。あんた、脱走兵だろ。いくらレイテで沈没した艦に乗ってたとしても、戻るチャンスはいくらでもあったはずだ。あの島に隠れていたんだ」

峯崎の言葉で野村の顔色が変わった。

「おまえだって特攻の生き残りだ。命が惜しくて不時着したんだろ」

峯崎は言い返せなかった。そうではない。喉元《のどもと》まで出かかった言葉を呑み込んだ。いくら言っても信じてはもらえないだろう。しかし、自分自身にも命を惜しむ心が全くなかったとは言えない。

マリアが二人を見ている。時々、悲しそうに首を振った。

「やめて。喧嘩するのは。私たちにはどうしても燃料が必要なの。それだけを考えて」

マリアの言葉に二人は口を閉ざした。

「基地の様子は知ってるのね」

「見張りは厳重だ。連合軍とゲリラの両方からの攻撃の危険にさらされているんだ。連合軍は爆撃だけだったがね」

少なくとも峯崎が出撃する時は、まだ発見されていなかった。サンダカンを爆撃した爆撃機が、基地の上で残った爆弾を捨てていく程度だった。しかし近い内に発見され、本格的な攻撃が始まる予感はずっとしていた。

やがて大気から陽の輝きが消えていった。

闇が広がるとジャングルが目を覚まし、様々な生物の声が呼び掛けてくる。

その声を貫くように砲撃の音が響き始めた。かなり近いものもある。

「ボートで基地近くの陸に上がって、基地に忍び込む。トラックが手に入ればいいが、なかったらドラム缶一個を手押し車で運んで来る」

峯崎が言ったが、誰も答えない。言葉ほど簡単でないことは分かっているのだ。

「そうと決まったら、さっさと用意しましょ」

しばらくしてマリアが立ち上がった。

「だから気が乗らなかったんだ。他にもっとましな方法はないのかよ。手押し車がなけりゃ、転がしてくるか」

「他になにか方法はあるか」

「大日本帝国海軍の秘密基地に泥棒に入ろうっていうんだ。しかも盗むのは、貴重な戦略物資の航空燃料だ。俺もおかしくなっちまった」

野村はやけのような声を出した。

峯崎も同様な気分だった。基地に燃料を盗むために忍び込む。少し前までは考えてもみなかったことだ。

「みんなおかしなやつらなんだ。この戦争をやってるやつら全員が」

両親も妹も、兄もこの戦争で死んでしまった。そして、自分も死ぬことになっていた。だが、生き残った。自分にはもう失うものなど何もないのだ。怖いものもない。野村も同様な気持なのだ。そう思うと、妙な親近感がわいてきた。しかしマリアは——なぜこれほどまでに必死になっている。峯崎は湧き上がってくる思いを振り払って、次の行動に集中しようとした。

夜中の一〇時をすぎてから三人の乗ったゴムボートは出発した。

マングローブの間をぬって進んでいく。

峯崎と野村の櫂《かい》を漕ぐ水音だけが夜の海に響いていた。

野村がボートの中に身を伏せて、腕だけを突き出して漕いでいる。暗い水面を見つめていると、腕が伸びてきて引きずり込まれそうな錯覚に陥るのだ。

マリアはボートの船尾に座り、闇の中を見通すように前方を見つめている。その横顔には何だか分からないが強い意志が感じられた。

「まだか」

漕ぎ始めて三十分ほどたった時野村が声を出した。

「あの空を見て」

マリアの視線の先に目を向けると、ジャングルの上空が赤みを帯びている。

「空襲に備えてすべての明かりを消しているはずだが」

「なにか臭わない」

マリアが二人を押しのけるように身体を乗り出してきた。

油やゴム、金属の燃える臭いが入り混じった空気が前方から流れてくる。

「ボートを進めて。音をたてないでよ」

峯崎と野村はゆっくりと櫂を動かした。

漕ぎ進むにつれて、臭いはますます強くなった。

峯崎は漕ぐ手を止めた。

「陸《おか》に上がろう。様子がおかしい」

ボートをゆっくりと岸に寄せた。

陸に上がるとさらに強烈な臭いを含んだ煙が流れてくる。

峯崎はボートから降りるとジャングルの中を基地に向かって走った。その後を二人が慌てて追いかけた。

ジャングルを抜けるとすぐに峯崎は立ち止った。

「何があったんだ」

追いついた野村が呟いた。

前方に広がる滑走路は、昼間のように明るかった。

数機の飛行機が燃えているのだ。その間を、人が入り交じって走っていく。滑走路にも直径数メートルの穴が無数に開き、アスファルトが燃えて黒煙が上がっている。

「艦砲射撃と爆撃だ。基地が発見されて攻撃された」

「ひどいわね。なにも残っていない」

屋根の半分が燃えて炎を上げているのが格納庫だ。設営部隊が半地下の基礎を掘り、さらに森林に偽装した屋根だ。

「無差別艦砲射撃には、いくら隠しても効果はなかったか」

峯崎は呟くように言った。

「なにぶつぶつ言ってるんだ。航空燃料はどこだ。この隙にいただこうぜ」

野村が峯崎の背中を叩いて促した。

マリアをジャングルに待たせて、二人は格納庫に向かって走った。

滑走路のいたるところでトラックや戦闘機が燃えている。移動させる時間もなく、一気にやられたようだった。

「誰か来てくれ。出られないんだ」

横倒しになったトラックから声が聞こえる。滑走路に開いた穴に突っ込んだのだ。

「急げ。のんびり人助けなんかしてる場合じゃないだろ」

立ち止まろうとする峯崎の腕を野村がつかんだ。

峯崎はその腕を振り切って、トラックのところに行った。

中にはまだ数人の兵士が乗っている。

「運転席のドアが開かない。フロントガラスを破って、上の奴を引き出してくれ」

峯崎はトラックの前に倒れている兵士の銃を取って、銃床で横倒しになったトラックのフロントガラスを力任せに叩いた。ガラスに亀裂が入り、広がって行く。

「火が回ってる。すぐに爆発するぞ」

中から声が聞こえる。エンジン部に炎が見えた。

「早く出ろ」

峯崎はフロントガラスを取り去ると、運転席に上半身を入れてハンドルを抱くように突っ伏している男を引き出そうとした。しかし、下半身が座席に挟まれていて動かない。渾身の力を入れて引いたが動く気配はなかった。

「どけ」

野村がどこかから持ってきた鉄パイプをハンドルと座席の間に突っ込んだ。

「俺の合図で引き出せ。やれ」

野村は鉄パイプをつかんでいる腕に力を込めた。隙間がわずかに広がった。

峯崎が男を引き出すと、さらにその下に別の男の姿が見える。

引き出そうと男の軍服をつかんだ手が止まった。顔は血とススで汚れてはいるが鈴木だ。相手も峯崎の顔を見詰めている。

「早くしろ。燃料に火が回るぞ」

野村の声で我にかえり、鈴木を引き出した。

「離れろ。爆発する」

峯崎は鈴木を抱えるようにしてトラックから離れた。

その瞬間、強い力で背中を押され、鈴木とともに飛ばされた。

滑走路に叩きつけられてからトラックの方を見ると、炎の塊になっている。

「危なかったぜ。早いとこ燃料をいただいてずらかろう」

駆け寄ってきた野村が峯崎を抱き起こした。

走りかけた峯崎の足が止まった。

鈴木が滑走路に倒れたまま強張《こわば》った顔で峯崎を見ている。

「生きていたんですか……」

「爆撃か？」

峯崎は鈴木のところに行った。鈴木は額と腕から血を流している。額のキズは大したことはなかった。ベルトを外して、腕の付け根を強く縛った。

「日が暮れる前に爆撃がありました。昼間哨戒機が何度も飛んでましたから。ついに基地が発見されたんでしょう。爆撃の後は艦砲射撃です。おかげでこの基地は見ての通りです」

「ゼロ戦は？」

「大部分が爆撃でやられました。突然だったので、避難させる時間はありませんでした。残っている飛行機は、赤トンボだけです。それも穴だらけで飛べるかどうか。飛べたって、機銃すら積んでいない。あんなポンコツで何をしようというんですか。いったい、僕たちは、日本はどうなるんですか」

鈴木は一気に言うと急に黙り込んだ。しゃべりすぎたことを後悔するように唇を噛みしめ視線を落としている。

「航空燃料は残っているか」

峯崎の言葉に鈴木が顔を上げた。峯崎を見つめている。

「今日、敵が狙ったのは戦闘機です。燃料庫は無事です。でもまた爆撃にきます。今度は燃料庫を狙って」

「車は？」

峯崎は鈴木の視線を追った。滑走路の端にトラックが停まっている。

「なんとか数台は無事だったようです。私もトラックを避難させていて、滑走路の穴に突っ込み横転しました。峯崎中尉は、まさかトラックを――」

「きさまは俺と会ったことは忘れてくれ。これから起こることもだ」

「何をやろうというんです。あなたは特攻に出撃して死んだことになっています。見つかればタダではすみません」

分かっていると峯崎は鈴木に目で答えた。

「きさまは、以前、俺のためには何でもすると言ったな」

「言いはしましたが……」

言葉を詰まらせた。

「このまま逃げてください。その服装でつかまると下手すると銃殺されます。特に、あなたは――」

「何をやってるんだ」

その時、頭上から太い声が降ってきた。

峯崎は反射的に立ち上がった。

上杉中尉が峯崎を見つめている。松葉杖をつき、足元を見ると右靴しか見えない。左足首から先がないのだ。頭に包帯を巻き、顔半分に火傷《やけど》のケロイドが残っていた。

「きさまは……」

上杉の口から掠《かす》れた声が漏れた。

「生きていたのか」

立ち去ろうとした峯崎の腕を上杉がつかんだ。

「この卑怯者《ひきょうもの》が。おめおめ生き残って。やはりアメリカ野郎だったな」

峯崎の頬が鈍い音を立てた。峯崎はなんとか踏みとどまったが、唇が切れて血が流れているのが分かった。片足でのパンチだったが、かなりの威力がある。

上杉の拳が続けて峯崎の顔に入った。鼻血と唇からの血で峯崎の顔は赤く染まった。耐えきれずバランスを崩した。上杉は滑走路に倒れた峯崎の身体を松葉杖で殴り始めた。背、腹、尻……。狂ったように殴り続ける。峯崎はただ手足を丸めて殴られるままになっている。

横ではこわばった顔の野村が硬直したように突っ立っていた。

「やめてください。もう十分でしょう」

鈴木が上杉の前に立った。

「きさままで俺に逆らうのか」

上杉は鈴木を押しのけて、なおも峯崎を殴ろうと杖を上げた。

その時上杉の動きが止まり、振り上げた杖を下げた。

「やめるのよ」

マリアが立っている。そしてその手には拳銃が握られていた。

「なんだ、混血女か。おまえが何の――」

その言葉が終わらないうちに、銃声と共に上杉の帽子が吹き飛んだ。

上杉の表情が変わった。

「今度は帽子じゃすまないわよ。日本軍の将校だって容赦しない」

マリアは拳銃を上杉の胸元に向けた。

落ち着いた声と態度は、その言葉に充分な重みを与えていた。

「さあ、行くわよ」

マリアは野村に言った。野村は我に返ったように、峯崎を抱き起こした。鈴木もあわてて峯崎に肩を貸した。

「あんたは動かないで。女、しかも混血女に撃たれて死んだんじゃ、日本の兵隊さんの恥でしょ」

マリアは軽蔑を込めた顔で言うと、拳銃を上杉に向けたまま後ずさった。

「どうしたのよ。あんな男にいいようにされて」

「ゴメンよ、俺、動けなかったんだ。おまえを助けなきゃって気はあったんだけど、身体が動かなかったんだ」

野村が声を詰まらせながら峯崎に言った。目には涙が浮かんでいる。下士官が士官に歯向かうなど、普通は考えられないことなのだ。

「俺は国を裏切ったんだ。自業自得だ。だが後悔なんてしていない」

峯崎が低い声を出した。

「上杉中尉を恨まないでください。あの出撃では結局、敵艦隊は発見できませんでした。帰還できたのは、上杉中尉を含めて五機。どの機も帰ってこられたのが奇跡のような状態でした。中尉は、左足首から切断。顔も火傷を負っていました。しかし、あれだけ大言をして特攻に出たのに生きて帰ってきた。皆口には出しませんが、そう思っています」

「いちばん苦しんでいるのは、あの人自身だ」

峯崎は低い声で言った。

「航空燃料を持っていくつもりですか」

鈴木が峯崎を支えて歩きながら聞いたが、峯崎は答えない。

鈴木は立ち止まった。

「やはりこのまま黙って見逃すわけにはいきません」

鈴木は峯崎から離れて向き直った。マリアは拳銃を持ったまま三人を見ている。

「私は峯崎中尉殿には命を救われました。しかし、私は大日本帝国海軍の士官です」

峯崎は上がりかけたマリアの腕をつかんだ。

その時、滑走路の反対側から腹に響く音が伝わってくる。

格納庫の方を見ると、火の手が上がっている。

「爆撃か艦砲射撃か」

野村が呆然とした表情で言った。

「彼ら本気だったんだ」

「何が起こった」

「明日にでも連合軍が上陸してくるって噂があるんです。ここも撤退することになっていますが、その前に基地をすべて破壊するようにと命令が出ています」

「航空燃料を運び出すんだ」

峯崎が叫んで走り出した。三人が後に続く。

「急げ。持っていけないものは全部放り込め。使えるものは敵の手に渡すな。司令部からの命令だ」

数人の兵士が下士官の指示に従って、工具を炎の中に放り込んでいる。

「くそっ、罰当たりなやつらだ」

それを見ながら野村が悔しそうに言った。

「大場曹長は？」

峯崎は、目で大場の姿を探しながら聞いた。

「最初の爆撃で、ゼロ戦を避難させようとしていた時に直撃弾を受けて――。でも、この光景を見ないで済んで幸いだったかもしれません」

「航空燃料はこの中にあるんでしょ」

「ダメだ。もう手遅れだ。諦めろ」

格納庫に飛び込もうとするマリアの身体を野村が抱えた。

「逃げろ。すぐに燃え落ちるぞ」

兵士が叫びながら格納庫から飛び出してくる。

「でも、あれがなくてはラトゥ・キドルを飛ばせないのよ」

マリアは必死に野村の腕を振り払おうと暴れている。

峯崎は半分焼け落ちている格納庫に飛び込んで行った。

格納庫の奥に数個のドラム缶を積んだトラックが止めてある。あれがそうだ。

炎がさらに激しくなった。オイルが燃えた黒っぽい煙が一面に立ち込めている。

峯崎はその中を腰を低くして駆け抜けて行った。

トラックの運転台に飛び込んでエンジンをかけた。エンジンはかからない。

マリアが運転席に駆け込んできた。

「早く降りるのよ。死にたいの」

峯崎はマリアの言葉を無視してキーを回し続けている。マリアが峯崎の腕をつかんだ。

「あなたに死んでもらいたくないの。生きててほしいのよ」

峯崎のキーを回す手が止まった。

「このトラックは故障してるのよ。だから、置いていくんだってあの人が言ってる」

マリアの指す方を見ると、格納庫の入口で鈴木が必死で怒鳴りながら、腕でバツ印を作っている。しかし、その声も燃え盛る炎の音と爆発音でかき消されて聞こえない。

「おまえはしっかりハンドルを握ってろ。俺はトラックを押す」

峯崎はマリアにハンドルを握らせるとトラックを飛び出した。

峯崎がトラックの背後に回るとすでに野村が荷台に手をかけている。

二人は懸命にトラックを押した。初め微動だにしなかったトラックがわずかに動き始め、そしてまた動かなくなった。

「これ以上は無理だ。火がドラム缶に引火すると爆発する。俺たちもまる焼けだ」

野村が悲鳴のような声をあげる。その時、二人の間に男が入ってきた。

なにも言わずトラックを押し始めた。鈴木だ。

「俺の合図で押せ」

峯崎の合図と同時にカタンという音がしてトラックが動き始めた。

そのまま三人でトラックを押しながら格納庫の外に出た。


格納庫の前に数人の日本兵が集まって、中に向かって大声を出している。

振り返ると、燃え盛る格納庫の真ん中に人が座っている。

「上杉中尉……」

「放っておけ。死にたい奴は死なせればいい」

野村は峯崎の背を押して、早く行くよううながした。

火はすでに屋根に回り、一部では崩れ落ちている。

残っている燃料が爆発するたびに、熱風が噴き出してくる。

走りかけた峯崎の足が止まった。

「きさまは命を大事にしろ」

格納庫に飛び込もうとする鈴木の腹を殴りつけた。鈴木は腹を押さえてしゃがみ込んだ。

峯崎は放水ポンプに走ると、全身に水を被った。横に立っていた航空兵のマフラーを取って水につけると、口にあてて格納庫の中に飛び込んでいった。

峯崎が上杉のところに駆け寄ると、上杉は目を閉じて座っている。

「上杉さん、逃げるんだ」

「俺はここで死ぬ。この身体だ。もうお国のためには働けない」

「家族がいるんでしょう。姉さんや弟がいると聞いています。家族のためになら働けるはずです」

上杉が顔を上げて峯崎を見た。

その目は炎を映し赤く染っていたが、涙が浮かんでいるようにも見えた。

大きな爆発音とともに熱風が峯崎の身体を包んだ。その瞬間、無意識のうちに上杉の身体に覆いかぶさっていた。

「崩れるわよ」

顔を上げると格納庫の出入口のところでマリアが懸命に叫んでいる。

「早くして。時間がない」

上杉を見るとぐったりしている。気を失っているのだ。

峯崎は上杉の身体を担ぎ上げると走り始めた。

その直後、二人のいた所に天井から鉄骨が音をたてて崩れ落ちてくる。熱風と轟音が二人を包んだ。

峯崎は上杉の身体を担いで必死で走った。

格納庫の出入口に近づいた時、マリアと野村が飛び出してきた。

二人を支えて、格納庫の外に連れ出した。

「死んじゃうかと思ったわ。せっかく今まで生き残ったのに」

「呆れたね。あんたの無鉄砲さには」

「この人、どうするの。あんたを殺そうとした人よ」

「俺は殺されて当然のことをしたんだ。弁解は出来ない」

「行きましょ。燃料が手に入ったのよ。こんなところに長居は無用よ」

「こいつは？」

野村が上杉を顎で指した。

上杉はまだ気を失ったままだ。

「放っておくさ。俺を憎みたければそれもいい」

「だったら、早く逃げようぜ」

三人の横にトラックが止まった。

運転席にいるのは鈴木だ。横には峯崎が見たことのある特攻要員の若者が座っている。

「航空燃料、積み替えておきました。どうせ、燃やすものです」

峯崎はマリアと運転席に乗った。野村は荷台に乗って、ドラム缶を調べている。

トラックは爆撃と砲撃で穴だらけの滑走路を走った。

滑走路の端で鈴木はトラックを止めた。

「一緒に来ないか。ここから脱出するんだ」

「残ります。自分は帝国海軍の士官です」

鈴木はきっぱりとした口調で言い切った。

「これからどうする」

「部隊と行動を共にします。サンダカンの日本軍はコタキナバルに移動して戦えという指示が出ています」

「やめろ。ジャングルを横切るコタキナバルまでの道は死体であふれている。実際に通った日本人から聞いた話だ」

峯崎は思わず声を上げた。

「独立派住民のゲリラですか。我々は戦います」

「ジャングルのせいだ。飢えとマラリアと赤痢。食料なんてない。日本人には過酷なジャングルだ。死体は獣と虫に食われて悲惨な状況だったそうだ。そういった死体が道に沿って、何十、何百も並んでいる」

鈴木は考え込んでいる。

「命は大切にしろ。捕虜になっても死ぬな。アメリカは捕虜をむやみに殺したりしない。人の命は尊重する。きさまだって分かってるはずだ。生きろ」

鈴木は無言で聞いているだけだ。

「早く行こうぜ。何が起こるか分からない。女神が待ってる」

野村が炎と黒煙を上げる格納庫を見ながら峯崎の肩を叩いた。空気を裂く音が近づく。

マリアの声と共に爆発音が聞こえ、滑走路で土煙《つちけむり》が上がった。同時にいたるところで土煙が上がり始めた。

「伏せて」

「また艦砲射撃が始まった。沖合の巡洋艦からだわ」

すさまじい艦砲射撃が続き、見る間に滑走路が壊されていく。

「急ごうぜ」

野村が鈴木を押しのけ、トラックの運転席に乗り込んだ。マリアが野村に続いた。

峯崎が乗るとトラックはすぐに走りだした。

「あの人、どうするつもりなのかしら」

マリアが滑走路に立つ鈴木の姿を振り返りながらぽつりと言った。

「どうせ残ってる飛行機で特攻をやるか、コタキナバルに行って向こうの日本軍に合流するか。たどり着く前に野垂《のた》れ死にするか。いずれにしても死ぬだけだ」

野村が吐き捨てるように言って、アクセルを踏み込んだ。

「あいつらに、捕虜になっても生き抜く根性なんてありゃしないんだ」

野村は呟くように言ったが、その表情は硬く暗い。

「やめてよ。あの人だって、まだ二十歳を出たばかりでしょ。死ぬなんて悲しすぎる」

「死ぬって決めつけるなよ。俺だって乗ってた船が撃沈されてサメのいる海を三日間漂流したが、まだ生きてるんだ。こいつだって特攻直前までいっても生きてる。あいつだって生き残ることはできる。その気にさえなれば」

野村が前の言葉とは正反対のことを言って、同意を求めるように峯崎を見た。

「戦争はもうすぐ終わる。終わらなきゃ日本が滅びる。原子爆弾は一発なんかじゃないはずだ。いずれまたどこかに――いや、すでに落とされているかもしれない」

「やめてくれ、そんな話」

「日本人はアメリカの底力をしらない」

トラックの前方に土煙が上がった。三人は思わず首をすくめた。艦砲射撃の轟音が大地と大気を揺るがして伝わってくる。

「クソッ。俺はなんとしても生きのびてやる。母ちゃんや父ちゃん、姉ちゃんや妹たちの分も生きてやる」

野村はハンドルにしがみついて、前方を睨みながらアクセルを踏み込んだ。

「しっかり口を閉じてろ。舌をかむぞ」

トラックは基地を出ると細いでこぼこ道を湾に向かって走った。

湾に着くと峯崎の指示でトラックは湾に沿って走った。途中でゴムボートをトラックに積んだ。ダコタを止めたいちばん近い地点にまでトラックで行きたい。

トラックを止めるとマングローブの林の中、二〇メートルほど先にダコタが見えた。

「明るくなるまでに燃料を積み込む。陽が上り次第、飛び立とう」

峯崎は荷台のドラム缶の状態を調べながら言った。

ボートに積んであった燃料缶に航空燃料をドラム缶から移し替えた。

「いっぱいには入れるな。重すぎると運べない。七分目にして運ぶ」

その燃料缶をボートに積んで、ダコタまで運ぶのだ。

燃料を入れ終わったころには東の空が白み始めていた。残りの燃料は燃料缶に入れて、ダコタまで運んだ。

三人は荷物室の床に倒れ込んだ。

峯崎は目を閉じればそのまま眠り込んでしまいそうだ。

辺りが赤みを帯びてきた。マングローブの林のすきまから朝日に輝く海が見えた。

「さあ、飛ぶのよ。この積荷を待っている人たちがいる」

マリアは二人に向かって言うと、立ち上がった。

第5章 旅立ち

1

「あまりいい燃料じゃないな」

　エンジン音を聞いていた野村が言った。

「日本軍は、こんな粗悪なシロモノしかもはや用意できないのか……」

「俺たちはゼロ戦を飛ばして戦ってた。この粗悪品でな」

　峯崎はゆっくりとスロットルを引いた。不規則な音は消えていったが、エンジンの回転は上がらない。峯崎の顔がこわばった。このまま回転が上がらなければ――。

　それでもダコタはゆっくりと動き始めた。突然、喉のつっかえが降りたようにエンジンが高速回転を始めた。峯崎の顔がやっとゆるみ軽い息を吐いた。

　ダコタは徐々にスピードを増し、水面を離れて行った。フロートがついている分、空気抵抗が大きくなり、このダコタは軍輸送機のC47より遅くなっている。なにが女神だ。やはり食いすぎのデブっちょアヒルだと、峯崎は毒づいた。

周りには抜けるような青空が広がっている。

峯崎は久しく感じたことのない解放感にひたった。俺は自由だ。誰からも束縛されることもなく、自分の意思で大空を飛んでいる。大声で叫びたい衝動に駆られた。かつて感じたことのない自由な気分だった。

その時、背後に異様な気配を感じた。

目の前を黒い塊がかすめた。グラマンだ。

「敵機だ。逃げろ」

野村が操縦席の横に来て叫んだ。

「スピードが違う。逃げ切れるもんじゃない」

「パイロットの腕でなんとかしろ。世界一じゃなかったのか」

「飛行性能はブタとライオンだ。ブタがライオンを振り切って逃げ切れるか」

峯崎は操縦桿を引いて急旋回しながら言った。少しでも敵を視界に入れておきたい。

「何とかならんのか」

野村の声のトーンが落ちた。彼も機の性能の違いは十分に理解しているのだ。

「ならないね」

「やめてよ、おかしな飛び方をするのは」

マリアが操縦室に入ってきた。

「二人でなに騒いでるのよ」

両目をいっぱいに開けた野村が前方を指さした。マリアの顔がひきつる。

三人はそろって首をちぢめた。

グラマンが正面から突っ込んできて、天蓋をかすめるように上昇していった。パイロットは——たしかに笑っていた。

「あの野郎、からかってるんだ。こっちに機銃がないのを知ってる」

「機銃はなくても銃ならあるぜ。自動小銃だ」

「よせ。小銃でグラマンは落とせない。かえって相手を刺激するだけだ」

しかしこのままだと、いずれ落とされることは分かっている。

不思議と恐怖はなかった。むしろ解放された気分だった。どうなってもこのまま大空を飛び続けていたい。

飛び去っていったグラマンがまたすぐに戻ってきた。

ダコタを追い抜き、しばらくしてまた正面からやってくる。

「あの野郎。どうする気なんだ」

「衝突する」

マリアの悲鳴のような声が上がる。

グラマンは機首をダコタに向けて向かってくる。機銃の引き金を引けば、操縦席はまともに銃弾を受け、パイロットの身体は肉片となって飛び散るだろう。

峯崎は思わず目を閉じそうになった。

〈飛行機乗りはどんな時にも目を閉じちゃいかん。眠る時も目を開けとるもんだ〉ヘンリーはそう言って、声を上げて笑った。

峯崎は必死で目を開けて敵を追った。

グラマンは前と同様に衝突寸前に数メートル上を飛びぬけて行った。

ダコタの機体は風圧で分解しそうに振動した。

峯崎はグラマンを追ってダコタを旋回させた。焦る意思に反して、その旋回半径は間延びするほど大きく時間がかかる。

「何をしようってんだ。こっちは機銃なんて積んでないぜ」

「後ろにつかれたくない。撃墜されるにしても、正面から銃弾を受けてやる」

ダコタがやっと方向を変えた時、グラマンが再度こっちに向かってくるのが見えた。

「また戻ってくるぞ。よほど俺たちをいたぶりたいんだ」

「根性の悪い奴だぜ。生殺しにする気だ」

腕はいい。撃墜する気なら簡単にやれるはずだ。

「構わんから、ぶつけてやれ。こっちの方がでかいぜ」

野村が怒鳴った。

「やめて。大事な荷物を積んでるのよ」

「このままじゃ、どうせ殺されるんだ。だったら道連れだ」

「やめて。バカなまねは」

マリアの叫びとともにグラマンが再び機首を上げて眼前を上昇していく。

「どうせ脅かしてるだけだ。このまま飛び続ける」

峯崎の言葉が終わらないうちに、銃撃音が聞こえた。機体の胴体部に銃弾の当たる金属音が響いてくる。

「野郎、撃ってきやがった」

引き返してきたグラマンは、再び銃撃して飛び去っていった。無数の銃弾を受けたにもかかわらず、ダコタは何事もなかったように飛び続けている。

「機体が穴だらけだ。あの野郎、やっぱり遊んでるんだ。操縦席やエンジンを撃てば一発で終わりなのに」

野村の言葉に、マリアが荷物室に飛び込んでいった。

「何してるんだ」

「死にたくないんでしょ。だったら手伝って」

マリアは叫びながら防水布をはぎ取って、奥の木箱の一つを引き出した。懸命に木箱を開けようとしている。

「どけ」

野村はマリアを押しのけると、機体の壁に備え付けてあるオノを取って木箱を殴りつけた。ふたの板が外れて中身が見えた。油紙に包まれた棒状のものが入っている。先からのぞいているのは銃身だ。

「金の延べ棒じゃなかったのか。おかしいとは思ってたぜ」

「金塊じゃ弾は出ないわよ。こっちの木箱も開けて」

マリアが別の小ぶりの箱を引き出した。野村がオノで殴りつけると、ふたが飛んで、中にはマガジンがぎっしり入っている。

マリアは自動小銃の油紙をはがしてマガジンを装塡《そうてん》した。

その間にもグラマンからの銃撃は続いている。

「何とかしろ。穴だらけだぞ」

峯崎が操縦席から怒鳴った。

「またくるぞ」

正面からグラマンが迫ってくる。今度は側面に回り込む気だ。

マリアがドアを開けて、グラマンに向けて自動小銃を発射した。

突然の銃撃にパイロットの顔が引きつるのが一瞬見えた。

しかし次には笑みが浮かんでいる。撃っているのが自動小銃だと分かったのだ。当たりはしないと高をくくっているのだ。それに当たっても与えるダメージは小さい。

野村もマリアに並んで自動小銃を撃ち始めた。

「ダメだ。自動小銃じゃどうにもならん」

野村が吐き捨てるように言った。このままでは、敵はかえって本気になるだけだ。

グラマンの機銃音が聞こえるたびに、金属音と共に機体に穴が開いていく。

「野郎、また撃ってきやがった」

「遊んでるんだ。機体に穴を開けて、俺たちを脅して楽しんでる」

「くそっ。こんなところで死ねるか」

野村は扉を開けて再び撃ち始めた。強い風が吹き込んでくる。

「やってくるぞ」

峯崎が叫んだ。

グラマンが大きく旋回して、ダコタの前方に回った。

今度は本気だ。正面から機銃を撃ち込む気だ。パイロットとしての勘だ。間違いない。

峯崎は正面を見つめた。機銃を撃って衝突寸前に上昇する気だ。俺の顔が恐怖でひきつるのをじっくり見きわめる気だ。しかしただではやられない。敵の上昇に合わせて俺も上昇し、突っ込んでやる。だったら、マリアと野村はどうなる。様々な思いが峯崎の心を駆け抜けて行った。

「なにかにつかまれ」

無意識のうちに叫んでいた。

俺は最後まで敵の顔を見続けてやる。しかし、ただじゃやられはしない。フロートを機体にぶち当ててやる。うまくいくとダコタは助かる。しかし、その後は——。

峯崎は操縦桿を力一杯引いた。ダコタはのろい牛のように機首を上げていく。グラマンもダコタに従って高度を上げる。もっと近づけ。もっとだ。やはりダメだ。ウサギを追いかけるカメのようなものだ。

グラマンとダコタの距離が縮まる。一瞬、パイロットの顔がはっきりと見えた。

「撃ってくるぞ」

峯崎が叫んだ時、グラマンの機首が左に流れ、すれ違っていった。峯崎は操縦桿を握りしめ大きく息を吐いた。ダコタとグラマンの間を一機の飛行機が飛びぬけて行ったのだ。

「ありゃ、なんだ。もう一機、現れたのか」

野村がかけ込んできて操縦席に身を乗り出してきた。

「赤トンボ。日本の練習機だ」

峯崎は飛び去った飛行機を目で追った。赤トンボの操縦席に座っていたのは——。たしかに上杉だった。

「味方機か」

「あのパイロット、あのすごくイヤな男じゃない」

いつの間にかマリアも背後から覗き込んでくる。

「あの野郎、基地で寝てるんじゃないのか」

赤トンボとグラマンは、お互いに背後につこうと旋回を繰り返している。

「あの顔は確かにお前を殴った奴だぜ」

「だったら早くグラマンを撃ちなさいよ。敵なんでしょ」

「練習機は機銃を積んでないんだ。どうする気だ」

「この隙にさっさと逃げようぜ」

「すぐに追いつかれる」

峯崎は野村の言葉を無視して、大きく旋回した。どうしても見届けたかったのだ。

赤トンボはスピード、旋回性能ともに優れているグラマンが背後に回り込もうとするのを巧みに避けながら、そのたびにグラマンの背後につけた。

「何してるのよ。追いかけっこをしてるだけなの」

「上杉さんは俺に見せてるんだ。赤トンボでもグラマンを落とせるってことを」

〈ゼロ戦でグラマンと戦えというのは、パイロットを見殺しにするようなものです。日本にもゼロ戦に変わる新しい戦闘機が必要です〉

上杉は峯崎の言葉を覚えていたのだ。

「あんなアメ公に負けるな」

野村が自動小銃を振り上げて叫んだ。

「もっとこっちに来い、俺が撃ち落としてやる」

「上杉さんは死ぬ気だ」

峯崎は呟くような声を出した。

グラマンの動きが大胆になった。赤トンボに背後を取られるのを怖れる風もなく、上昇しようとしている。赤トンボに機銃がないのに気づいたのだ。

後ろにつかれても、慌てることもなく飛行し、十分にスピードがついたところで旋回して赤トンボの背後につけた。そのたびに、赤トンボは鋭く下降してグラマンの背後に入り込む。

グラマンは赤トンボを無視して再びダコタに向かってきた。

「赤トンボを放っておいて、先にダコタを料理するつもりだ。赤トンボにダコタの撃墜を見せつける気だ」

「だから言わんこっちゃない」

グラマンが見えなくなった。

天測窓に急降下してくるグラマンが目に入った。主翼付近を銃撃されたら、燃料タンクが爆発する。

「気をつけろ。上から撃ってくる」

その時、ダコタの頭上で激しい爆発音と共に、巨大なオレンジ色の花火がはじけた。

赤トンボがグラマンに突っ込んでいったのだ。

「つっこみやがった……」

野村が呟くように言った。

ドンドンと何かがぶつかる音と共に、機体が大きく揺れた。砕け散った赤トンボとグ

ラマンの破片が当たったのだ。

ダコタが旋回すると、二機がいくつもの炎の塊になって落ちて行くのが見えた。

「あの野郎、腕はけっこう良かったんだ。あんな銃もないオンボロ機でグラマンを撃墜した」

野村が窓に顔をつけて呟いている。

峯崎は落下していく火の塊に目を向けていた。上杉中尉……最後に目があった時、彼は笑っていた。俺はこの赤トンボでグラマンを撃墜するんだ。そう言っているように思えた。

峯崎はスピードを上げた。少しでも早くこの空域から逃れたい。

「やっぱり金塊じゃなかったんだな。なんかおかしいとは思ってたんだが、よりによって銃だとはな」

振り向くと、荷物室で野村が自動小銃を構えたまま大声を出している。マリアも銃を持ったままだ。お互いに銃を向けて言いあっているのだ。

「こんなもの、後生大事に運んできたってわけか。俺たちをだましやがって」

「銃だと言えば良かったの。だったら、運んではくれなかったでしょ」

「当たり前だ。こんな物騒なもの。捕まると銃殺だ」

「銃でも金塊でも同じよ。あなたたち、脱走兵だもの」

「しかし銃だって金になるか。どこで売るつもりだった」

「売り物なんかじゃない。インドネシア独立に必要なのよ」

聞こえてくるマリアの声は震えている。泣いているのかもしれない。

「やはりな。おまえ、独立派の仲間だったんだ。しかし、日本はインドネシア独立を約束してると聞いてるぜ。信じられないのか」

「日本は負けるのよ。あんたももう分かってるでしょ。負けるとすぐにまた、オランダ軍がやってくる。昔と同じよ。インドネシア国民は独立したがってる。自分たちの国がほしいの」

「そのための銃ってわけか。これでまた血が流れる」

「最後の血よ。尊い血。誰も後悔はしない」

「血は血だ。苦しみをもたらし、命を消し去る血だ」

操縦桿を握ったまま、峯崎は怒鳴った。心底そう思った。これ以上、人が死ぬのを見たくない。

「三人で山分けだって言ってたよな」

野村がマリアに向かって言っている。

「みんなで山分けよ」

「だから三人だ」

「三万人はいる。インドネシア全土で独立を望んでいる同志」

「銃は何丁ある」

「二百丁。大まけで、あんたたちにも一丁ずつあげる」

「どうやって手に入れた。どうせ盗んだんだろ」

「フィリピン、マレー、昭南（シンガポール）にも行ったわ。ラデンが苦労して集めたの。お金を払ってるかどうかは、知らないけど」

「ラデンってあのパイロットだろ。パイロットが武器商人もやるのか」

「兄さんのこと悪く言うと、ここから放り出すわよ」

マリアが怒鳴るような声を出した。

「あのパイロットがあんたの兄さんか」

峯崎が振り返って言った。

野村も驚いた表情で、マリアを見ている。

峯崎は浜に搭乗員たちを埋葬して墓を去る時、マリアがそっと涙を拭いたのを思い出した。

「しかしどう見ても、彼はインドネシア人だったぜ。あんたは日本人だ」

「ラデンは母さんに似て、私は父さんに似ただけ。私も母さんに似たかった」

マリアがやってきて副操縦士席に座った。

「あなたは知ってたんでしょ。金塊じゃなく、銃を運んでるってこと」

峯崎は無言で前方を見ている。

「どうして手伝ってくれたの」

「俺はただ飛びたかっただけだ。積荷なんて関係ない。ダコタは俺にくれるんだろ。こんなオンボロダコタを飛ばせるのは俺だけだ。それに、あんたの兄さん」

今度はマリアが答えない。

「ダメだなんてのは許さないぜ。いくらインドネシアの独立に必要だからって。独立軍に渡すのは武器だけだ」

銃だって、本当は渡したくない。喉元まで出かかった言葉を呑み込んだ。この銃のために、これから何人の人間が死んでいく。しかし、言えなかった。自分はそれを言う資格はないのだ。

「やはり俺は反対だぜ、独立軍に銃を運ぼうってのは。ばれたら、その場で銃殺だ」

背後で野村の声がした。

「どうするっていうの」

「途中下車してもらうだけだ。はやく捨ててしまおうぜ、こんなヤバい荷物」

マリアが立ち上がり自動小銃を構えた。

「銃の代わりにあんたに降りてもらうわ」

「やっぱり貧乏くじを引くのは、俺たち兵隊だぜ」

峯崎が野村に目配せした。野村はさり気なく機体に身体をつけて、足を踏ん張った。

ダコタが大きく揺れた。野村は倒れ掛かってくるマリアの身体を受け止め、その手から自動小銃を取った。

2

「汚いわよ。二人でぐるになって」

「あんたが勝手に寄りかかってきたんだ。俺に気があるのか」

マリアは身体を支えている野村の腕を振り払った。

その時、再びダコタが揺れ始めた。大きなうねりのような揺れに、細かい振動が加わる。野村とマリアは操縦席にしがみついた。

「もう十分だ。安全運転でやってくれ。またゲロを吐くぜ」

「俺はそう心掛けてるんだがね」

峯崎の声も振動で震えている。

揺れはますますひどくなった。峯崎は必死で操縦桿を握っている。

機内は何千本もの棒で叩かれるような音に満ちた。雨が激しく機体を打つ音だ。

「なんなのよ、これは」

「スコールだ。積乱雲に突入した」

峯崎は睨むように前方を見つめ、操縦桿にしがみついている。しかし滝の中を進んでいるようで何も見えない。

「雲の上に出ろ。そこには雨なんて降ってないだろ」

「俺だってそうしたい。だが、この高度を保つのが精いっぱいだ。ガソリンが最悪の上、エンジンの調子がおかしい」

峯崎が怒鳴ったが、エンジン音と風雨が機体を打つ音で、ほとんど声は聞こえない。

防風ガラスに吹き付ける風と雨はダコタを叩き落とすような勢いだ。

エンジン音と風雨の音が混じり合って、機内にはいつもの数十倍もの音が響いている。おまけに、グラマンの機銃掃射で開いた穴から雨と風が吹き込み、床には水がたまり始めている。

揺れがさらに激しくなった。揺れのたびに機体が悲鳴のような音を上げ、今にも分解しそうだ。

「荷物を固定し直してくれ。この揺れで荷崩れしたら墜落する」

峯崎は雨以外何も見えない前方を睨みつけたまま操縦桿を握りしめていた。

揺れはますます激しくなっていく。

「高度が下がっている。どうしたんだ」

峯崎が前方とメーターを交互に見ながら独り言のように言った。

「落っこちている。この飛行機、墜落してる」

計器を覗き込んだマリアが大声を上げた。

「静かにしろ。エンジン音が聞こえない。エンジンだって頑張ってるんだ」

今度は野村が怒鳴り始めた。

「左エンジンの回転数が落ちている。燃料は？」

「まだ半分以上ある。燃料パイプが詰まったのか」

「今までは問題なかったじゃない。整備が悪かったのよ。変なガソリン使わなきゃ良かったのよ。しっかり操縦しなきゃ承知しないわよ」

「このオンボロじゃなにが起きても不思議じゃない。なにが女神だ。ガタガタのババアじゃないか。エンジンだって今まで動いてたほうが不思議なくらいだ。雨の影響だってあるんだ。豪雨がババアを叩き落とそうとしてる」

「ガソリンはあれしかなかったんだ。おまえは整備士だろ。エンジンを何とかしろ。マリアは座って歌でも歌ってろ。それが出来なきゃ、せめて黙って祈っててくれ」

わめき始めた二人に峯崎が怒鳴ると、二人は黙った。

峯崎は必死で操縦桿を引いた。

ダコタはゆっくりと上昇し始めたが、すぐにまた降下が始まる。そして、徐々に高度を下げていった。

「海上に着水したほうがいいんじゃないか。嵐がおさまってから飛べばいい」

「何度言わせるんだ。船とは違う。重心が高い。少しの波や風でも簡単に転覆する。この嵐じゃ波も相当高い。一分と持たない」

「どんどん下がってるぞ。海面に叩きつけられる」

「機体を軽くしろ。無駄なモノを捨てるんだ。急げ」

その時、背後から強い風が吹き込んできた。

「なにしてるんだ。死にたいのか」

振り向いた野村が叫んだ。

マリアが床の投下穴を開けて修理箱を放り出そうとしている。

「よせ。それがなければ修理できなくなるぞ」

「墜落すれば修理の必要もなくなるわ」

「いらない荷物にしろ。放り出せ」

峯崎の言葉で野村も荷物室に行って、食料と衣類の木箱を捨て始めた。

放り出すごとにダコタの高度はわずかに上がった。しかしすぐにまた下がっていく。

「パラシュートはどうするの」

「使いたければ取っておけ」

マリアはパラシュートを投げ捨てた。

「予備燃料はどうする」

「墜落したら、必要ないでしょ」

燃料缶も次々に放り出した。

「ダメよ、それは」

銃の木箱に手をかけた野村に向かってマリアが叫んだ。手には拳銃が握られている。野村は一瞬、ためらったようなしぐさを見せたが木箱から離れ、投下穴のところに行った。

「手伝え」

野村はマリアに向かって怒鳴った。

投下穴から半身を乗り出す。

マリアは慌てて銃をしまい、野村のバンドをつかんだ。

「フロートを切り離す。墜落すれば用のないものだからな」

「どうやって着陸するのよ」

「胴体着陸しかないだろ」

「飛行場なんてないわよ。あっても、日本軍が飛んでくる。それより、胴体着陸に失敗して爆発する飛行機を何度も見たわ」

「俺たちには名パイロットがついてる。そうだろ、峯崎海軍中尉」

野村が峯崎に向かって怒鳴った。

その時機体が大きく揺れ、野村の身体が外に吸い出されていく。マリアが機外に身体を乗り出し、全身の力を込めて野村を引いた。

強風にあおられ、ずり落ちていく野村の身体が止まった。

「離すな。ひっぱり上げるんだ」

峯崎が操縦桿を握ったまま振り向いて怒鳴っている。

マリアは懸命に引いた。風が機外に出た野村の上半身を吹き飛ばそうと吹き付けてくる。

野村の身体が揺れ、何度かフロートの支柱に激しくぶつかった。

そして、野村の身体がさらに機体の外に引き出されていく。

「このままじゃ吹き飛ばされる。どうすればいいの」

「風で息が出来ないんだ。それとも気を失ってるのか。絶対に離すな」

峯崎はなんとか野村のところに行こうとしたが、操縦桿を離すととたんにダコタは急降下を始める。

「あなたはしっかり操縦して。この人は必ず私が助ける」

操縦席を離れようとしている峯崎を見てマリアが怒鳴った。

「助けてやってくれ。粗野で嫌な奴だが、本当はいい奴なんだ」

マリアが思いっきり踏ん張っているのが見えた。野村の身体がわずかずつ引き上げられてくる。

やはり野村はぐったりして動いている気配はない。気を失っているのだ。

「もうひといきだ。頑張れ」

野村の上半身が荷物室に現れた。

「しっかりしてよ。死んだんじゃないでしょ。息をしてないわよ」

マリアが床に横たわった野村の頰を叩いている。

「胸を押して、人工呼吸しろ。溺れたのと同じ状態だ。風圧で呼吸が止まったんだ」

峯崎は振り向いて怒鳴った。

「ダメ、私できない。こんなに揺れてるのよ」

「やらなきゃ、彼は死ぬ」

「やったことは何度もあるんだけど、みんな死んでいった」

マリアはかなり混乱している。

峯崎は必死で操縦桿を握っていた。どうすればいい。その時、ヘンリーの声が聞こえた。〈テイク・イット・イージー。クール。リュウ〉気楽にいこうぜ、落ちつけ、リュウ。

峯崎は歌い始めた。

一日が終わり、鳥たちは家路に急ぐ
夜の帳《とばり》が下り、恋人たちは囁《ささや》き合う
世界は愛に満ちている

目の前に青い空が広がっている。俺たちはその中を飛んでいるんだ。

振り向くと、マリアが野村の上にかがみ込んでいる。

長い時間がすぎた。いや、実際はそんなに長くはないのだろう。峯崎は歌い続けた。

何か言わなければと思った時、野村の激しく咳き込む音が聞こえてきた。

「意識を取り戻したわ」

マリアの大声が聞こえた。野村の声も聞こえる。

「俺はどうしてたんだ」

「死にかけてたのよ。私とリュウが呼び戻してあげたのよ」

「ウソ言え。早く閉めろ。飛行機が沈没するぞ」

「本当に何も覚えてないの。私はその方がいいんだけど」

「すごい美女たちに囲まれて、うまい酒を飲んでたんだぜ。最高に幸せな気分だった」

やっと野村らしい声が聞こえてきた。

「なにかにしがみつけ。数分で海面に激突だ」

峯崎の言葉が終わらないうちに、野村がよろめきながら立ちあがった。

野村は再びレンチを持って投下穴に向かおうとした。

「どいて」

マリアが野村を押しのけ、投下穴から銃の入った木箱を落とし始めた。

ダコタの高度がわずかに上がった。

「あんたも手伝いなさいよ。海は死ぬほどイヤなんでしょ」

マリアは二箱目を押している。

野村は慌てて木箱を投下穴の方に押し出した。

一箱捨てるごとにダコタは高度を上げ始めている。
「もういい。しばらく様子を見よう」
峯崎の言葉で二人は手を止めた。二十箱以上あった箱が残り三箱になっている。
マリアも野村も床に座り込み、肩で息をしていた。
嵐はますます激しさを増している。飛び続けているのが不思議なくらいだった。
マリアがよろめきながら立ち上がり、副操縦士席に座った。
静かにメロディーを口ずさんでいる。

右に曲がると、小さな白い光が
きみをマイ・ブルー・ヘブンへと導く

笑顔、暖炉、そして心休まる部屋
バラの香りの漂う僕の居場所
マイ・ブルー・ヘブン

野村が加わり、峯崎も歌い出した。ダコタの機内は三人の歌声に満ちた。
気が付くと、いつの間にかあれほど機体を打っていた風雨の音が消えている。
その時突然、雲が切れた。

機体はまばゆい光に取り巻かれた。嵐を抜け出たのだ。

嵐を抜け出たとたん、ダコタは高度を上げ始めた。

3

三人とも無言だった。

広い荷物室には椅子もなく、床の上にマリアと野村が呆《ほう》けたように座っていた。

二人は目の前の木箱を見つめていた。

「三箱しか残っていない」

「まだ三箱も残ってるわ。どうしても、届けるのよ」

マリアが気を取り直すように言った。

「俺の分け前はおまえにやるよ。命を救ってくれたからな。それに、最高に楽しい思いを——」

「有り難くいただく。みんな感謝するわ」

「ところで、どこに下りる」

峯崎が操縦席から怒鳴った。

「ジャカルタ近くの港よ。私が誘導する」

　マリアは副操縦士席に座って、峯崎に地図を示した。

「命がけだぜ。この辺りはまだ日本軍が制空権を握っている。ほぼ無傷の第七方面軍が残っているはずだ。それに、アメリカ軍に見つかっても、ただじゃ済まない」

「いずれにしても敵だらけ。撃墜されるのを覚悟の飛行ってわけか」

「いままで生き残ってきたのよ。私たちのラッキー女神。女神は私たちとインドネシアをまだ見捨てていないわ」

「ぜひそうあってほしいね」

　その言葉が終わらないうちに、峯崎は軽いためいきをついた。

「そう簡単には行かせてもらえない運命らしい。お出迎えだ」

　峯崎が前方に目を向けたまま言った。

「俺にはなにも見えない」

　しかし、峯崎が目で指す方を見つめていると確かに黒い点が見え始めた。しかも複数だ。

「グラマンだ」

　その点はすぐに硬貨大の大きさになり、識別できる形になった。

「逃げようぜ。雲の中だ」

「もう遅い。しかも相手は三機だ」

「ここまで来て死にたくはないぜ。せっかくマリアが助けてくれた命だ」

峯崎は速度を上げて行く。グラマンと同じ高度になった。

三機のグラマンとの距離はみるみる近づいてくる。

「何するんだ。ぶつけようって気か」

「チキンゲームだ。すれ違った瞬間に雲の中に逃げ込む」

そうは言ったが、近くに雲らしい雲はない。

マリアと野村の悲鳴のような声とともに、ダコタと三機のグラマンはすれ違った。そのとき一瞬、峯崎は見慣れたマークを見たような気がした。しかし、それを確かめる時間はなかった。

「逃げるぞ。なにかにつかまれ」

峯崎はますますスピードと高度を上げる。機体が細かく震え始めた。

「くそっ。追ってくる。こんなオンボロ飛行機は見逃してくれると思ったが」

「あんたは、その甘いところがいいんだ」

すれ違った三機の内の一機がすごいスピードでダコタを追ってくる。二機の距離はすぐに縮まった。

「わざわざ追いかけてきたんだ。撃墜する気だ」

峯崎は操縦桿をいっぱいに引いた。

ダコタは機首を上にして高度を上げていく。

それに従いグラマンの高度も上がった。

数分後には完全に背後についていた。

「パラシュートをつけろ。高度を下げるから二人は飛び出せ。運が良ければ助かる」

「とっくに捨てたぜ。それに海は苦手だって言っただろ。俺はお前につきあうぜ」

「私も海より空がいい」

「俺につかまれ」

二人は峯崎にしがみついた。

峯崎は操縦桿を全力で引いた。

ダコタはさらに急角度で高度を上げていく。

「ぶつかればこっちにも勝機はある。なんせ、でかくて頑丈なだけが取り柄だ」

ダコタは高度を上げつつ旋回してグラマンに向き合おうとした。

ダコタが方向を変えた時、グラマンの姿が見えない。

「あの野郎。どこに消えた」

野村が首を回して言った。たしかにグラマンが消えている。

「前方だ」

峯崎の声と共に、グラマンがダコタをかすめるように飛びすぎていった。

「攻撃してこないぞ。相手にならないことを知っているんだ。前の野郎と同じようにいたぶるつもりか。どこに行った」

「おまえの隣だ」

峯崎の言葉に、野村とマリアは横を見た。

ダコタの横をグラマンが並んで飛んでいる。旋回して戻ってきたのだ。

峯崎の身体が硬直した。機体の横に人魚のイラストが描かれている。ゼロキラーだ。

「くそっ、からかってるんだぜ。俺が撃ち落としてやる」

野村が銃を持って荷物室に行こうとした。

「やめろ、何か言っている」

パイロットが峯崎に向かって口を動かしている。

峯崎はヘンリーの言葉を思い出した。〈俺たちは飛びながら敵ともよく話したものさ。口の動きを読むんだ〉

「War――is――over。どういうことだ」

峯崎がパイロットに向かってくりかえした。

パイロットは峯崎に向かって親指を立てた。「言葉通りさ」その顔には笑みが浮かんでいる。

もう一度、峯崎に向かって親指を立てると、横に滑るようにダコタから離れていく。

しばらく、三人は無言のまま飛び続けた。

「ねえ、戦争が終わったの」

マリアが風船から空気が抜けていくような声を出した。

「確かにそう言ってた」

峯崎が我に返ったように言った。

野村が自分自身を奮い立たせるように、頭を振った。

「ウソだ。ボルネオ島では昨日まで艦砲射撃と爆撃が繰り返されてた。サンダカンは破壊されつくしていた。おまえの秘密基地だって攻撃されて火の海だった」

「でも、私たちは生きてるわ」

「そうだ、戦争が続いてたら、さっきのグラマンに撃墜されてたはずだ。戦争は終わったんだ」

一瞬全身から力が抜けていった。俺たちはこの長い間、何をやっていたんだ。野村も同じように呆けた顔をしている。

ダコタの高度が下がった。峯崎は無意識の内に操縦桿を引いた。高度が上がり、まばゆい光が峯崎の目をとらえた。目前には真っ青な空と海がどこまでも広がっている。

突然、峯崎の身体の奥底から歓喜の感情が湧きおこってきた。

「うお――」

峯崎は吠えるように叫んだ。野村も我に返ったように叫び始めた。

ダコタの機内は野獣の咆哮にも似た雄たけびで満ちた。

マリアだけが、覚めた顔でそんな二人を見ている。

「どうした。喜べ。戦争は終わったし、俺たちは生きている」

野村が我に返ったような顔でマリアに言った。

「ところで、勝ったのはどっちだ。日本かアメリカか」

急に野村が真面目くさった顔で言った。

峯崎には答えようがなかった。マリアも黙っている。

「日本が負けるはずがないぜ。あれだけ仲間が死んでいったんだ。彼らが黙っちゃいない」

「さっきのパイロットの顔を見ただろ。笑ってたぜ」

「俺の仲間は空母と共に海に沈んでいった。家族だって原子爆弾とかいう新型爆弾で町ごと消えてしまったんだ。兵隊ばかりじゃなく、日本人全員で戦ってるんだ。日本が負けるはずがないだろ」

繰り返す野村の目には涙が浮かんでいる。

峯崎の心からもついさっきの歓喜は消えていた。特攻で死んでいった教え子たちとグラマンに撃ち落とされた仲間たちの顔が浮かんだ。そして家族の顔が浮かんだ。彼らは何のために死んでいったのだ。

機内は急に静かになった。長い時間がすぎていった。

「これからどうするんだ。戦争は終わったんだ。日本は負けた」

突然、野村が妙にさっぱりした口調で言った。

「戦争は終わっていない」

マリアが低い声で呟いた。二人の視線がマリアに注がれた。

「終わったのは日本と連合軍との戦争でしょ。私たちの戦争はこれから」

「私たちの戦争って、何のことだ」

「あんたたちには関係ないわ」

マリアはぽつりと言って視線を外した。

「関係あるぜ。はっきり話せよ。俺たちは仲間だろ。今まで一緒に生き抜いてきた」

「私たちの戦争は終わっていない。まだ続いている。私たちの力で本物の自由を手に入れるまでね」

「そんなことより、俺たちと一緒に行こうぜ。おまえも戦争前は運び屋だったんだろ。戦争も終わったんだ。これからは安心して儲けられる」

「この武器はインドネシアの人たちに必要なものなの。約束したのよ。必ず届けるって」

野村はため息をついた。

「おまえも武器を届けるつもりなのか」

峯崎のそばにやって来て小声で訊いた。

峯崎は答えられなかった。

「俺は反対だぜ。せっかくここまで生きのびてきたんだ。これ以上危険なまねはしたくはない」

峯崎もこれ以上の殺し合いはしたくないと思った。だがしかし、という思いもある。基地の兵士たちの顔が浮かんだ。

「マリアの戦争は終わっていない。これから始まる」

小声で言ったが実感は湧かなかった。やめてくれよ、と言う野村の声とともにわざとらしいため息が聞こえた。

一時間ほど飛ぶと島影が見え始めた。一つだったものが二つになり、それがさらに数を増して眼下に広がっている。そして、その先に海岸線が続いている。

「ジャワ島だわ。私たち、ついに目的地に着いた」

マリアが飛び上がり、野村に抱きついて頬にキスをした。野村の目が点になって、硬直したように突っ立っている。

「島というより、もう大陸だな。俺たちはどこに下りればいいんだ」

峯崎の声にマリアがやってきた。野村は硬直したままだ。

「ジャカルタよ。そこに行けばもう安心。仲間が護ってくれる」

「マリアの仲間って、インドネシア人か」

「決まってるでしょ」

「日本人は好みじゃないか」

野村が声のトーンを落として言った。

峯崎は必死で現在の場所を頭の中の地図に描き込んでいた。燃料計を片目で見たが、さほど余裕はない。最短距離で行かなければならない。

「あれがジャカルタよ」

マリアの声で下を見ると、緑の中に白い町並みが見える。

「きれいな町だ。人の姿も見える」

峯崎はマリアの指示に従って、町から少し離れた海岸線に沿って飛んだ。

「あの倉庫みたいな建物の上を回ってから、湾に向かって」

峯崎はマリアの言う通り、ダコタを低空で飛ばした。地上からなんの反応もないということは、たしかに戦争は終わったのだ。

「気をつけて着水してよ。ここまで来て失敗はないからね」

マリアは、下に連なるジャングルと海との境目に目を止めたまま言った。

峯崎は高度を下げていった。

フロートが水に触れ、そのまま滑るように滑走していく。

やがてスピードが落ち、そして静かに止まった。

ダコタを森林の陰に作られた船着き場に固定した。

「隠さなくてもいいのか」

「戦争は終わったんでしょ。それにすごい状態よ」

機体には、無数の銃弾の跡がある。さらに、いくつかの大きなへこみも目立った。赤トンボとグラマンの破片がぶつかったものだ。プロペラにぶつかったらと思うと背筋が冷たくなった。本当にこいつはラッキー女神かもしれない。

「これでよく飛んでたな」

野村が、ダコタを見上げながらしみじみした口調で言った。

峯崎もマリアも無言でボロボロのダコタを見つめている。

「誰もいないぜ。戦争は終わったんだ。インドネシア人は大手を振って歩けるはずだ。日本は負けたんだろ」

野村がひっそりとした船着き場を見ながら言った。マリアの指示通りにかなり低空を旋回したので、ダコタがこの船着き場に着水したことは、周りの住民にも分かったはずだ。

「広場に行ってみましょ」

マリアが急ぎ足で歩き始めた。二人は仕方なくマリアの後を追った。

しばらく歩いて、マリアが突然立ち止った。

前方に砂煙が上がっている。マリアが振り向いて峯崎を見た。何が見えるか聞いている顔だ。

峯崎が眉根をしかめて見つめている。

「あんたと同じ。砂煙だけだ」

やがてもうもうと上がる砂塵の中から数台のトラックが現れた。荷台にはあふれるほどに人が乗っている。全員がインドネシア人だ。

やがて歓声が聞こえ、何発かの銃声も響いた。

「ヤバいぜ。逃げよう」

野村が峯崎の腕をつかんだ。

「独立軍の兵士たちよ。終戦のお祝いで騒いでいるんでしょ」

マリアがホッとした表情で言った。

三人の周りを数台のトラックが取り囲んだ。

正面のトラックの助手席から降りてきた男が、両腕を広げてマリアを抱きしめた。

「遅いじゃないの。私たちのラトゥ・キドルは見えたんでしょ。何か起こったのかと心配したわよ」

「起こったさ。戦争が終わった」

「やはり本当だったのね」

「八月一五日。昨日、日本はポツダム宣言を受諾して無条件降伏した」

やはり事実だった。峯崎には言葉が出なかった。頭の片隅に、どこか信じられない思いがあったのだ。

ダコタの中で感じたのとはまた別の思いが湧き上がってくる。やっと終わったのかという安堵《あんど》感と、なにが残ったのだという空しさが一度に押し寄せ、心が空っぽになったような気分だった。野村も茫然とした顔で立ちつくしている。

「軍隊はどうなるんだ。俺たちは連合軍の捕虜になるんだろう」

野村が峯崎に小声で聞いてきた。しかし、峯崎にもどうなるか具体的なことは分からなかった。

三人はダコタまで引き返して、残った武器を独立軍の兵士たちに引き渡した。その後、トラックに乗せられて町に連れていかれた。

ジャカルタはサンダカンと違って、艦砲射撃も爆撃も受けていなかった。

上空から見た通り、雑然とした街並みが続き、人々が行き交っている。市民の生活も大きな変化はなさそうだった。サンダカンの惨状を見てきたばかりの峯崎たちには、信じられない光景だった。

ジャカルタに到着すると、三人は町はずれの農家に連れていかれた。

古いが大きな家で、人の出入りはかなり多い。

しばらく待たされた後、部屋に通された。

数人の男に取り囲まれるようにして男が現れた。

マリアが緊張した表情で立ち上がった。

「あなたがラデンの妹さんですか。マリアというお名前と聞いていましたが」

男はマリアに向かってていねいな物腰で言った。峯崎たちのことを考えてか、英語だった。

「申し訳ありません。十分な武器を持ってくることが出来なくて」

マリアは男に向かって頭を下げた。

「この男は誰だ」

「スカルノさんよ。兄さんの友達。そして、インドネシア独立派の指導者」

マリアは野村に小声で答えた。

スカルノは三人に向かってていねいに頭を下げた。

「独立は武器でやるのではありません。どうしても自分たちの国を手に入れたい。子供たちに自分たちの文化と伝統を継承する祖国を与えたい、と願う国民の心でなしとげるものです。あなたとあなたの仲間たちの行為は十分にその意志を伝えてくれました」

「そう言っていただければ兄も喜びます」

「ラデンについては私も非常に残念に思っている」

「ただ無鉄砲で——でも私には優しい兄でした」

「大変勇敢で聡明な男だった。あなたも、同様だ。それに美しい」

峯崎がスカルノの言葉を通訳すると、横で野村が目を吊り上げている。

「状況が落ち着いたらラデンと仲間たちには十分に報いたい。あなたにも改めてお礼をしたいと思っている」

スカルノは沈痛な面持ちで言った。

「かなり、あわただしいようですが」

「すぐに、連合軍が占領に来る。我々はその前に独立宣言を出しておきたい」

こうして話している間にも何人かの男が入って来ては、スカルノにメモを渡したり、耳許でささやいては出て行った。

「明日、ジャカルタでハッタたちと共にインドネシア独立の宣言を行う」

「明日?」

「そう。明日だ。インドネシア全国民に我々の意志を表明する。その準備でこの騒ぎだ」

「日本政府はインドネシアの独立を保証したのではないですか」

峯崎がスカルノに言った。スカルノは峯崎に向き直った。

「日本はすでに無条件降伏をしています。この状態では日本の約束はないに等しい。だから明日、独立を宣言するのです」

「この地にはオランダが戻ってきます。すんなりと認めるとは思えません」

「だから独立戦線が必要なのです。あなた方はそのための銃を運んできてくれた。我々は民族の独立と自由を手に入れるために戦います」

「すぐに日本軍は武装解除されます。その武器を譲り受けることはできないのですか」

「ジャカルタ海軍武官府の前田少将とは連絡が取れています。その交渉も行いましたが、断られました」

「日本軍には必要ないものなのに」

「すでに連合軍への引き渡しが決められています。当然のことでしょうが」

スカルノの言葉にも無念さが読み取れた。

「だから、あなた方が運んで来てくれた武器は非常に有り難いものです」

スカルノは気を取り直すように笑みを浮かべた。

スカルノは峯崎と野村の二人に視線を向けた。

「あなた方もインドネシア独立のために力を貸してほしい」

スカルノは二人を見つめて改まった口調で言った。

マリアも二人を見つめている。

「あなた方はあの戦火の中を、武器をここまで運んでくれました。お二人は勇敢で有能な方に違いない。すでに我々の部隊には、多くの日本人が賛同して、加わっています。あなた方にも強く協力を望みます。日本の士官、下士官の助けが得られることは実に力強い」

「私は——」

次の言葉が続かない。野村も黙ったままだ。

そんな二人に対して、マリアが話し始めた。

「この国の人たちは三百年に渡って、ずっと外国の支配を受けてきたの。自分たちの国で自分たちの言葉を話し、国旗を揚げ、国歌を歌い、自分たちの文化や伝統を護って誇りを持って生きて行く。自分たちの国で得られるものを子供や孫たちに残してあげたい。

当たり前のことを望んでいるだけ。けっして、無茶な望みじゃない。その望みを実現するために力を貸してあげて」

「俺にはなにも出来ない。日本に帰って、日本の復興に役立つことも出来ない」

野村が日本語でボソリと言った。

「日本人はみんなとても勇敢で有能で素晴らしい人たちです。それに――」

スカルノは言葉を濁した。しばらく何かを考えるように黙っていた。

「数日のうちに連合軍がやってきます。そうなればあなたたちは捕虜となり、収容所に収容されます。連合軍の兵士の中には日本兵をよく思っていないものも多くいます。特に捕虜となって捕らわれていたものたちはあなた方を憎んでいます。連合軍に捕らわれ、裁かれる者も少なくないでしょう」

マリアは真剣な表情で峯崎を見つめている。

「私はもう誰からも縛られたくない、峯崎龍二は一度死んだ人間です。誰からも、何からも束縛は受けたくない」

峯崎はスカルノに向かって深々と頭を下げるとドアの方に歩いた。

それを見て、野村が慌てて後を追って来た。

「お前は残れ。スカルノの軍に加わって、インドネシア独立のために戦うのもいい。一時は連合軍の捕虜になって、いずれ日本に帰国するのもいい。戦争は終わったんだ。せっかく今まで生き延びた命だ。無駄にだけはするな」

野村は神妙な顔で峯崎の言葉を聞いている。

「日本に帰っても俺の家族は全員、原爆で死んでいる。俺は天涯孤独《てんがいこどく》になってしまった」

「また新しい家族を作ればいい。きっと、お前はそのために生き延びたんだ」

「お前だって同じだろ」

確かにその通りだった。だが新しい家族と言われても、今の自分には想像もできない。

峯崎は野村の肩を軽く叩くと、歩き始めた。

どこに行く当てもなかった。今はただ一人になりたかった。

母と父の顔を思い浮かべようとしたが、うまく焦点が定まらない。妹と兄の顔が重なろうとしては消えていく。昔の思い出が水に滲んだ墨絵のように流れていった。

「これからどこに行こう」

口に出して呟いてみたが虚《むな》しい響きとなって消えていく。

突然、ヘンリーの顔が浮かんだ。

〈俺は大空にいる時だけが自由になれる。何からも解き放たれるんだ。このままどこまでも飛んでいきたい〉

何度目か、カリフォルニアの空を二人で飛んだ時、ヘンリーが峯崎に言った言葉だ。その時は、ヘンリーの言葉の意味が分からなかった。しかし今は、ほんの僅かだが理解出来たような気がする。

峯崎は南国の見知らぬ町をただひたすらに歩いた。自分が愛した、自分を愛してくれた人々のことを考えながら歩き続けた。

ふと気が付くと、すっかり陽が沈んでいた。

満天の星空にひときわ輝いている星が見える。南十字星だ。

空を飛びたい。その思いが猛烈に峯崎の心に湧き上がってきた。争うのでもなく、命令されるのでもなく、自分の思うがままに、どこまでもどこまでも飛んでいきたい。

一日が終わり、鳥たちは家路に急ぐ
夜の帳《とばり》が下り、恋人たちは囁《ささや》き合う
世界は愛に満ちている

鳥たちが呼び合う時、夕暮れは夜へと変わっていく
僕は、マイ・ブルー・ヘブンへと急ぐ

峯崎は静かに口ずさんだ。

八月一七日。

日本が無条件降伏した二日後だった。

峯崎と野村はスカルノのはからいで、ジャカルタ市内のスカルノの友人の家にかくまわれていた。

「二人は私の友人であると同時に、独立のために大きな力を貸してくれた人たちだ」

スカルノは家の主にそう言って紹介した。

スカルノの友人ということは、特権を与えられたと同じだった。

さらには、もともと日本人に対して悪い感情は持っていない上に、マリアの友達というだけでみんな親切だった。

朝から家のものたちの様子がおかしかった。どことなく落ち着かないのだ。それに人の出入りも多い。

マリアがやってきたが、やはり興奮していた。

マリアは真新しいインドネシアの民族衣装のサロンケバヤを着て、ちょっと見には地元の者と変わらなかった。

「二人とも、すぐに出かける用意をして」

「またどこかに逃げ出すのか。俺は動かないぞ」

「スカルノの家よ」

マリアは椅子にかけてある上着を取って野村に投げた。

峯崎はドアの前に立って慌しく出入りする家人たちを見ている。

歩くにつれて人が増えてくる。スカルノの邸宅に近づくころには、数百人に膨れ上がっていた。

邸宅はおびただしい数の民衆に取り巻かれていた。

「こんなに集まると、日本軍が乗り出してくるぜ」

日本軍は連合軍の上陸までジャカルタの治安を任されているのだ。

「インドネシア、万歳」「独立、万歳」「スカルノ、万歳」。人々は拳を振り上げて口々に繰り返している。

「今日、スカルノから重大発表があるの」

マリアが熱狂する民衆に目を向けたまま言った。

「ここで独立を宣言するのか。スカルノの私邸だぜ」

野村が呆《あき》れたように言った。

スカルノはインドネシアの下級貴族出身だった。父親は教員にすぎなかったが、その邸宅は大きく立派だった。

突然、騒がしかった人々の声が引いていった。

二階のバルコニーに数人の男が現れたのだ。

民衆の視線がその中の一人の男に集まった。スカルノだ。いつもと同じ平服姿のスカルノがゆっくりと集まった民衆を見まわしている。

「スカルノだぜ。こうして見ると、なかなか様になっているな。ただの貧相な男だと思っていたんだが」

野村が峯崎の耳元で呟いた。

「宣言」

スカルノの澄んだ声が響き渡った。声と共に周囲の空気が張り詰めるのが分かった。

「我々インドネシア民族はここにインドネシアの独立を宣言する。権力の移行、その他に関する事項は適切な方法によって、可能な限り短期間で実施されるものとする。八月一七日、五年」

スカルノは民衆に向かって、高らかと読み上げた。

飾りのない簡潔な文章だったが、全ての要点を言い表している。

「インドネシア独立万歳。スカルノ万歳」

一瞬の間を置いて、民衆から歓喜の声が上がった。

「五年って、皇紀二六〇五年のことか。ここはインドネシアだろ。この国のやつら、日本軍に洗脳されたか」

「それだけ日本に敬意を払ってるってことよ」

マリアが伸び上がるようにして、スカルノの方を見て言った。

歓喜の声はさらに高くなり、民衆の視線が一点に集中した。

その先には紅白の旗がはためいている。

「メラ・プティ。インドネシアの民族旗よ」

旗を見つめるマリアの目には涙が浮かんでいる。

その時、どこからか静かな歌声が上がった。民族歌インドネシアラヤだ。
壇上で歌うスカルノ、ハッタたちもしきりに手を目に当てている。
やがて歌は若い歌声に変わった。

〈アジア、すでに敵に向かい、蜂起《ほうき》せり、己を捨てて全力を尽くす。
連合国を粉砕せんと、玉散ることもいとわず。
進め、進め、義勇軍、アジアとインドネシアの英雄、清き東洋に幸あれ〉

峯崎も聞いたことがある祖国防衛義勇軍の歌だ。
マリアも声を張り上げ歌っている。
その声は次第に数を増して辺りに響き渡っていく。

〈古きアジア、不幸に苦しむ、烈《はげ》しき圧政に、幾世紀も忍ぶ。
大日本、雄々しく立てり、アジアを救い、我らを守る。
進め、進め、義勇軍、アジアとインドネシアの英雄、清き東洋に幸あれ……〉

「今ここにインドネシアの独立が宣言された。さあ、今日の記念すべき日を楽しもう。
そして、それが終われば新しいインドネシアの建設のために全精力を尽くすのだ」

スカルノは民衆に向かって語りかけた。

民衆の歓喜の声と歌声はさらに大きく、広がっていった。その中で峯崎は、どこか冷めた目で見つめている自分を感じていた。

峯崎と野村は、マリアとマリアの友人たちに連れられて近くの酒場に行った。店は昼間にもかかわらず独立を祝う人々であふれている。

「これはなんだ」

「アラク酒だ。基地で呑んだことがある」

「そう、サトウキビ、米、ビンロウなどから作るインドネシアの酒よ。美味しいでしょ」

「日本の酒ほどじゃないがね」

そう言いながらも野村は酒ビンを離そうとしない。

「この日がこんなに早くこようとは思ってもみませんでした。我々は日本と日本の人たちに感謝しています」

マリアの友人の若者が峯崎たちに酒をつぎながら言った。

「インドネシアの悲願がかないました。おそらくオランダは我々の独立を簡単には認めないでしょう。これから長く激しい戦いが始まります。そのためにも多くの武器、多くの兵士が必要です。多数の日本の兵士が我々とともに戦ってくれます」

若者は酒の入ったグラスを片手に熱っぽく語った。

「なぜきみの兄さんはスカルノを助けていたんだ」

若者がインドネシアラヤを歌い始めたとき、峯崎はマリアに聞いた。

マリアはグラスに伸ばした手を止めて、峯崎に視線を移した。

「スカルノさんを助けていたんじゃなくて、インドネシアの独立を助けていたのよ」

「きみたちはインドネシア人というより、日本人として育てられたはずだ。きみを見てたらよく分かる」

「俺だって知りたいね。こんな金にもならない仕事になぜ命をかけた。俺だってさんざん死にそこなったんだ。知る権利がある」

野村が持っていた酒ビンをテーブルに音を立てて置いた。

「それに、俺たちはもう仲間だろ」

「そうね……」

マリアは低い声で言ってしばらく考え込んでいた。そして、峯崎の方をちらりと見て話し始めた。

「兄さんには結婚を約束したインドネシア人の恋人がいたの。フィトリという名のきれいで優しい人だった。彼女が酔ったオランダ人の兵隊たちに乱暴されたの」

「そのオランダ野郎は切り刻んでやったんだろうな」

野村が酒ビンをつかんで一口飲んでから言った。

「フィトリは自殺したわ。兄さんはオランダの兵士を殺そうとした。でも反対につかまって牢に入れられた。十人以上の兵士に暴行を受けて。その時、スカルノさんと知り合ったの。彼は牢の人たちに独立の話をしていた。こうした不合理が起こるのはインドネシアが外国に占領されているせいだって。兄さんは捕らわれていた人たちと牢を逃げ出した。それ以来、スカルノさんを助けて、この仕事を始めた」

峯崎と野村は何も言えずマリアの話を聞いていた。

「すごくいい兄さんだった。周りの子供と違う私は、いつもいじめられてた。だから兄さんはいつも私をかばって喧嘩してた。本当にケガが絶えなかったわ。兄さんは私のために戦ってくれた。今度は私が兄さんのために戦う番」

マリアの言葉には強い意志が感じられた。

マリアは顔を上げて、首筋を二人の方に向けた。引き攣《つ》れた肉の筋が盛り上がっている。

「私もフィトリと一緒にいたの。必死で抵抗したけどダメだった。私は気を失って……でも、私は自殺はしなかった」

「それでいいんだ。お前のせいじゃない」

野村が掠《かす》れた声で言った。

「父さんはオランダ軍に抗議した。でも、相手にもされなかった。店を売り払ってそのお金で兄さんを牢から出そうとしたけど、お金だけ取られた。その間に母さんが病気で死んで、父さんは海で溺れた。でもあれは、自殺だと思っている」

マリアの声が途切れた。

「兄さんは牢を出てギャングの仲間になったのよ。イギリス軍やオランダ軍から食料、医薬品を奪って横流しするの。ときには武器もね。私が参加したのは三年前から」

峯崎の耳にマリアの声が響いている。

峯崎はそっとその場を離れた。無性に一人になりたかった。マリアと同様、自分の戦争もまだ終わってはいない。強くそう感じた。

その峯崎をマリアの目が追っていた。

4

外出は安全のためにひかえるように言われていたが、家にいてもすることはなかった。ダコタのことが気になっていたが、マリアが私に任せるようにと言っていたのでなすすべがなかった。

数日ぶりにマリアが訪ねてきた。顔には疲労の色が濃く浮かんでいる。

日本軍の幹部と独立軍との通訳で飛び回っていたと言った。

「やっと代わりの通訳が来たので、あなたたちの様子を見に来たのよ」

「暇でしょうがないよ。島での生活が懐かしい。金塊が消えたんじゃ、島を出た意味がないぜ」

野村が皮肉を込めて言った。

「俺のダコタはどうなった。連合軍に見つかっちゃいないだろうな」

「仲間に頼んで隠してる。安心していいわよ。誰も持っていこうなんて気を起こさないから。かなりひどい状態だったでしょ」

マリアは笑いながら言った。たしかに満身創痍《まんしんそうい》だった。それにあのダコタを飛ばすことのできるパイロットはそんなに多くはいないはずだ。

「今、町は連合軍であふれてる。少し落ち着いたら見に行きましょ」

「日本軍はどうなってる。下士官は玉を抜かれ、士官らは片っ端から処刑されるって噂もあるぜ」

「大丈夫よ。捕虜として正当に扱われてる。そんなに遠くない時期に、日本に帰されるわ。一部の人は逮捕されて、裁判にかけられるって聞いてるけど」

「やっぱり、俺たちは皆殺しにされるんだぜ。早く逃げた方がいい」

野村の言葉にマリアはしばらく考え込んでいた。

「いいわ。町に出てみましょ。家の中に閉じこもってるだけじゃ、ロクなこと考えないみたい」

町は峯崎たちが来た時とほとんど変わってはいなかった。秩序が保たれ、日常生活が営まれている。連合軍の上陸と同時に、日本軍の武装解除は平和的にすみやかに行なわれた。他の日本軍占領地区と比べると、連合軍自体が驚くほどだった。

峯崎と野村は現地人と同様、半ズボンに開襟シャツを着て歩いた。サロンケバヤを着たマリアがその横を歩いていく。誰が見ても三人のインドネシア人の若者だった。

市場で果物を買って、中央通りに出た。

三人の目の前をアメリカ軍、イギリス軍、オランダ軍がジープやトラック、あるいは徒歩で隊列を組んで続々と行きすぎていく。

「すごいな。アリのように湧いてくる。俺たちはこんな奴らと戦争してたのか」

野村が目の前を行進していく連合軍を見ながら、茫然とした顔で言った。

「日本人は連合軍のオフィスに出頭しなければならないらしい。おまえはどうする」

野村が峯崎に真剣な表情で聞いた。

「俺はもう誰からも命令も束縛もされたくない。捕虜になるのもまっぴらだ」

「俺はこの国で暮らすのも悪くはないと思い始めている」

野村は数日前から、近所の若い女性たちから、インドネシア語を教わっているのだ。

武装解除された日本兵は一カ所に集められている。それから各地の収容所に送られ、帰国の手配ができるまでそこで暮らすのだ。

さらにボルネオ島で捕虜になった日本兵も、一部がジャカルタに送られてきていた。

ジャワ島は大きな戦闘もなくほぼ無傷で日本軍から連合軍に引き渡され、すべての施設が継続して使用できたのだ。ただ、管理者が変わっただけだ。

その時、ざわめきが聞こえ、港の方に人が走って行く。

峯崎たちも人波に流されてついて行った。

桟橋《さんばし》の方から日本兵の捕虜の列が歩いてくる。

「今朝、港に着いた日本兵捕虜たちだ。ボルネオ島から送られてきた」

三人の横に立っていたインドネシア人の男が教えてくれた。

その数は百人以上いる。全員が土と垢《あか》に汚れ、半分死んだような顔をしていた。衣服もボロボロで、今までの生活の過酷さをうかがわせていた。

「ボルネオの西海岸で最後まで戦った日本兵たちだ。終戦を知らないで二、三日前までジャングルを逃げ回っていたらしい。それが米軍の投降の呼びかけでかろうじて命を救われたんだ。あの島では、かなりの数の日本兵や連合軍捕虜が死んだと聞いている。民間人もだ」

峯崎の隣で見ていた初老の男は気の毒そうに言った。

確かに日本兵の全員がどこかを負傷し、やせ衰えている。表情や体つきも兵士の集団というより、傷病者の集団に近い。

「行きましょ。あなたたちも見つかると彼らと同様なのよ」

マリアが声をひそめて峯崎たちを促した。

「あの男――」

野村が列に目を向けたまま肘《ひじ》で峯崎の脇腹を突いた。

その視線を追うと、片袖が取れたボロボロの服の男が、半分目を閉じ夢遊病者のように歩いていく。頭にはぼろ布が巻いてあった。負傷し、包帯代わりなのだろう。男が倒れそうになると横の男が手を貸して、なんとか倒れずに歩いている。

鈴木少尉だ。わずか数日で信じられない変わりようだった。

「よせ。一緒に連れていかれるぞ。この格好で捕まるとスパイ扱いされる。下手すると銃殺だ」

列の方に行こうとした峯崎の腕を野村がつかんだ。

峯崎はその腕を振り払い、鈴木に近付いて行った。

「生きていたのか。嬉しいよ」

鈴木の顔を覗き込んで言った。

鈴木は峯崎を見返してくるが、その目から生気は読み取れない。

「鈴木少尉。どうした。しっかりしろ。峯崎だ」

峯崎は倒れそうになった鈴木の腕をつかみ、その身体を支えた。

数人のアメリカ兵が峯崎の方に駆け寄ってくる。

周りの日本兵たちは、おびえた目で峯崎を見ていた。

「離れろ。捕虜に近づくな」

アメリカ兵は英語で叫びながら、銃を構えたまま峯崎に近づいた。

「おまえは日本兵か。民間人の服装をしてる者はスパイとして逮捕する」

後から来たアメリカ兵たちが銃を構えて、峯崎の周りを取り囲んだ。

「この日本兵が昔、親切にしてくれた。お礼を言いたいんだ」

峯崎は流暢な英語で言った。アメリカ兵は困惑の色を浮かべている。しかし、銃を下ろそうとはしない。

「この男は日本人だ。日本のスパイだ。逮捕しろ」

一人のアメリカ兵が、銃で峯崎の胸を突いた。

「人違いだ。私はこんな男は知らない」

その時突然、鈴木がアメリカ兵に向かって英語で言った。

一瞬、周りの視線が鈴木に集中した。

「私は帝国海軍の士官《オフイサー》だ。こんな現地人は知らない。勝手なことは言わないでほしい。早くあっちに行ってくれ」

姿勢を正し、峯崎を見つめてはっきりとした声で言い切った。

だが、アメリカ兵たちは戸惑いながらも、峯崎に銃を向けたままだ。

野次馬とアメリカ兵をかき分けるようにして野村とマリアが顔を出した。野村がサンキューを繰り返しながら、鈴木にタバコをさし出した。

「結構です」

鈴木はきっぱりとした口調で言った。

「行こう」

鈴木は肩を支えていた兵士に促した。

兵士は困惑した表情を浮かべたが歩き始めた。

「あの男を頼む」

野村は後を行く一人の兵士に、タバコと持っていた果物の入った袋を渡した。

捕虜の列は再び進み始めた。

しかし、アメリカ兵たちは峯崎に銃を向けたままどうするか話し合っている。

峯崎はポケットからハーモニカを出して吹き始めた。

鈴木の足が一瞬止まった。しかしすぐにまた歩き始めた。

峯崎は低い声で歌い始めた。

一日が終わり、鳥たちは家路に急ぐ
夜の帳が下り、恋人たちは囁き合う
世界は愛に満ちている

鳥たちが呼び合う時、夕暮れは夜へと変わっていく
僕は、マイ・ブルー・ヘブンへと急ぐ

右に曲がると、小さな白い光が
きみをマイ・ブルー・ヘブンへと導く

笑顔、暖炉、そして心休まる部屋
バラの香りの漂う僕の居場所
マイ・ブルー・ヘブン

捕虜たちは峯崎の方を振り返りながら歩いていく。

一人のアメリカ兵が構えていた銃を下ろした。他の兵士たちも次々に銃を下ろした。

峯崎、野村、マリアの三人は、捕虜の列が人の群れにさえぎられて見えなくなるまで立っていた。

「あの野郎、死ぬ気だぜ。生きる気力が感じられなかった」

野村が捕虜が歩いて行った方を見ながらぽつりと言った。

「何があったんだ」

峯崎は呟くように言った。

三人はそのまま無言で歩き始めた。

「日本に帰れ」

峯崎の声に野村が我に返ったように顔を上げた。

「おまえもアメリカ軍に投降すれば、日本に帰れる。まだ間に合う。孤島に漂流していて終戦を知らなくて投降が遅れた。俺が一緒に行って彼らに説明してやる。捕虜になっても、殺されたり虐待は受けない。アメリカ人だって同じ人間だ。正当に扱ってくれる」

「おまえは日本に帰らないのか。大学に戻ればいいだろ」

「俺にはもう日本に家族はいない。アメリカにも——」

自分には帰るところはない。そう思うと胸が締め付けられた。

ふっと空を見上げた。久し振りに信じられないほどの青空が広がっている。

峯崎は目を細めた。〈戻ってこい〉ヘンリーの声を聞いたような気がした。

「俺だって、一人だ。広島の家族は死んだに決まってる」

「日本に帰って確かめればいい」

「今でなくていいだろ」

突然、野村は怒鳴るような声を出した。その気持ちはよく分かった。わずかな希望でも持ち続けたいのだ。

野村はそのまま早足で歩き始めた。

「一人にしてあげなさいよ。彼だって考えたいのよ」

マリアが追いかけようとする峯崎の腕をつかんだ。

「あんたはどうするのよ。あんただって彼と同じよ」

「自分でもよく分からない」

「ここに残る気はないの。私たちと一緒に」

マリアが今までになく真剣な顔をして言った。

「俺は――大空を飛びたいんだ。しかし――」

峯崎は軽く息を吐いた。もう一度、口の中で繰り返した。

ゼロ戦で敵と対峙した時、自分は撃つことができなかった。空は人が憎みあうところではない。まして、殺し合いをするところでは断じてない。

人を殺すことが目的ではない飛行機に乗りたい。そして、大空を自分の意思で思う存分、飛び回りたい。その時、強く思った。戦闘機にはもう二度と乗らない。

「特攻機に乗ったんでしょ。でも生き残ったってことは、神様がそう決めたのよ。こいつは、もっと生かしておこうって」

「俺は――俺の戦争はまだ終わっていない」

マリアは峯崎から視線を外した。

「今のあんたには、何も言っても無駄みたい」

つぶやくように言った。

「あの鈴木って兵隊の居場所が分かったわよ。病院に入ってる」

翌日、マリアが部屋に入ってくるなり言った。

峯崎の顔色が変わった。野村もマリアを見つめている。

「会いたいんでしょ。かなり気にしてたから」

「なぜ病院なんだ」

「収容所に着くなり倒れたんだって。かなり弱ってるって話。本人に生きる気力がないとも言ってた」

たしかに、鈴木の姿からは生きようとする意思は微塵も感じられなかった。あの顔は、すでに死を受け入れている顔だ。

峯崎は野村と共にマリアに連れられて病院に行った。

ベッドに横たわる鈴木はさらに青ざめ、やせこけて見えた。

それでも峯崎に気付くと起き上がろうとした。

上官に対する条件反射のようなものだろう。しかしその目には、生気など感じられない。

「そのままでいい」

鈴木は峯崎の言葉を無視してベッドの上に身体を起こした。

峯崎、野村、鈴木はしばらく無言で向き合っていた。やがて口を開いたのは鈴木だった。

「人間って、死のうと思ってもなかなか死ねないものなんですね。しかし逆に、まるで虫けらのように死んでいくこともある」

「別れてから何があった」

鈴木は静かに目を閉じた。長い時間、無言で考え込んでいた。

やがて目を開けると、視線を落としたまま低い声で話し始めた。

「私はサンダカンに残るかどうか迷いましたが、やはり基地の皆と共にジャングルに入りました。私は一度、特攻で死にそこなった男です。もう乗るべきゼロ戦もない。その上は、帝国海軍の軍人として銃を持って戦うつもりでした。先に逝った仲間たちが待っています。しかし……」

鈴木の声が途切れた。目には涙がたまっている。それが頬を伝った。

「峯崎さんは上杉中尉が言ったことを覚えていますか。搭乗員は消耗品、整備兵は備品。大本営参謀はそう考えてるって。そうだったですよね。それは本当でした。帝国海軍は私たちを使い捨ての消耗品と考えていたんです」

鈴木は低い声で続けた。

「サンダカンからコタキナバルに向かったジャングルで、まさにそれを実感しました」

峯崎はサンダカンで会った女性の話を思い浮かべた。彼女はすべてを託してジャングルに残された同胞と子供たちを救うように頼んだ。

自分たちは彼らを救うことが出来たのだろうか。

「コタキナバルまでの道は地獄でした。いたるところに遺体がありました。ウジがわき獣に食われ、もはや人の遺体とは言えませんでした。一緒に出発した仲間の兵士たちも次々に倒れていきました。基地での爆撃と艦砲射撃で負傷していたものが真っ先に死んでいきました。マラリア、赤痢に侵されたもの、そしてみんな飢えて、疲れ果て、生きる気力を失っていました。人間がモノのように捨てられ死んでいく。まさに地獄でした。それなのに、私は何もできませんでした。むしろ、死んだものから靴や水筒、生き残るために必要なものを奪っていく。生者を生かす。そうすることが死者に対しても喜ばれると、勝手な理屈を作りました。自分が生き残ることだけを考えて歩き続けました。特攻で潔く死ぬ決心をしてあの基地にいた私がです」

「彼らを助けることが出来るものなんていやしないんだ。みな、自分が生き残るために必死だったんだ。誰もが生きて日本に帰りたいと思っている」

黙って聞いていた野村が思わず声を出した。

「あのジャングルを歩きながら、日本は戦争に負けたんだと強く思いました。戦いばかりでなく、心の面で敗れていたと思います。そしてそれは真実でした。あの膨大な死と苦しみの結果が敗戦です。生き残ったものたちはまだいい。しかし、死んでいった仲間はどうなるんです。日本を信じて、死んでいったものたちは。やはりただの消耗品だったんですか」

鈴木は膝の上で拳を握りしめ、絞り出すような声で話した。峯崎が知る鈴木とは別人のような顔と声だった。

「日本を信じられないのか」

「信じてはいません」

重く強い口調で言い切った。

「祖国を信じられなくなった私には、もう生きる資格も意味もありません。日本に帰ることもできません。私は長く生きすぎました。真っ先に死ぬべきでした」

鈴木はすべてを拒否するように目を閉じた。

「バカを言うな」

言ってはみたが、峯崎の心にも同じ思いはあった。やはり多くの者にとって、戦争はまだ終わってはいないのだ。

鈴木は目を閉じたままだ。峯崎は言葉を探したが、言うべき言葉はない。

峯崎は鈴木の枕もとにハーモニカを置いた。

「持っていてください。私にはもう無用のものだ」

目を開けた鈴木が峯崎を見て言った。

峯崎は病室を出た。野村とマリアも無言でついてくる。

祖国が信じられなくなった。鈴木の言葉が胸に刺さっていた。

ちょうど見回りに来た医師を呼び止めた。

三十前後の小太りの軍医だった。

「鈴木という少尉だが。容態は悪いのか。あの男は助かるのか。心身がかなり消耗している」

軍医は峯崎の矢継ぎ早の質問に一瞬こわばった表情をしたが、値踏みをするように峯崎を見ている。

「何とか彼を生きて日本に帰らせたい。彼の母親が待っている」

母親という言葉を聞いて、軍医の表情から力が抜けた。

「病気や怪我というより、問題は気力です。生きようという意思が感じられません。他の患者はなんとか日本に帰りたいと、生きることへの執着というか積極的な意欲を持っています。ところが、あの患者にはそれがない。よほど大きなショックを受けたのかも知れません」

軍医は時おり病室に目を移しながら言った。

「面倒を見てやってください」

峯崎にはそれだけ言うのがやっとだった。

野村も横で、直立不動の姿勢から頭を下げている。

翌日、峯崎と野村はマリアに連れられて日本軍の司令部に行った。

マリアがスカルノの使いで、知り合いの少将に会いに行くのに誘われたのだ。名目はインドネシア独立派の状況報告だが、日本軍とインドネシア独立軍とのつながりをより強いものにしたいというスカルノの思惑だ。

二人を誘ったのは鈴木と会って以来、ずっと落ち込んでいる峯崎の気分を変えようという、マリアなりの気遣いだった。

「司令部なんかに行きたくはないね」

最初、野村はにべもなく断った。

「スカルノを陰で援助してくれてる人よ。戦争には負けたけれど、日本軍の司令部にはアメリカ軍にもまだ影響力を持っている人が多くいる。色んな意味でね。どうせ、この先どうなるか分からないのよ。多くの人に会っておくというのも損じゃないわよ」

マリアの言葉に野村の態度は簡単に変わった。

峯崎が同行を決めたのは、本土から来たという海軍航空隊の長谷川大佐が間に入るという言葉に惹かれたからだ。彼は往年の名パイロットとして海軍中に知られていた。

マリアの運転する車で飛行場に沿った道を走った。

峯崎の横に座っているのは、長谷川大佐だった。かつて海軍と陸軍の枠を越えて今村均《ひとし》陸軍大将の絶大な信頼を得ていた長谷川は、スカルノとも面識があった。

峯崎と野村を見て、日本軍の兵士であることはすぐに分かったはずだが、そのことに関しては何も聞かず、言わなかった。

峯崎と長谷川がほとんど同時に空を見上げた。いや、峯崎の方が一瞬早かった。

「毎日、この調子だ。いまいましい限りだが、我々にはどうしようもない」

二人の視線の先に黒点があらわれ、数機のグラマンの機影となった。

「これが敗戦というものなんだろうな」

上空を爆音を響かせて、グラマンの編隊が通りすぎていく。

「あれは？」

峯崎は誰にともなく聞いた。滑走路の片隅に、見慣れない戦闘機があったのだ。

「何に見える」

「ゼロ戦です」

言ってはみたが、峯崎の知るゼロ戦とは微妙に違っている。初めて見る機体のようにも見えた。

「でも、ゼロ戦じゃない」

「きみは飛行機乗りか。視力もかなり良さそうだ」

長谷川は改まった表情で峯崎を見つめた。

「昔、乗っていたことはありますが——遠い昔です」

峯崎は言葉を濁した。しかしやはり、あの新型機は気になった。

「かなりスマートになっていますね。機首の径が小さくなってかなり軽そうだ。翼の面積は変わってないようですが、上昇速度が気になります」

「要点の半分は当たっている。しかし半分は外れだ」

「あの排気口は？　エンジン出力がかなり大きそうだ。これじゃ機体をかなり頑丈にしなければ。空中分解してしまう」

「九〇点に近付いた」

長谷川は意外そうな顔をして、峯崎を見つめた。

「新型の零式戦闘機だ。ちょうど敗戦の日に、本土から比較的安全なこの基地に飛んできた」

「しかし戦争は終わってしまった」

長谷川の言葉に峯崎が続けた。

「最高スピード時速七五〇キロ、十分以内に高度八〇〇〇メートルまで上昇できる。操縦席は七〇ミリの防弾ガラスと一六ミリの防弾鋼板、そしてエンジンブロックの配置と傾斜装甲によって、グラマンの機関銃じゃ貫通できない」

「そんな戦闘機は聞いたことがありません。ゼロ戦の後継機ですか」

「後継機と呼ぶにはあまりにも設計思想が違っている。新型機と呼ぶべきだろうな」

峯崎は言葉を失《しょう》って、目でその戦闘機を追っていた。

「海軍航空技術廠と国内の航空機メーカーの技術者たちが総力を挙げてグラマンに対抗できる新型戦闘機を造った。日本のパイロットが犬死にしないように、という願いを込めてだ。君の上層部、というより日本の技術者たちがグラマンと互角に戦える戦闘機を供給することを目標として必死に造り上げたのが、このゼロ戦五五型だ。これが最初にして最後の新型ゼロ戦になった。見てみたいか」

「はい――」

峯崎は掠れた声を出すのが精一杯だった。横では野村が息を呑んで、やはり新型ゼロ戦を見つめている。

「ちょっと寄り道をしてもいいかね」

長谷川の言葉でマリアは滑走路に向けて車を走らせた。

峯崎はゼロ戦の周りを歩いた。銀白色に輝く機体には、日本の全技術者たちの心が宿っているような気がした。

「どうだ」

「素晴らしい戦闘機です」

「しかし、明日には燃やしてしまう」

長谷川は腕を組み、新型ゼロ戦を見ながら言った。

「燃やす？」

「ただちに焼却せよ。そういう命令だ。忍びなくて今までそのままにしておいたが、明日には連合軍がここにもやってくる。連合軍は日本軍のすべての武器、装備を引き渡すように言ってきている。この新型ゼロ戦は日本の技術者が、日本のパイロットを護るために心血を注いで造り上げたものだ。むざむざ引き渡すわけにはいかんだろう」

「しかし……」

「心配するな。この新型機のすべては設計したもの、造ったものたちの頭に入っている。日本が再び大空に舞い上がるにはそんなに時間はかからん」

長谷川は自信を持って言い切った。そして、改まった表情で峯崎を見た。

「俺の尊敬する友人に大場という曹長がいた。彼とは中国戦線で一緒だった。俺の飛行隊の整備下士官だ。海軍航空隊一の整備兵だと思っている。残念ながら数日前の爆撃で亡くなった。その男が手紙に書いてよこしたことがある。海軍一の飛行機乗りが自分の基地にいたと」

長谷川は峯崎を見つめている。峯崎はその視線を受け止めた。

「海軍一ですか」

「天性の飛行機乗りだと書いてあった。ゼロ戦を自分の手足のように操ったそうだ。そして何より飛ぶことに魅せられていたそうだ」

「その飛行機乗りは敵機を何機撃墜しましたか」

「彼が賞賛したのは敵機の撃墜数より、救った味方機が数知れないことだ。敵機の編隊の中に飛び込んで攪乱し、味方機の背後についた敵機を追い払ったそうだ。彼が直掩機として同行したときの味方の生還率は通常の倍以上で、機の損傷も少なかったそうだ」

峯崎は長谷川から視線をそらせた。しかし特攻機は帰ってこないほうが多かった。

「その飛行兵はどうなりましたか」

「特攻に出て帰ってこなかったと。しかし、死んだとは書いてなかった」

峯崎は顔を上げた。長谷川が峯崎を見つめている。

「乗りたいか」

その言葉は峯崎の心に強く突き刺さった。「二度と戦闘機には乗らない」。そう決心したばかりだ。しかし目は新型ゼロ戦に吸い付いたままだ。

「飛んでみるか。こいつにも一度くらい自由に飛ばせてやりたい」

峯崎は無意識の内に頷いていた。マリアと野村が何か言いたそうに峯崎を見ている。しかし、何も言わなかった。無駄だということを知っているのだ。

「ただし、その恰好じゃダメだ。ゼロ戦にはゼロ戦乗りの服装というものがある」

長谷川は、一歩下がって峯崎を眺めた。

「俺より少しでかいな。しかし、何とかなるだろう。俺の飛行服が司令部にある。着替えてこい」

峯崎は敬礼すると滑走路横の司令部に走った。

峯崎は飛行服に着替えて、滑走路に出た。

新型ゼロ戦に向かって歩く飛行服姿の峯崎に、滑走路上のすべての視線が集まった。

「ガソリンは二五〇リットル。タンク半分だ。機銃に銃弾は装塡されていない」

長谷川は、飛行服姿の峯崎を満足そうに見た後言った。

峯崎は背筋を伸ばして長谷川に敬礼した。長谷川も姿勢を正して返礼した。

峯崎は主翼から足掛を引き出し、操縦席に乗り込んだ。

整然と並んだ計器が峯崎を見つめている。

「おまえ、何を考えている」

野村が操縦席に顔を突っ込んできて言った。

今までに見たことのないほど真剣な顔をしている。

「あの空を飛びたいんだ」

「悪い予感がする」

「俺がラッキーマンだと言ったのはおまえだろ」

「今さら、こんなもので飛んでどうなる」

「この機がどんなものか。俺は自分自身で確かめてみたい」

峯崎は何気なく言った。仲間に見せてやりたい、その時、そう強く感じた。空を見上げた。何か聞こえたような気がした。

「大空が呼んでいる」

「絶対にバカはやるなよ。マリアが待ってる。俺だって」

天蓋が閉められた。

外を見ると、マリアや野村の横には、数十人の人たちが集まり、峯崎の乗る新型ゼロ戦を見守っている。

峯崎はエンジンスイッチを入れた。

エンジンは一度で軽快な音を響かせて回り始めた。ダコタではあり得なかったことだ。

案内員が離陸よしの旗を振っている。

峯崎は見守っている長谷川たち、マリアや野村に視線を向けた。

ゼロ戦は弾かれたように走り出した。一気に加速していく。

「すごい」

思わず口から出た。四〇メートルほど走ると、すでに離陸に充分なスピードに達していた。従来のゼロ戦の三分の二の距離だ。思いきり操縦桿を引いた。機体は滑走路を離れ、空に向かって駆けあがっていく。

スロットルを全開にした。見る間にプロペラの回転数が上がっていく。全身に今まで感じたことのない強い加速度を感じる。

思わず、叫びたい衝動にかられた。

大きく右に旋回した。滑走路が遥か下に見える。その中に黒い点となって見えるのが野村やマリアたちだ。

上昇と下降を繰り返した。右旋回、左旋回。そして背面飛行。まるで手足のように馴染みがいい。滑走路には基地中の人が出てきて、大空を舞う新型ゼロ戦を見つめている。

その時、前方に三つの点が現れた。グラマンだ。飛行場に来る時、上空を飛び去っていった編隊とは別の編隊だ。

もう充分だろ、帰ってこい、無線機から長谷川の声が聞こえる。峯崎は無線のスイッチを切った。

「もう逃げるのには疲れた。おまえと一緒に戦おう」

峯崎は操縦席に座り直して、語りかけた。

機首をグラマンに向けて、水平飛行に入った。スロットルを引くと同時に、ゼロ戦は速度を増していく。

真ん中のグラマンめがけて突っ込んでいった。両側の機が慌てて左右に離れていく。

グラマンの有効射程に入るギリギリのところで操縦桿を引いた。

ゼロ戦は鋭い角度で上昇を始める。グラマンのパイロットたちの驚いている顔が目に浮かぶようだった。

中央のグラマンも慌てて上昇を始めたが、見る間に距離を開けていった。

上昇から一回転して、グラマンの背後についた。

機銃のボタンを押した。もちろん銃弾は出ない。しかし相手は、撃墜された恐怖を十分に味わったはずだ。

「グラマン一機撃墜。火だるまになって墜落していく」

峯崎は呟くと前方のグラマンをかわし、再び急上昇した。両側に逃れた二機が態勢を立て直して向かってきたのだ。

峯崎は一気に高々度に駆け上がっていった。高度計は五〇〇〇メートルを指しているが、まだスピードは落ちない。今までのゼロ戦なら急に操縦性能が落ちて、ふらつき始める高度だ。背後を見ると二機のグラマンが追ってきている。しかし、なんとかついてきているといった状態だった。

峯崎は二機のグラマンを引き連れたまま北に向かった。

すぐに眼下に、日本人捕虜が収容されている収容所が見え始めた。

その横にあるのが病院だ。

峯崎は急降下して病院の屋根をかすめるようにして飛んだ。

「見ろ。鈴木少尉。これが新しいゼロ戦だ。俺たちが乗って戦うために、本土の技術者たちが造ってくれていたんだ。俺たちは消耗品じゃなかったんだ」

峯崎は鈴木に何度も語りかけた。

収容所の建物から捕虜たちが飛び出してきて空を見上げている。病院の窓からもいくつもの顔が覗いている。

彼らは何か叫んでいるが、峯崎にはもちろん聞こえない。

峯崎は主翼に印された日の丸を誇示するように、その上を旋回した。二度、三度。

水平飛行に移った。いったん引き離していたグラマンとの距離が縮まる。グラマンの両翼から赤い火花が見えた。機銃を撃ってきたのだ。しかし、恐怖は感じなかった。左に旋回して翼を斜めにすると急降下に移った。グラマンはついてこれず、完全に取り残された。

急上昇しながら旋回して、背後から襲いかかる。その瞬間グラマンのパイロットは、ゼロ戦の姿を見失い、顔をひきつらせて周囲を見回しているのが見えた。

「二機撃墜」

峯崎は呟いた。

もう一機のグラマンが方向を変えて、逃げ始めている。

やっとグラマンのパイロットも、今自分たちが戦っているのがこれまでのゼロ戦ではないことに気付いたようだった。無線で連絡を取り合っているのだ。

峯崎は鋭く旋回するとスピードを上げ、逃げるグラマンの背後につけた。

グラマンは振り切ろうと左右に進路を取るが、峯崎はピタリとその後ろに張り付いたままだ。

「三機目、撃墜」

その時激しく機体が揺れた。銃弾が背後から機体を撃ち抜いていったのだ。全身に衝撃を感じた。最初にやり合ったグラマンが追いついてきたのだ。

この背後からの攻撃で何人の仲間が死んでいったことか。しかし、機体を見回したが火を噴いた痕跡《こんせき》はない。かつてのゼロ戦なら簡単に火を噴いたはずだ。

ずいぶん補強されている。これだけ撃たれても出火もせず飛び続けている。背後から操縦席を撃たれたが、背中に衝撃を感じただけだ。操縦席の背後にはグラマンの銃弾をはねかえす防弾処置がなされているのだ。

これほどだとは思わなかった。少なくともこれを設計し、造ったものたちは、俺たちを消耗品とは考えてはいない。俺たちパイロットを守るために全力を尽くしたのだ。

「おい、あんたは、すでに撃墜したはずだ」

峯崎は呟いてグラマンに目を移した。機体に描かれているシンボルマークは人魚。ゼロキラーだ。「ウォー・イズ・オーバー」そう言って、飛び去っていったグラマンだ。

峯崎は銃弾を撃ち込んで飛びすぎていったゼロキラーを追った。いつの間にか他の二機のグラマンを引き離し、二機だけが飛んでいる。

峯崎はゼロキラーの前方に出た。

さあ撃ってこい。チャンスは一度きりだ。だが機銃音は聞こえない。思い切り操縦桿を引いた。ゼロ戦は鋭い角度で宙返りをして、次の瞬間にはゼロキラーの背後についていた。ゼロキラーは必死でゼロ戦を振り切ろうとした。上下左右小刻みに動きまわる。

峯崎はぴったりとその後について、機体を操作した。

機銃ボタンを押した。勝負はついた。

峯崎は速度を落とした。ゼロキラーとの距離がわずかにひらいた。しかしまた縮まり始めた。

ゼロキラーもスピードを落としている。ゼロ戦に撃墜の意思がないことを悟ったのだ。やがてゼロ戦とゼロキラーが並んだ。そして、ゼロキラーとすれ違う時、峯崎はパイロットに向かって親指を立ててほほ笑んだ。パイロットの驚く顔が見える。

〈グッドラック。俺たちは敵味方でもそうやって挨拶したものだ。空を愛する者の礼儀ってもんだ〉ヘンリーは親指を立て、もう一方の手にビールジョッキを持ってよく言ったものだ。

峯崎は背後のゼロキラーに向けて主翼を上下に振った。

「もう十分だ。戦争は終わった」

ゼロ戦の速度を上げた。以前のゼロ戦では簡単に追いつかれたのが、見る間にその距離は開いていく。やがて、グラマンの機影は見えなくなった。

峯崎は操縦桿を左に切った。

十分ほどで海上に出た。このままどこまでも飛んでいきたい。

「おまえたちにも新しいゼロ戦を見せてやる」

峯崎は空と海に向かって叫んだ。

「グラマンを三機撃墜した。それも一対三のドッグファイトだ」

操縦桿をいっぱいに引いた。天に引っ張られるように機体が上昇していく。水平飛行に移り、大きく円を描きながら高度を下げていった。

「火炎瓶のあだ名は返上したぞ。背後からグラマンの機銃掃射を受けても俺は死ななかった。ゼロ戦が俺を護ってくれた。ゼロ戦は燃えなかった。こうして今も飛んでいる」

燃料計は零《ゼロ》を指している。

「おまえたちにこのゼロ戦を届けてやるよ。俺たちは決して消耗品なんかじゃなかった」

峯崎は徐々に高度を下げていった。ゼロ戦も自分の運命を知っているかのごとく静かに荘厳に峯崎の意思に従っている。

海面が迫ってくる。静かに、優しく。愛する女性をいたわるように静かに、優しく。ヘンリーがささやきかけてくる。そして、衝撃と共に動きが止まった。

峯崎はしばらく操縦席に座って目を閉じていた。目を開けると、ゼロ戦に語りかけた。

「おまえは素晴らしいやつだ。天駆《あまか》けるサラブレッドだ。しかし俺には高貴すぎる。やはり、俺にはダコタが似合ってる。天空を走るアヒルだ。おまえは、おまえを待っている者たちのもとに行け」

天蓋を開けた。すでに機体の三分の二が海面に沈んでいる。

峯崎は胸ポケットからハーモニカを出すとシートの隙間に差し込んで立ち上がった。

海水が操縦席に流れ込んでくる。

海に入り、ゆっくりとゼロ戦から離れていく。

しばらく泳いで振り向くと、海面に見えているのは天蓋のみで、機体のほとんどを海面下に沈めている。そして、静かにその姿を没していった。

「マイ・ウォー・イズ・オーバー。俺の戦争も終わった」

低い声で言った。

三六〇度首を回したが陸らしいものは見えなかった。

「さあ、どっちが陸だ」

峯崎は空を見上げた。夜にならないと星で方向を見つけることは出来ない。頭の中にこのあたりの地図を思い浮かべようとしたが、億劫《おっくう》になった。島なら無数にあった。こうして浮いていればどこかに流れ着くだろう。

しばらくは救命具で浮いていられる。それからは体力勝負だ。

身体を横たえて目を閉じた。不思議と穏やかな気分だった。

陽が沈みかけている。周りの海面が赤く染まり、陽の光に輝いている。まるで、赤い光の中に浮いているようだ。

やがてその光は消え、暗くなっていった。空には一面に星が輝いている。その星空を見つめていると吸い込まれそうな錯覚に陥った。

頭の中に様々な顔が流れていった。父さん、母さん、兄、妹、死んでいった特攻機に乗った仲間たち。そして野村とマリア……鈴木。いつのまにか眠りに落ちていた。


気がついた時には辺りは明るくなっていた。

救命具の浮力がかなり落ちてきている。気をつけていないと波をかぶり、海水を飲んで咳き込んだ。

強い陽差しが容赦なく照りつけてくる。喉が渇き、意識が次第に薄れていく。〈飛行機乗りはな、いつも笑ってなきゃいかん。敵と撃ち合っている時も、俺たちは大空を舞台に紳士の舞踏を舞っていると信じていた〉ヘンリーの声が聞こえてきた。

「俺はその舞台を演じきることが出来たかな」

峯崎は声に出して言った。

また長い時間、波に揺られていた。陽は天頂に昇り、水平線に向かって傾いていった。

救命具の浮力はかなり落ちて、浮いているのがやっとだ。〈声が聞こえた。レイテの海では、先に逝った戦友たちが呼んでいるんだ。待ってるぞって〉野村の言葉が浮かんだが、恐怖はなかった。そうだ、待ってろ、俺もすぐに行く。

意識が身体から抜け出して海水へと溶け出していく。そして、そのまま薄れていった。

どこかで爆音を聞いたような気がした。

薄く眼を開けると真っ赤な光が飛び込んできた。再び陽が沈みかけているのだ。

辺りは血を流したように朱色に染まっている。

身体はかなり沈んできている。よほど注意していないと、波が顔を洗った。そろそろ浮力がゼロに近くなってきたのだ。

沈んでいくオレンジ色の塊の中に黒い点が見えた。そしてその点は見慣れた形に変わっていく。

「夢か――」

掠れた声が出た。いや違う。ダコタだ。俺たちのダコタが飛んでいる。

その大空のシミのようなダコタはすぐに巨大な水上仕様の姿に変わっていく。

峯崎は石のように重い腕を上げて振った。

「腕を伸ばせ」

フロートに立った野村が、腕を振りながら叫んでいる。扉から身体を乗り出しているのはマリアだ。では、操縦しているのは誰だ。

ダコタはゆっくりと近づいてくる。プロペラの風で海水が雨のように巻き上げられ、目を開けていられない。峯崎は何とか視界を確保しようと航空メガネをかけた。すでに腕を上げる力もなくなっている。しかし、救命具の襟首をつかまれ、強い力で引き上げられた。


峯崎は荷物室に横たわっていた。野村とマリアが覗き込んでいる。

「気がついたの。だったら、しっかり目を開けなさいよ」

怒鳴っているのはマリアだ。峯崎は懸命に目を開けた。開いた目の真上に、マリアの顔があった。大きな瞳がさらに膨れあがり、峯崎の顔に落ちてきた。

「ゆっくり飲むのよ。取り上げたりしないから」

水筒の水が、峯崎の口にわずかずつ流し込まれる。水分が身体中に広がるとともに、意識がはっきりしてきた。懐かしい振動を全身で感じる。

身体を起こそうとしたが関節が固まったようで力が出ない。

「無理しないで。二日近く漂流してたんだから」

「操縦しているのは誰だ」

頭を動かして、目を操縦席に向けようとした。

このダコタを操縦できるものは多くはいないはずだ。

「私、鈴木です」

操縦席の男が振り返って声を出した。

「よく操縦できたな。ゼロ戦しか飛ばしたことがないだろう」

「マリアさんから習いました。ダコタの操縦など無理だと断ったんですが、操縦の腕は峯崎中尉のお墨付きだって言われて」

「無理やり病院から連れてきたのよ。あの太っちょの医者を脅かしてね」

「マリアが拳銃を見せたんだ。あの医者チビりそうだったぜ」

「私たちの知ってるパイロットって彼だけでしょ。それにあんたが特攻に使ったゼロ戦を操縦してたんだから腕は確かだって、あんた言ってたわね。しかし最初はひどかった。私が飛んでもいいって思ったくらい。でも、あんたを見つけたのは彼のおかげ」

「空と海の両方に気をつけるんだ。太陽を友達にすると、見えないものも見えてくる。峯崎中尉の言葉を守ってきたおかげです」

鈴木が恥ずかしそうに言った。

やはりヘンリーから教わったことだ。ものを探すな。変化を感じ取れ。鈴木は海の中に変化を見つけた。それが峯崎だった。

峯崎は、鈴木のゼロ戦を思い出していた。基地でも操縦技術は下手だと思われていたが、あのポンコツゼロ戦を飛ばしていたのだ。やはり、かなりの操縦技術だったのだ。

「島が見えてきたわ。前と同じところに着水して」

「簡単に言わないでください。もう必死なんですから」

鈴木は操縦桿にしがみついている。

「尻を下げろ。水上飛行機はフロートで重心が高く、前方に移動している。だから機首を上げ気味で着水するんだ」

峯崎の言葉とともにダコタの機首が心もち上がった。

「集中しろ。チャンスは一度しかないぞ」

右にわずかに傾いている。

「なにかにつかまれ」

峯崎の声と共に機体が激しく揺れた。海面にフロートが激突したのだ。ダメだと思ったとたんダコタは高度を上げていく。鈴木がとっさに操縦桿を引いたのだ。

「それでいい。もう一度、ゆっくり降りろ。焦るんじゃない。おまえは自力でチャンスを作った」

衝撃を感じた。二、三度バウンドしたが、そのまま滑るように海面を走っていく。うまい着水だ。

ダコタは湾内を進み、ゆっくりとマングローブの林に向かった。

ダコタをマングローブの林に隠すと、近くの村に停めてあったマリアの車でジャカルタに戻った。

その頃には、峯崎もなんとか一人で歩けるようになっていた。二日近く何も食べていない峯崎のために、マリアの友人のやっているレストランに入った。

「あのゼロ戦は？」

野村が我慢しきれないといった顔で、峯崎に聞いた。マリアと鈴木が好奇心いっぱいの視線を向けている。

「消えてしまった。気が付くと一人で海に浮かんでいた」

「死んでいった仲間に届けたかったんですね」

鈴木の言葉に峯崎は答えない。

「あの空中戦、見ました。病院の者、収容所の者、全員が見ていました。あなたはグラマン三機を撃墜した」

「俺じゃない。ゼロ戦が勝ったんだ」

「すごい戦闘機です。国の仲間たちは、私たちパイロットのためにあんなすごい戦闘機を造ってくれた。我々は決して消耗品じゃなかった」

鈴木の目には涙が浮かんでいる。彼も峯崎と同じことを考えていたのだ。

「死んでいった者もきっと今ごろは――」

「あのゼロ戦に乗って大空を飛んでいる」

途切れた鈴木の言葉に峯崎が続けた。

マリアと野村は無言で聞いている。

「これからどうする」

「私は病院に戻ります。もうその必要はなさそうですがね。そして、生きて日本に帰ります」

「新しい日本を作ってくれ。祖国は我々を見捨てたわけではなかったのだから」

「峯崎中尉は——いえ、峯崎さんはどうしますか」

「これから考える。もう何度も死んだんだ。時間はあるだろう」

「これでおまえは、帝国海軍から完全に抹消されたな」

野村がうらやましそうに言った。彼もこのままだとレイテ沖海戦で死んだことになるはずだ。

「長谷川大佐は?」

「何も言ってないわ。もともと記録にはないゼロ戦だもの。消えてくれて助かってるんじゃないの。燃やす必要もなくなったしね」

食事が終わると、鈴木を病院まで送っていった。

一人病院に入っていく鈴木を峯崎が呼び止めた。

「謝らなきゃならないことがある」

「たいていのことは赦せる気分です」

「あの機の中におまえのハーモニカを置いてきた」

「いつか取りに行きます」

「いつかな」

鈴木は敬礼ではなく、丁寧に頭を下げると病院に入っていった。

峯崎はマリアに頼んで、ダコタを隠したマングローブの林に連れて行ってもらった。

ダコタは弾痕だらけの機体を休めるように潜んでいた。塗装は剝げ機体とフロートはでこぼこで、峯崎を探して飛びたてたのが不思議なくらいだった。

二人はダコタの見える岸に腰を下ろした。

「これは俺のものだ。文句は言わせない」

峯崎は誰にともなく言った。

「誰も文句なんて言ってない。こんなオンボロ飛行機」

言葉とは裏腹の優しい響きが伝わってくる。

マリアの目には涙がにじんでいる。このダコタには彼女なりの思いがあるのだ。

「戦争は終わったんでしょ。あなたの戦争」

峯崎は無言で頷いた。しかし、マリアの戦争はまだ続いているのだ。

「ねえ、本当に日本には帰らないの」

「俺は高校の時日本に帰ってきて以来、ずっと考えてきた。自分は日本人か、アメリカ人かってね。日本で生まれ、十六までアメリカで育った。アメリカで学び、友人も多い。でもこの身体を見ろ」

峯崎はマリアの目の前に腕を突き出した。

「肌の色も髪も目も明らかに日本人だ。頭の中はアメリカ人かもしれないが、外側は日本人だ」

峯崎は絞り出すような声で言った。

「しかしいくら日本人であろうとしても、同じにはなれない。国のため、会ったこともない人のために命を捧げる気にはなれなかった」

「私も悩んだわ。自分は日本人かそれともインドネシア人かって。あなたと同じように二つの文化の中で育ったのよ。でもあなたと違うのは、私の身体には両方の血が流れているってこと」

「どっちを選ぶんだ」

「そんな問題じゃない。私は私よ。日本人でもあるしインドネシア人でもある。でも純粋な日本人でもないし、インドネシア人でもない。私は私」

マリアはゆっくりと自分自身に言い聞かせるように話した。

「しかしきみは、インドネシア独立戦線に協力している」

「それは彼らが正しいと思うから。私にインドネシア人の血が流れているからじゃない。日本人だって、多くの人がインドネシア人のために戦っている」

「自分は自分ってわけか」

「あなただって同じよ。あなたはあなたなの。自由に生きればいい」

自由。久し振りに聞く言葉だった。その言葉は峯崎の胸に沁《し》みていった。

「君はスカルノたちのところに戻るのか。そして独立運動に参加する」

マリアは答えない。何かを考えているように無言のままだ。

やがて視線をダコタに移した。

「この水上飛行機を改造したのは兄さんのラデンよ」

「ウソだろ。ダグラス社でも諦めたって野村は言ってた」

「兄さんは日本の大学で勉強した。父さんが日本の大学に行かせてたの。そこで航空工学を勉強したのよ」

峯崎は新型ゼロ戦を造り上げた日本の技術者たちのことを思った。その姿が、操縦桿を握りしめて息絶えていたパイロットに、そしてマリアの姿に重なっていく。

「ダコタの水上機を造り直したのよ。戦争の前に、フィリピンでアメリカ軍が愛想をつかして廃棄したのを持ってきて」

マリアはダコタに目を向けた。その目にはダコタに対するいとおしさがあふれている。

「でも、やはりムリだって言ってたわ。こんな大きな飛行機にフロートだけを付けて水上機に改造するのは」

「しかし改造した」

「パイロットの腕次第だって。並のパイロットだと、離陸も着水もできないだろうって。たとえ飛んでもスピードも出ないし、旋回も凄く難しい。兄さんも、やっと飛ばしてたのよ」

マリアは峯崎を見てかすかに笑った。

「すごいエンジニアだったんだな。君の兄さんは」

「そうよ。それにすごいパイロット。あなたもよ。この気難しい女神を自由に飛ばせたんだから」

「飛べるようにした整備士も大したもんだろ」

突然の声に振り向いた。

大きなズダ袋を担いだ野村が立っている。

「ナビゲーターだってちゃんと案内したわよ。故障だらけの計器で」

「その通りだ。みんな大したもんだよ」

三人は声を上げて笑った。こうして三人で笑いあうのは島でのパーティ以来だ。

そのとき突然、野村が笑うのをやめた。表情が変わっている。

「俺は日本に帰ったら殺されるかもしれない」

野村がか細い声で言った。

「日本軍はもうないんだ。脱走兵でもおとがめなしだ」

「誘ったのは相手だぜ。親分にばれそうになると、俺が力ずくでテゴメにしたなんて言い始めた。逃げるしかないだろ」

峯崎は何のことか分からなかった。しかし何かあるとは感じていた。

「親分のコレと出来てしまったんだ」

野村はそう言って右手の小指を立てた。

「捕まると指全部詰めさせられるか、下手すると素巻きにされて海に放り込まれる」

「だから海軍に志願したのか」

野村は頷いた。

「呉は実家に近かったし、海の上まで追いかけては来ないだろ。それは当たってたぜ」

「日本は今、それどころじゃないだろ。これから連合軍が入っていく。どうなるか分からない」

「俺がここに残るのに不満か」

「このダコタには特別な整備士が必要だ」

峯崎の言葉に野村はホッとした表情をした。

「しかし、並みの整備じゃ通用しないな」

野村はダコタに視線を移し、しみじみとした口調で言った。

ボロボロの機体だけでなく、左エンジンも調子が悪かった。機体がマングローブの林に入ったと同時に止まってしまったのだ。今度、空に舞い上がるにはかなりの修理が必要なのは明らかだった。

「絶対にもう一度、飛ばしてみせる」

野村は、袋を開いて工具を二人に見せた。ここ数日、日本軍の飛行隊に足しげく通っていたのだ。軍の武装解除はまだ先になりそうなので、施設の武器や装備はすべてその日本兵が管理していた。

「部品なら私に任せて。なんでも持ってきてあげるわよ」

「組み立ては一人じゃできないぜ。当然マリアにも手伝ってもらう」

「これで日本にだって飛んでいけるわね」

「多少の修理じゃ一センチも飛べないだろうな。アメリカ軍から新品の零式輸送機をかっぱらってきた方が早いかもしれないぜ」

「そんなの私たちの女神じゃないわよ。私たちの女神はこの女神よ」

「言ってみただけだ。俺が空飛ぶ貴婦人にしてみせる。太っちょ貴婦人だ」

三人はダコタに乗り込んだ。

峯崎は操縦席に座った。

イグニッションスイッチをひねったが反応はない。やはり最後の飛行は奇跡的なものだったのだ。そして鈴木の操縦技術も一流だったのだ。

「死んじゃったのかしら」

「女神が死ぬわけないだろ。そうだとしても、俺が生き返らせるさ」

「信じたくなる力強い言葉だ」

三人の笑い声がダコタの機内に響きわたった。


二週間後、修理は何とか終わった。

スカルノと祖国防衛義勇軍のメンバーが全面的に協力してくれたのだ。部品や工具の調達、そして人手の供給にも力を惜しまなかった。日本軍の航空隊も暗黙の協力をしてくれた。格納庫にトラックを横付けして、燃料の入ったドラム缶を積み込むことさえ黙認した。

峯崎、野村、マリアの前に修理が完了し、生まれ変わったダコタの機体が陽光に輝いている。

「これからどこに行くの」

マリアの言葉に峯崎は人差し指を大空に向かって立てた。

「飛ぼう。空に上がってから考える」

エンジンが慌ただしい音を立て始めた。しかしすぐにスムーズな回転音となり、勢いよく回り始めた。

機体は静かに海上を滑り始める。そして海面を離れていく。

一日が終わり、鳥たちは家路に急ぐ
夜の帳が下り、恋人たちは囁き合う
世界は愛に満ちている

ヘンリーの歌声が聞こえてくる。

エピローグ

僕は空に視線を移した。限りない数の星が瞬《またた》いている。

「おじい様、その飛んで行った人たちはどうなったの」

真理亜さんが夢から覚めたように聞いた。僕もいちばん聞きたかったことだ。

「さあ、どうなったんだろうね。彼らも帰るべきところを探して大空に飛び立っていったんだ」

鈴木会長は、膝に置いたハーモニカをじっと眺めている。そして、呟くような声を出した。

「やっと約束を果たすことができた」

僕は甲板に置かれている黒い影に目を移した。

「マイ・ブルー・ヘブン。小さな幸せを求める歌だ。明かりのともる故郷の家に帰ることの出来なかった若者たちが、この海には多数眠っている」

鈴木会長の低い声が耳の奥に響いた。

初め不気味だったゼロ戦も、今ではなぜか荘厳《そうごん》なものに見えてきた。あのころ、この海に散っていった若者たちが待ち焦がれていたものなのだ。自分たちが生まれ、愛しく、命をかけて護ろうとした祖国が最後によこしてくれた信頼と希望なのだ。

「さあ、明日の朝も早い。もう寝たほうがいい」

鈴木会長は肩に置かれた真理亜さんの手を軽く叩いた。

船室に戻ってからも夢を見ているようだった。

鈴木会長の声が頭の中に響き、膝の上のフジ壺が付着して錆《さ》びの塊になったハーモニカが瞼《まぶた》の奥に張り付いていた。

丸窓から暗い海を見つめていると、六十数年前の僕よりほんの少し若い日本の若者たちの声が聞こえてくるようだった。

彼らは日本に生きている人たちを護るため、祖国日本を信じ、そして祖国の未来を信じて死んでいった。

僕たちは彼らによって生かされている。なぜか痛いほど感じることができた。今まで考えてもみなかったことだ。

そして、それを超えて世界の空に飛び立っていった若者たちもいる。彼らはどうしているのだろう。

その両方の若者たちを非常に身近に感じることができた。

「明日は私も一緒に潜ってもいいでしょ」

僕の耳の奥に真理亜さんが鈴木会長に言っている声が残っている。そして、別れるときに僕に見せた笑顔が。

僕はデスクに座り、パソコンを立ち上げてキーボードに指を置いた。

〈目的の船は見つからず。明日の午後には帰路に就く〉

鈴木会長に言われていた文字を打ち込んだ。

キーボードに指を置いたまま、視線を丸窓に向けた。

丸窓の中央に見えるのは、サザンクロスだ。それも、迷い星と言われている南十字星。

再びディスプレイに目を向けた。

そしてそっと送信ボタンを押した。

〈了〉

参考文献

『異端の空　太平洋戦争日本軍用機秘録』（渡辺洋二、文藝春秋）
『インドネシア現代史』（増田与、中央公論社）
『インドネシア残留元日本兵を訪ねて』（長洋弘、社会評論社）
『海軍航空隊始末記』（源田實、文藝春秋）
『軍用輸送機の戦い』（飯山幸伸、光人社）
『坂井三郎空戦記録』（坂井三郎、講談社）
『図解・軍用機シリーズ15　飛龍／DC－3・零式輸送機』（雑誌「丸」編集部編、光人社）
『スカルノ　インドネシア「建国の父」と日本』（後藤乾一、山﨑功、吉川弘文館）
『責任　ラバウルの将軍今村均』（角田房子、筑摩書房）
『零戦の操縦』（青山智樹、こがしゅうと、アスペクト）
『零戦の秘術』（加藤寛一郎、講談社）
『空と海の涯で　第一航空艦隊副官の回想』（門司親徳、光人社）
『太平洋戦争　陸海軍航空隊』（成美堂出版）
『大本営参謀の情報戦記』（堀栄三、文藝春秋）

『電信電話事業史 第六巻』(日本電信電話公社 電信電話事業史編集委員会編 社団法人電気通信協会)
『歴史街道 二〇一〇年七月号 零戦とラバウル航空隊』(ＰＨＰ研究所)
インドネシア文化宮(GBI-Tokyo)メトロテレビ東京支局
http://grahabudayaindonesia.at.webry.info/
インドネシア高等学校歴史教科書「日本占領時代」
http://www.geocities.jp/indo_ka/buku_pelajaran/smu/index.html

その他多数の資料、ウェブサイトを参考にした。

本書は書き下ろし作品です。
作中の航空用語などに、現在のものに改めている個所があります。

本文内イラスト　佐竹政夫
地図　久留米太郎兵衛
デザイン　中川真吾

文春文庫

サザンクロスの翼《つばさ》

定価はカバーに
表示してあります

2011年11月10日　第1刷

著　者　高《たか》嶋《しま》哲《てつ》夫《お》

発行者　村上和宏

発行所　株式会社 文藝春秋

東京都千代田区紀尾井町 3-23　〒102-8008
TEL　03・3265・1211
文藝春秋ホームページ　http://www.bunshun.co.jp

落丁、乱丁本は、お手数ですが小社製作部宛お送り下さい。送料小社負担でお取替致します。

印刷・大日本印刷　製本・加藤製本

Printed in Japan
ISBN978-4-16-780157-1

（　）内は解説者。品切の節はご容赦下さい。

岩井　勉
空母零《ゼロ》戦隊
特攻の掩護機として、敵艦に突っ込む若者を見送った時の悲しみ、理不尽な上官への怒り、そして故郷に残した妻子への想い。十八歳から二十六歳迄、戦争の最中に生きた青春の鮮烈な記録。
い-48-1

岩崎嘉秋
甦《よみがえ》った空
ある海軍パイロットの回想
飛行機に憧れた少年は苦難の末、海軍の飛行機乗りとなる。だが待っていたのは死闘の空だった。中国奥地爆撃、マレー沖海戦、ソロモン夜間爆撃。平和な空はいつ訪れるのか。（渡辺洋二）
い-74-1

江藤　淳
閉された言語空間
占領軍の検閲と戦後日本
アメリカは日本の検閲をいかに準備し実行したか。眼に見える戦争は終ったが、アメリカの眼に見えない戦争、日本の思想と文化の殲滅戦が始った。一次史料による秘匿された検閲の全貌。
え-2-8

桶谷秀昭
昭和精神史
大東亜戦争は本当に一部指導者の狂気の産物だったのか？　戦争をただ一つの史観から断罪して片づけてよいものか？　昭和改元から敗戦までを丹念に綴る昭和前史。毎日出版文化賞受賞。
お-20-1

桶谷秀昭
昭和精神史　戦後篇
昭和という時代はいつ終ったのか。異国軍隊の進駐と占領で始まった敗戦国日本と戦後を生きた日本人の心の歴史を東京裁判、三島由紀夫事件、天皇崩御を通して克明に描いた渾身の書。
お-20-2

大佛《おさらぎ》次郎
終戦日記
「鞍馬天狗」をはじめ、『パリ燃ゆ』『天皇の世紀』などで知られる著者が、冷徹なまなざしで書きとめた太平洋戦争末期の日常。当時の書簡・エッセイも加えた〈増補決定版〉。（村上光彦）
お-44-1

神山圭介
英霊たちの応援歌
最後の早慶戦
戦時下、禁止された野球を召集される前に今一度行いたいと奔走する早稲田と慶応の学生たち。昭和十八年十月十六日、早稲田の戸塚球場でついに最後の早慶戦が開催された……。全二篇。
か-38-1